LES AVENTURES

D'UN

ÉTUDIANT

— 1870-1871 —

OUVRAGES DU MÊME AUTEUR

UNE BRUNE

SCÈNES DE LA VIE DE CARABIN

(*Épuisé*)

HISTOIRES A SENSATION

(*Épuisé*)

ÉMILE COLIN — IMPRIMERIE DE LAGNY

LES AVENTURES

D'UN

ÉTUDIANT

— 1870-1871 —

PAR

PIERRE BOYER

PARIS

L. SAUVAITRE, ÉDITEUR

LIBRAIRIE GÉNÉRALE

72, BOULEVARD HAUSSMANN, 72

—

1888

A M. EDMOND DE GONCOURT

Vous avez été un de mes maîtres, vous m'avez fait voir que l'on peut être excellemment artiste tout en pétrissant la dure réalité.

C'est en partie pour cette première raison que, sans vous connaître autrement que par vos œuvres, je prends la liberté de vous dédier ces pages écrites pour ainsi dire avec le sang de nos martyrs.

J'en ai une autre : N'est-ce pas votre frère si regretté qui a écrit d'une station d'eau minérale à Philippe Burty : « Nous nous sommes » accrochés à un très aimable général qui » raconte de la guerre vraie et vue. Mon Dieu ! » que c'est donc beau et inédit ! Quel champ » pour un romancier se donnant l'émotion du » coup de fusil et prenant ses notes au feu ! »

Ces quelques lignes m'ont hanté et pénétré de si intensive façon, qu'elles m'ont donné le courage de rassembler ces souvenirs de champ de bataille avec l'espoir qu'ils pourraient encore intéresser.

N'est-ce pas plutôt présomption que prescience? Mais je vous confesse que j'ai confiance, parce que mon œuvre a été non seulement vue, mais vécue.

P. B.

La Celle-Saint-Cloud (avril 1888).

A LIRE

———

Je ne publie pas une tardive compilation.

Ce que j'écris, je l'ai vu, je l'ai vécu.

J'ai vu sous mes yeux pratiquer de sanglantes chasses à l'homme ; j'ai vu de malheureux soldats débandés trébucher et rouler comme du gibier sous le coup de fusil allemand.

J'ai vu l'ennemi saccager et piller nos villages, terroriser les femmes et les enfants, enfoncer les meubles et les portes à coups de crosse, fourrer, avec la crainte honteuse d'un voleur, ses pattes sales dans les tiroirs, ou enlever comme un bandit l'argent et les bijoux.

Je l'ai vu se vautrer comme un porc dans la bombance, et s'enivrer de champagne tandis que, au fond de quelque trou, tremblait le vaincu mourant de faim.

Je l'ai vu bombarder, piller, incendier, mêlant au sang de nos cadavres sa lourde ironie teutonne.

J'ai senti avec une rage sourde l'amertume

d'être esclave de l'étranger sur le sol même de la patrie.

J'ai vu nos officiers humiliés, désarmés, emmenés comme des troupeaux de bétail, tandis que des larmes furtives coulaient sur ces mâles visages noircis par la guerre.

J'ai vu tout cela, et j'ai conservé au cœur l'ulcère de toutes ces hontes, et je voudrais armer jusqu'au bras des vieillards et des femmes pour égorger le vainqueur sur sa victoire, si le sort nous trahissait encore.

Doués pour la guerre, une seule chose nous manque : l'union.

Les sceptiques, les lâches, les traîtres à la patrie ont fait semblant de croire que les Allemands nous avaient vaincus, parce qu'ils n'avaient devant eux que des soldats dégénérés, des bandes de poltrons, et ce mensonge infâme et démoralisant a failli perpétuer pour nous une immense cause de faiblesse, et pour les Allemands une grande force. Tandis que, au contraire, plus l'histoire rassemble de documents, plus on constate aujourd'hui que, en dépit de l'écrasement continu par le nombre, le soldat français s'est presque toujours montré courageux, intrépide, héroïque.

Beaucoup trop de faiseurs ont conté à la hâte le roman de cette guerre et remplaçant les documents par le chauvinisme, ils sont tombés dans un autre excès, à tel point qu'en se fiant à certains, on pourrait finir par croire que ce n'est pas la France qui a été vaincue.

Ce n'est pas par des hâbleries de ce genre que j'entends servir la cause sainte de la patrie. C'est uniquement par des faits, c'est parce que j'ai vu de mes yeux que je puis écrire sans crainte d'être démenti : tel jour, en tel endroit, à telle heure, j'ai vu tel soldat faire cet acte de courage... et, à la simplicité du récit, au frémissement de ma plume, le lecteur sentira bien que je dis la vérité ; plusieurs sentiront aussi bouillonner dans leurs veines le même sang intrépide que celui que j'ai vu couler, et quand l'heure viendra, plus d'un courra sus aux Prussiens avec une joie sauvage.

Ce n'est pas qu'en principe j'approuve la guerre, je la connais trop pour l'aimer. J'ai trop hanté ses ruines noircies, j'ai trop piétiné dans le sang, j'ai trop relevé de mutilés et de cadavres ; mais si j'appelle de tous mes vœux le jour où, d'évolution en évolution, la majorité de l'humanité, comprenant enfin la solidarité, se coalisera contre les conquérants, si je donnerais volontiers ma vie pour hâter cette aurore de paix, à la simple idée de voir encore l'Allemand fouler le sol de mon pays, voler le pain de nos femmes et de nos enfants, fusiller tout Français qui ne pourrait dévorer en silence les humiliations du vaincu, à la seule pensée qu'il me faudrait courber la tête sous la botte prussienne, mon sang bondit, une ivresse de mort me jette hors de moi et j'envie de

toute mon âme le héros qui peut mourir en semant le massacre autour de lui.

. . . .

. . . .

Je dédie ces souvenirs aux héroïques soldats
que j'ai vu mourir pour la patrie, je les dédie surtout aux défenseurs de Paris, avec lesquels je
suis resté aux avant-postes, depuis la malheureuse affaire de Châtillon, jusqu'au lugubre jour
de la capitulation.

Ce qui m'a surtout brisé le cœur et irrépara-
blement désespéré, c'est que le sang qui rougissai-
mes mains sur le champ de bataille ou à l'ambulance, c'était celui de nos combattants d'élite,
ceux que leur courage emportait trop loin, ceux
que l'amour de la patrie enivrait.

Ils avaient voulu se mesurer face à face avec
d'invisibles ennemis, ils s'avançaient jusque dans
leurs lignes, ils tombaient devant quelque mur
crénelé, sans pousser une plainte et, quelquefois,
de leur poitrine trouée s'échappait, avec leur
sang, le cri de: Vive la France!

Et dire qu'ils étaient tous jeunes, tous pleins
de sève, tous des braves, cette pensée, ô patrie!
n'est-elle pas faite pour te donner d'inconsolables
regrets? Car ceux-là qui ne sont pas revenus
étaient justement les plus héroïques de tes enfants.

On a publié tant de pages sur l'invasion, que j'ai
longtemps hésité à publier ces souvenirs ; mais

ceux qui ont vu, n'ont pas tout vu ; peu ont écrit et le grand nombre de ceux qui ont écrit n'ont pas vu.

En tous cas, personne n'a raconté le dernier combat et les actes de courage de ceux qui ont combattu ou sont morts sous mes yeux.

N'est-ce pas un devoir sacré que de faire revivre leur souvenir ?

Si une chose doit nous consoler, c'est que leur sang héroïque n'aura pas été versé en vain malgré la défaite, c'est que l'on s'en souviendra, non seulement pour honorer leur mémoire, mais que sur cette terre de France, fertile en héros, leur exemple engendrera d'autres héros.

Ces pages ont encore un autre but : c'est une triste, c'est une inepte, c'est une sinistre besogne que nous faisons à nous déchirer, à nous dénigrer entre nous, pour le profit et la plus grande joie de nos ennemis.

Ce serait à croire que certains de nos folliculaires et de nos braillards de clubs émargent au budget des *reptiles*.

Dans une rangée de nos morts que j'ai vue en avant du village de l'Hay, dans les lignes prussiennes, les uns avaient mordu le gazon à pleine bouche pour étouffer leur douleur, d'autres, de leurs doigts crispés, avaient jusqu'à la racine arraché des touffes d'herbe et l'ennemi racontait n'avoir pas entendu une seule plainte.

Que diraient-ils, ces héros farouches, s'ils nous

entendaient nous invectiver comme des haren-
gères au lieu de songer dignement au salut de la
France !

Mais s'il y a trop de langues de portière qui
font métier de calomnie et de médisance, nous
restons, tout bien compté, une forte et vaillante
race ; il y a dans ces petits Français un fond de
bravoure inépuisable, et, quand une balle traverse à gauche, elle y trouve toujours un cœur.

Oui, je le répète, après bien d'autres, non pas
par chauvinisme, non pas banalement, mais parce
que je l'ai vu de mes yeux ; ce qui nous a manqué à la dernière invasion, c'est l'organisation,
c'est la direction, c'est l'unité ; ce que j'ai souvent
entendu traduire à l'ennemi lui-même par ce mot
devenu classique : « *bonnes soldates*, mauvais
chefs », et ce qui m'a frappé, c'est que, en bara-
gouinant cela, l'Allemand hochait la tête avec un
regret sympathique. Il semblait que la force de
l'évidence le contraignait de confesser qu'un in-
juste destin nous volait la victoire.

Ingénieux pour se tirer d'affaire, supportant
joyeusement les contre-temps et les privations,
s'amusant du danger, rétif et maussade en retraite ou dans l'inaction, courant avec une fougue
entraînante à la bataille, tel j'ai vu le soldat français, tels j'ai vu grand nombre de Parisiens.
Presque tous ceux qui étaient armés avaient fait
le sacrifice de leur vie et ceux qui ne pouvaient
se battre s'étaient résignés à mourir de faim.

« Mort ou vainqueur » c'était trop beau pour un seul homme, mais c'était le cri de Paris.

Nous ne sommes pas faits pour vivre opprimés ni conquis : voyez l'Alsace et la Lorraine ; malgré nos heures de défaillance, nous sommes pétris pour vivre gais et libres, la tête haute.

Nous avons un ennemi nombreux et fort, discipliné avec la précision d'un chronomètre, mais dont un grain de sable peut détraquer le mécanisme aussi compliqué que formidable.

S'il nous attaque, ne l'attendons pas l'arme au pied, précipitons-nous sur lui tête baissée...

Le Teuton recule toujours sous notre premier choc, le danger ne l'enivre pas comme nous et il n'a pas cette glorieuse folie qui fait bondir au devant du trépas quand il doit être héroïque.

N'oublions pas que c'est une guerre à mort, sans merci, « *une guerre au couteau.* » Si nous devions plier sous le nombre et la fatalité, souvenons-nous de Saragosse et des Vêpres Siciliennes, et si la France devait mourir, qu'elle meure comme le lion qui tue jusque dans son agonie, et que son spectre soit tellement farouche et terrible qu'il enlève pour jamais le sommeil et la paix à son vainqueur.

L'Allemagne représente l'oppression par la force, le retour en arrière par la féodalité militaire, l'hypocrisie religieuse dans l'hégélianisme et l'athéisme. Bismarck, qui est le plus féroce matérialiste de notre époque, courtise le pape et cafarde Dieu.

Le triomphe et l'hégémonie de l'Allemagne, c'est le triomphe du mal dans l'humanité.

P. B.

La Celle-Saint-Cloud (1887).

AVENTURES
D'UN ÉTUDIANT
1870-1871

PREMIÈRE PARTIE

I

PARIS, 28 AOUT 1870 (1).

Le bruit du canon ne tonnait pas encore jusqu'à Paris.

Bien que l'on eût déjà essuyé les désastres de Freschwiller et de Reischoffen, bien que chaque jour le télégraphe jetât dans les foules la stupeur et la panique, les Parisiens n'avaient encore rien vu de la guerre. Ils n'en percevaient que les échos lointains.

Un des spectacles les plus dramatiques de cette période ce n'était plus le passage des troupes, on ne savait quel sort leur serait réservé, puis on commençait à être blasé sur ces départs par leur fré-

(1) La majeure partie de ce volume a déjà été insérée dans plusieurs journaux, notamment dans le *Figaro*, sous divers pseudonymes.

quence, leur continuité et, après avoir été follement acclamées sur leur passage par les cris : « A Berlin !... à Berlin !... » les troupes maintenant défilaient en silence et montaient en wagon sans autre bruit que le fracas pesant des armes.

Ce qui produisait à cette heure une impression grave, profonde, émouvante, avec une mise en scène simple dont l'effet sortait des entrailles mêmes des douloureuses circonstances, c'était le départ des ambulances.

Ces caravanes à croix rouge sur fond blanc, composées de voitures spéciales, aménagées pour service chirurgical de campagne et pour le transport des blessés, ces chirurgiens en casquette américaine et en uniforme sombre, ces étudiants, dont j'étais moi-même, enrôlés volontairement sous un drapeau qui, pour être humanitaire, n'en devait pas moins courir des aventures périlleuses et être troué par les balles, ces infirmiers en vareuse de drap noir et en large chapeau à croix rouge sentant la confrérie hospitalière, tout cela faisait frissonner en évoquant de sinistres images et semblait relier Paris au champ de bataille par des traînées de sang.

La foule du boulevard saluait respectueusement ; les femmes aux fenêtres, avec une sympathie émue, agitaient leur mouchoir souvent trempé de larmes si un fils ou un frère était à l'armée.

Des Champs-Elysées à la gare du départ, les quêteurs de la croix rouge recueillaient parfois près de vingt mille francs pendant le passage d'une ambulance.

On savait qu'on partait pour donner des soins aussi bien aux ennemis qu'aux compatriotes et cela faisait planer des idées de dévouement et de grandeur d'âme au-dessus des brutales férocités de la guerre.

C'est à ce moment-là que je sentis l'intérêt humain et dramatique de notre mission.

Nous savions que nous allions courir des dangers, mais nous savions aussi que déjà la patrie était mortellement blessée et nous avions hâte de les affronter.

Dans notre humble rôle, nous avions soif de sacrifice.

Si nous avions l'air grave, nous n'étions pas tristes cependant ; le mouvement, l'entrain du départ, la jeunesse, l'esprit d'aventure nous maintenaient dans un état d'âme plutôt gai que lugubre et puis, on voulait encore espérer, on ne pouvait concevoir que l'on serait continuellement et définitivement vaincu.

De même qu'un fils ne peut se résoudre à douter de la vertu de sa mère, il nous aurait semblé à nous honteux et lâche de douter de la valeur de la France.

II

UNE NUIT DEVANT SEDAN. — L'ODEUR DE LA GUERRE

Trois jours avant le lamentable désastre, le 28 août, à minuit, nous couchions sous un hangar de la gare de Sedan déjà hanté par la panique.

Pour toute literie, j'avais mon plaid gris dans lequel je m'entortillais le plus hermétiquement possible afin d'éviter le froid des rafales qui s'engouffraient avec des hurlements lugubres à travers les claires-voies de notre hangar. Pour oreiller, j'avais mon havre-sac d'ambulancier qui renfermait tout mon bagage.

Il avait plu toute la journée, et le sol, sur lequel nous essayions de reposer mes camarades et moi, était, près des bords du hangar, brillanté çà et là de flaques d'eau qui reluisaient à la lueur fumeuse d'une lanterne de chemin de fer.

De temps en temps, on voyait aussi miroiter le canon du fusil ou la baïonnette d'un mobile pâle et novice, placé près de la gare en sentinelle.

Notre campagne s'ouvrait sous des impressions sinistres.

N'importe, non seulement on était résigné, mais on avait pour ainsi dire soif de souffrance. Nous savions que nos malheureux soldats en voyaient bien d'autres, et, c'était avec une sorte d'enthousiaste et sombre joie que l'on se préparait à tout subir pour la patrie.

Si quelques-uns s'étaient engagés dans les ambulances pour essayer d'échapper à la dure et périlleuse vie de combattant, d'autres épris d'aventures et de charité s'y étaient enrôlés avec un ardent et juvénile esprit de philhantropie et de sacrifice, ne demandant que l'occasion de risquer leur peau pour aller relever et panser les blessés en plein champ de bataille.

A cette date, il y avait sur le territoire français plus de sept cent mille Allemands ; nos provinces de l'Est étaient envahies, les défilés de l'Argonne, où nous devions nous trouver le lendemain, allaient être franchis par l'ennemi ; le combat de Beaumont, dans notre voisinage, devait avoir lieu le 30 août ; la mise à feu et à sang de Bazeille le 31, et, enfin le 1er septembre, nous allions être écrasés sous la catastrophe de Sedan.

Aussi, tout dans un rayon de quelques lieues autour de nous exhalait pour ainsi dire l'odeur de la guerre. Le long de notre voyage, à la station de Rimogne, où notre chef d'ambulance avait envoyé une dépêche pour demander à manger, l'employé qui avait reçu la dépêche l'avait fait porter au maire, celui-ci, ajustant mal ses besicles, avait lu *ambulants* au lieu de Ambulance et, la panique aidant, d'ambulants, nous avait transformés en *uhlans* ; aussi à notre arrivée, station déserte, nous ne trouvons que quelques bonnes femmes, sans doute réquisitionnées par l'autorité locale, et qui nous apportent des seaux d'un liquide jaunâtre qu'on dit être du thé et du café ; elles nous invitaient à boire d'une voix tremblante et avaient des airs anxieux et effarés.

A Longwy, trois heures d'attente en gare, la voie sur Mézières était encombrée de matériel de guerre, artillerie, convois de vivres, convois de blessés, etc., etc.

A Mézières, dans les larges fossés des remparts massifs, nous voyons en passant un troupeau de bœufs destinés à approvisionner la place.

Nous nous arrêtons un quart d'heure plus loin, à Charleville, pour nous renseigner et manger, si c'était possible. Ici, l'odeur de la guerre s'accuse de plus en plus.

Un train venait d'arriver et avec lui une bande de

soldats tout désorganisés. Il y avait des traînards avec des pièces d'uniformes méconnaissables, de grands cuirassiers sans cuirasse, mais ayant encore sur la poitrine la doublure de buffle jaune capitonnée. Ils disaient qu'ils étaient des échappés de Werth et de Reischoffen.

Quelques-uns demandaient du pain. Et sur une grande place de la ville, nous venions de voir de grosses voitures où, sous des bâches traversées par l'eau, pourrissaient le pain de munition et le biscuit.

Nous sommes abordés par un infirmier qui raconte s'être évadé de son ambulance retenue prisonnière par l'ennemi. Ce détail nous paraît ajouter un certain intérêt à notre situation.

Un des grands cuirassiers, sans cuirasse, qui avait une calotte blanche bordée de bleu et un pantalon de treillis, taché de sang, nous dit que l'on se bat à Montmédy.

Un commandant en veston molletonné auquel nous demandons des renseignements, nous répond qu'il est harassé, qu'il y a huit jours qu'il n'a pas quitté ses bottes et il se précipite vers le buffet.

Cet endroit était spécialement envahi par des officiers supérieurs, ils étaient là quelques-uns qui avaient le teint hâlé et coloré comme des chasseurs ; ils mangeaient beaucoup et longuement, et au dessert, qui se prolongeait avec café et accessoires, ils écoutaient, en buvant, un des leurs arrivé en retard — grand-croix de la Légion d'honneur, dont la tête grise, petite et fine, restait courbée sur son assiette. — Il mangeait voracement, tandis que ses yeux noirs seuls se levaient sur ses interlocuteurs.

C'était en vain que nous avions voulu manger,

nous aussi, les officiers affamés avaient fait le vide. Il paraît pourtant qu'à Mézières, le bœuf se vendait deux sous le kilo.

A onze heures, nous étions repartis dans un train, chargé jusqu'à la machine, de militaires, d'armes et de munitions, et vers minuit, nous étions arrivés devant Sedan. Les portes étaient fermées, nous n'avions trouvé d'autre gîte disponible que notre hangar. N'importe, nous dormions malgré la pluie et les rafales, car nous étions fatigués, lorsque tout à coup, vers une heure du matin, on nous réveilla en sursaut pour nous dire que l'on entendait le bruit du canon.

C'était une hallucination de la panique blême qui hante le cerveau du vaincu. Ce que l'on avait pris pour le canon n'était autre chose que le grondement des rafales ; il n'en fut pas moins impossible de se rendormir.

III

ESTAFETTES DE MALHEUR

Le lendemain matin, tandis que nous parcourions Sedan, pour avoir des nouvelles, nous apprenons que le prince impérial est dans la ville même ; cela nous donne à penser que le père ne doit pas être loin.

A Sedan, on disait que les Prussiens étaient seulement à cinq ou six kilomètres. On nommait des gens qui les avaient vus. Il est vrai que ces renseignements manquaient parfois de précision et qu'il y en avait même de contradictoires, mais ce dont nous étions nous-mêmes témoins, c'est que, de la grand'route qui vient du Chesne-Populeux à Sedan, arrivaient à chaque instant des estafettes à cheval coiffées du kolbach d'astrakan noir et vêtues de la veste verte à brandebourgs du corps des chasseurs.

Cavaliers et chevaux étaient crottés, harassés, éreintés. La bête pouvait à peine tenir sur ses jambes fourbues et l'homme vacillait sur sa selle dans un lent et morne galop de ballade.

La plupart, abrutis de fatigue, ne savaient pas dire d'où ils venaient, mais on sentait à leurs allures épuisées et démoralisées qu'ils étaient porteurs de sinistres nouvelles, qu'une catastrophe était imminente.

Beaucoup d'habitants de Sedan et des environs passaient en Belgique, la plupart se rendaient à Bouillon, distant seulement de deux ou trois lieues· On ne rencontrait que des gens ayant des allures de fuyard.

IV

UN BRAVE HOMME

Nous étions à la recherche de la région où l'on se battait, nous résolûmes de prendre la route par laquelle arrivaient les estafettes.

Je fus envoyé en éclaireur avec trois de mes camarades pour voir si l'ambulance pouvait avancer sans danger.

Nous étions jeunes et inexpérimentés, aucun de nous n'avait la moindre notion de la guerre, aucun de nous ne connaissait le pays, nous partîmes donc à la grâce de Dieu, ignorant si nous allions rencontrer l'armée française ou bien l'armée ennemie.

On nous avait dit que les uhlans infestaient la région, nous pouvions nous attendre d'un instant à l'autre à en voir fondre sur nous le revolver au poing et la lance en arrêt.

Quoi qu'il en soit, au moment où nous partions, nos camarades qui restaient en arrière nous pressaient la main avec une certaine émotion, ou même nous embrassaient comme si nous étions sacrifiés.

Ces embrassements attendris firent naître en nous un mouvement d'orgueil non exempt pourtant d'une certaine mélancolie ; pour moi, j'assure que si d'un côté j'éprouvais quelque satisfaction de vanité d'avoir été choisi pour faire partie de cette escouade d'avant-garde, de l'autre, je n'étais que médiocrement rassuré par la possession d'un petit revolver que j'emportais en cachette.

Au moment où nous nous mettions en route, le temps était gris et froid. Comme dans toutes les régions montagneuses, l'air est âpre dans les Ardennes, et cette inclémence de la température jointe aux dispositions d'esprit que faisaient naître en nous les circonstances, contribuait encore à nous assombrir.

Bientôt, pendant le temps que nous mettions à gravir une côte assez raide, la brise balaya le ciel, et un soleil doré adoucit et illumina le splendide et sérieux paysage qui se développait autour de nous.

1.

A notre gauche, des coteaux tout verdoyants de grands bois, à notre droite, la vallée fertile et grasse où s'épanche et miroite, sous les bordures de peupliers, le placide canal des Ardennes, sur lequel nous distinguions les couleurs voyantes d'un bateau remorqueur.

Les forêts magnifiques, les gros pâturages, le commerce, tout le bien-être de cette riche et industrieuse province, nous apparaissaient en raccourci.

Quel beau pays ! nous disions-nous en nous arrêtant un instant sur le haut de la côte.

Et lorsque l'idée de la guerre que l'heureuse impression de ce paysage avait passagèrement chassée de notre esprit revint s'imposer, — est-il possible, songions-nous, que des hommes égorgent des hommes dans une si belle nature !

Et notre cœur se serrait en pensant aux ravages que l'invasion allait porter dans les paisibles habitations des tranquilles villages, dont nous apercevions les toits sous le feuillage des arbres.

Sur la route que le cruel voisinage des combats commençait à rendre déserte, nous avions néanmoins rencontré un brave habitant du pays qui nous avait offert avec la plus pressante insistance de nous voiturer tous dans son char à banc recouvert d'une bonne bâche et attelé d'une excellente jument ardennaise gris pommelé. Nous avions refusé, objectant que la charge serait trop lourde, mais nous avions lié conversation avec cet honnête fermier qui s'offrait pour nous guider et nous donna avec une extrême complaisance les renseignements d'itinéraire dont nous avions le plus grand besoin.

Il fit même un grand détour pour nous conduire le plus loin possible.

Sous ses simples et placides allures de fermier honnête, cet homme serviable cachait un esprit large, une nature vaillante et bonne, empreinte du reste sur sa physionomie.

Il nous montrait de la main sa maison située à l'écart — dans un bouquet d'arbres non loin d'une fraîche petite rivière que l'on nomme le Bar et qui, en ce endroit, coule parallèlement au canal des Ardennes.

Il vivait là, heureux avec son unique enfant — une jeune fille de dix-sept ans qu'il chérissait d'autant plus que la mère était morte.

— Il ne s'inquiétait guère de l'invasion pour lui-même, mais il était préoccupé pour sa fille qui, la nuit, se réveillait en sursaut en rêvant des Prussiens et deviendrait folle, disait-il, si par malheur elle les voyait arriver.

Il avait résolu de l'envoyer à Bouillon, elle aussi.

En revanche, de lui-même, il ne semblait prendre aucun souci.

— On dit tout de même qu'*ils* ne sont pas loin d'ici, nous fit-il avec une insouciance toute philosophique.

— Que ferez-vous s'*ils* viennent? lui demandai-je.

— S'ils viennent, je prendrai mon fusil, nous répondit-il avec une calme fermeté, puis il resta silencieux.

Un peu plus loin, il nous serra la main, nous souhaita bon voyage, et, tandis que nous continuions de suivre la grand route, il monta dans sa

voiture et partit au trot de sa bonne jument ardennaise en prenant un chemin vicinal à droite.

Qu'est-il devenu ce brave homme, a-t-il eu le
temps d'envoyer sa fille en Belgique? N'a-t-il pas
été fusillé, et sa maison n'a-t-elle pas été dévastée et
incendiée comme beaucoup de celles qui nous revî-
mes plus tard dans son voisinage, les fenêtres et les
portes béantes sur des monceaux de débris carbonisés ?

V

VOLEURS DE CHEVAUX

Nous approchions d'une auberge isolée à gauche
de la grand'route, lorsque nous fîmes une rencontre
qui elle aussi sentait la guerre.

Un individu à cheval s'avançait dans la direction de Sedan; en nous apercevant, il manifesta,
même d'assez loin, une certaine hésitation, il pré-
cédait en éclaireur un troupeau de chevaux qu'un
autre individu cherchait tant bien que mal à dissimuler derrière un mur avoisinant l'auberge.

Le cavalier allait, d'un œil inquiet, des chevaux
à notre groupe, enfin, prenant une résolution et
comme il n'y avait pas moyen de nous éviter, pour
aller plus loin, lorsqu'il passa près de nous, il mit
sa monture au galop, puis, lorsqu'il eut fait environ
cent mètres, il s'arrêta et se retourna sur sa selle
pour nous observer. Il avait la physionomie sournoise et bilieuse, l'œil et le bec du vautour carni-

vore, il était vêtu d'un costume de velours de couleur fauve qui ne semblait pas avoir été fait pour
lui ; il portait une grande moustache de brigand et
avait autour du cou un grand col de crin noir qui le
serrait comme un carcan et faisait saillir démesurément derrière ses oreilles les apophyses mas-
toïdes.

L'autre, qui conduisait les chevaux, avait à la
fois l'apparence d'un patibulaire garçon d'écurie et
d'un déserteur mauvais drôle ; il avait un pantalon
de treillis très sale, une sorte de veste de corvée et
un képi sans visière. Il était impossible de distinguer à quel corps, à quelle arme appartenait ce pale-
frenier de mauvaise mine.

Les chevaux étaient seulement attachés par des
débris de licous décousus ou par des cordes, la
plupart étaient efflanqués, quelques-uns blessés; ils
ressemblaient bien dans leur ensemble à des chevaux éreintés d'une armée en campagne, mais
comme pour leur conducteur, impossible de reconnaître à quel corps ils appartenaient. On eut dit du
linge démarqué.

En résumé ces deux individus, qui avaient l'air
de parfaits gredins, nous firent l'effet d'écumeurs de
champs de bataille; d'aucuns déshabillent les cadavres raides et blancs et leur volent leur souliers,
ceux-ci avaient pour spécialité de voler les chevaux des morts.

VI

CONVOI FANTASTIQUE

Vers les trois ou quatre heures, nous arrivons à un village que l'on nomme Chémery ; c'est là que nous devions voir des symptômes d'une autre gravité, d'une bien autre importance.

Bien qu'il y eût déjà disette de viande et de vin par suite du passage des troupes françaises ou de la difficulté de communication avec les environs déjà infestés par l'ennemi, comme Chémery n'était pas sur une voie ferrée, nous trouvâmes à manger à notre appétit, ce qui depuis Paris ne nous était pas encore arrivé, et même, nous avions dû prendre du bordeaux faute de vin ordinaire.

Après dîner nous sortons dans le village. D'abord nous flânons sans but, mais tout à coup, nous nous apercevons que les enfants, les femmes et les jeunes filles — dès cette époque on voyait peu d'hommes dans les campagnes, — se portent vers le bout de Chémery, à l'intersection de la route qui le traverse et de celle qui vient du Chêne-Populeux.

Nous suivons : le spectacle qui nous attendait était réellement surprenant ; sans avoir vu cela, il est impossible de l'imaginer.

Que l'on se figure une immense horde de bohémiens armés, en rupture de civilisation, et l'on n'aura qu'une faible idée de ce défilé fantastique, sur la route poudreuse et blanche, à la lueur rouge du soleil couchant. Voitures disloquées, bêtes fourbues, cavaliers démontés, fantassins à cheval, vivandiers louches, faux blessés, faux malades, cantinières d'occasion en carriole avec des nichées d'enfants, chapardeurs en calèches rapetassées, impedimenta de mauvais aloi, crapuleuses traînarderies de toutes sortes, mulets, bœufs, ânes, moutons, chèvres, il y avait de tout dans ce cahos en marche.

Le plus grand nombre était en charrettes, en char à bancs, en tombereaux, en voitures bourgeoises réduites à l'usage de fourgons bizarres.

Il y avait des chevaux parallèlement attelés à des ânes, des rosses couronnées, surchargées, surmenées, qui n'avaient pas une heure à vivre.

En dehors des voitures pendaient des quartiers de viande encore revêtus de leur peau velue et noircis du côtés de la surface entamée, des ustensiles de toute provenance, de tout usage, des marmites enfumées et bossuées par leurs aventures, des poêlons graisseux et percés, des bidons de toutes les formes, des haches, des scies.

Sur une voiture, on voyait deux têtes blondes d'enfants sortir d'un nid de paille dans une barrique défoncée.

Une charrette était tellement pleine, que son conducteur, un grand diable de cuirassier, se tenait debout un pied sur chaque brancard comme un acrobate.

Un soldat de la ligne, couché, aplati sur le ventre, tout en haut d'un cumulus de toutes sortes d'épaves, conduisait avec des ficelles en guise de rênes une maigre haridelle de couleur pie; un bœuf et une chèvre étaient attachés derrière.

Beaucoup de cavaliers à pied.

Les quelques chevaux passables qu'il y avait étaient montés par des fantassins, souvent sans selle, sans harnais, pêchés au coup de fourchette dans des paniques et des débàcles, sans le moindre souci de la provenance.

Le plus grand nombre de ces malheureux était vêtu à peine de défroques militaires, sortes d'arlequins de pièces d'uniformes dépareillées devenues grisaille et haillon. Vêtements, hommes, bêtes, attelage et outillage, tout cela bric à brac de la plus louche et de la plus infime catégorie.

Ils allaient d'ensemble pourtant, avec une rapidité relative, car ils se sentaient talonnés par l'ennemi.

Ceux-là n'étaient pas tristes cependant ; c'étaient les industrieux, les égoïstes qui ne se préoccupent que du *fourbi* et du *fricheti*, se souciant aussi peu de la victoire que la défaite pourvu qu'ils aient, le jour, la panse pleine et la nuit une botte de paille pour ronfler.

La plupart avaient l'air insouciant et gai comme des saltimbanques, heureux peut-être du désastre qui avait rompu le rang et brisé toute discipline.

J'en interrogeai un à la volée, il me dit que l'on était campé dans le voisinage des bois, au Chêne, où était l'empereur, lorsqu'une panique s'était emparée non seulement du convoi mais encore d'une partie de l'artillerie.

Il est difficile d'avoir des renseignements vrais sur l'ensemble, par un seul témoin. Quoi qu'il en soit, il y avait en effet à la queue de cette misérable bohème de l'armée des escadrons d'artilleurs avec leurs chevaux, mais sans aucun canon, sans aucun caisson.

Inexpérimentés comme nous l'étions, bien qu'il fût d'une malheureuse longueur, nous ne vîmes dans ce convoi fantastique que le résultat exceptionnel d'une panique. Nous ne réfléchissions pas que tant de désordre et d'indiscipline pouvaient se trouver seulement dans une armée complètement démoralisée et chez des soldats qui ne sont plus soldats et dont l'unique préoccupation est de se suffire à soi-même, par son individuelle industrie, à force d'avoir été victime de l'impuissance et du désarroi de l'administration militaire, et en même temps de sauver sa peau en face de l'impuissance des chefs à sauver le pays.

Cette horde de bandits de la défaite faisait partie, disait-on, du corps d'armée du général de Failly qui, sans coup férir, avait laissé franchir à l'ennemi les fameux défilés de l'Argonne — les Thermopyles de la France — que Dumouriez avait si victorieusement défendus en 1792.

VII

ESSAI DE REVOLVERS

Nous-mêmes nous subissions jusqu'à un certain point l'influence néfaste et démoralisante, nous avions, quelques-uns déjà, l'insouciance du soldat vivant au jour le jour et jouissant de tous les plaisirs de l'heure présente, parce qu'il n'est pas sûr du lendemain.

Le dimanche précédent, il y avait eu au village de Chémery la fête patronale (la réalité a souvent de ces contrastes); il restait encore sur la place un manège de chevaux de bois, des jeux de *massacre* avec leurs falotes poupées de carton, des passe-boules à gueule gigantesque, des étagères tournantes chargées de porcelaines criardes dont les plus belles pièces étaient certains vases polissons avec un œil dans le fond; au lieu d'aller dormir après le défilé du convoi, après deux nuits de fatigues et d'insomnie, nous entrâmes dans une baraque de tir.

En notre qualité d'ambulanciers, il nous avait été interdit, à Paris, de nous munir d'aucune arme, sous prétexte que, s'ils nous en trouvaient, les Prussiens nous fusilleraient, mais à peine étions-nous dans la baraque que chacun sortit un revolver et se mit à l'essayer sur la plaque du tir: l'un de nous avait même une paire de grands revolvers d'officier.

L'interdiction qui nous avait été faite était aussi puérile que mal fondée, car plus tard nous constations de nos propres yeux que tout le personnel des ambulances allemandes était armé. Pour le moment, voici ce qui arriva: Nous tirions depuis au moins une demi-heure lorsque, tout à coup, il se produisit une rumeur dans un petit groupe d'habitants qui nous regardaient, et un homme tout effaré et presque en chemise apparut demandant à nous parler; il ne voulait pas nous contrarier, ce bon villageois, mais il venait nous avertir que nos balles arrivaient jusqu'à son lit et l'empêchaient de dormir.

Nous examinâmes la plaque métallique du fond de la baraque, c'était de l'outillage de pacotille nullement fait pour des armes sérieuses, nos balles traversaient de part en part, et brisant les vitres d'une fenêtre justement en face s'incrustaient dans la muraille où était accoté le lit conjugal de notre brave homme.

Par un hasard providentiel ni lui ni sa femme n'avaient été blessés.

Dans ce milieu de choses de guerre où nous pénétrions de plus en plus, l'incident ne fit pas scandale et, revenant à l'auberge où nous avions dîné, chacun reprit son sac et gagna le logement qui lui avait été assigné. Je n'avais pas plus que les autres fait de réflexions ouvertement, mais je frissonnais à part moi en songeant que, pour notre début d'ambulanciers, nous aurions pu tuer quelqu'un de ces braves gens.

VIII

LE BON GÎTE

Toutes les chambres de la seule auberge un peu convenable étaient occupées par une autre ambulance, la *Néerlandaise*. Le maire de Chémery, homme des plus obligeants, nous avait fait préparer des lits chez les notables. Chacun avait le sien et, depuis que nous avions quitté Paris, avoir un lit pour soi tout seul nous semblait le comble du sybaritisme.

Enfin on allait pouvoir dormir. Je fus reçu dans une petite maison fort proprette par une bonne vieille ; je l'avais sans doute fait attendre, la bonne femme, mais elle ne m'en accueillit pas moins avec une bienveillante bonne grâce ; insistant pour savoir si je ne voulais ni boire ni manger, si je n'avais besoin de rien. Je la remerciai, et lui demandai seulement de me montrer la chambre qui m'était destinée.

Ni plus ni moins que si j'étais devenu un sauvage, depuis mon entrée en campagne, je regardais avec étonnement et respect le lit, le linge blanc, le parquet ciré, l'aiguière de faïence et le bougeoir.

Pour que cette orgie de bien-être fût complète, je tirai de mon sac une chemise de rechange tout en évinçant, avec des égards, un monumental bonnet de coton que la patriarcale prévenance de mes hôtes avait étalé sur l'oreiller.

Ma montre à un clou, mon revolver posé avec précaution sur la table de nuit pour qu'il ne fît pas quelque bruyante incartade, je m'endormis en bénissant l'hospitalière bonté de ces braves gens.

Je sentais en ce moment, je comprenais quelle doit être la reconnaissance émue du soldat harassé ou blessé qui a été recueilli par une douce hospitalité dans une chambre proprette et dans un bon lit. Le poète patriote Déroulède n'avait pas encore chanté *le Bon gîte*, mais comme c'est bien cela :

> Bonne vieille pourquoi ces draps ?
> Par ma foi, tu n'y penses pas. »

. . . .
. . . .
. . . .

> Mais elle qui n'en veut démordre
> Place les draps, met tout en ordre.
> « Couche-toi, soldat, couche-toi. »

Le lendemain matin, vers six heures, tandis que le soleil vient dorer mon réveil, en perçant, de ses rayons, les persiennes et les rideaux blancs, j'aperçois à un coin de la chambre une barcelonnette d'enfant.

Dans ces temps de sang et de mort, cette barcelonnette, bien qu'elle fût vide, m'apparut comme un poème d'innocence et de tendresse.

Ils souffrent aussi les enfants pendant la guerre, ils meurent aussi de lente inanition et de misère, quand ils ne sont pas carbonisés dans un incendie ou écrasés par un éclat d'obus.

On frappe à la porte de la chambre.

— Entrez...

C'est une avenante et douce jeune mère, brune, fraîche, bien hâtie, portant sur son bras le bébé potelé et demi nu qui fourre ses petits poings roses dans ses yeux pour se réveiller.

On avait déménagé le petit pour me donner la chambre de la maman qui l'avait couché à côté d'elle, dans un autre lit, ayant probablement quelque motif pour ne pas déplacer la barcelonnette. Pour l'habiller, on venait chercher des vêtements.

J'ouvris mon sac et en tirai pour le bébé une tablette du chocolat réservé en prévision des moments critiques; il me sourit dès qu'il reconnut la friandise et se laissa embrasser sur sa joue fraîche qui sentait bon; la mère aussi me souriait et me remerciait de ses yeux noirs pleins d'expression, avec la sereine liberté de la femme protégée par son enfant.

Une autre jouissance m'attendait, celle de me débarbouiller avec de l'eau saine et limpide, avec ce linge blanc et parfumé de la campagne qui semble avoir conservé l'odeur du jardin où il a séché.

Depuis trois jours, pour tous soins de toilette, nous avions dû nous passer à la hâte sur le visage, avec la main, de l'eau grisâtre puisée aux pompes des gares de chemins de fer avec des seaux noirs de poussière de charbon.

Ma toilette achevée, mon sac bouclé, je me disposais à prendre congé de nos excellents hôtes, mais il me fallut à toute force accepter un déjeuner de beurre et café au lait.

La famille se composait de la belle jeune femme et de son enfant, de la vieille maman et de son père; quant au mari, ayant été militaire, il avait été dès premiers rappelé, et actuellement l'on était très inquiet de ne pas avoir de ses nouvelles. Qu'était-il devenu? Peut-être blessé; peut-être mort! Oh! la pauvre femme! Oh! le pauvre petit bébé!!

Le grand-père à moustache grise me tenait compagnie à la table ornée d'une nappe blanche; lui aussi avait été militaire dans son temps, il avait quelque peu vu les dernières guerres du premier Empire.

« Ah! ces brigands de Prussiens... Ah! si l'autre ressuscitait », murmurait-il en serrant le poing.

Il ne réfléchissait pas, le pauvre vieux, que c'était précisément les guerres du premier qui nous valaient les désastres du second Empire.

Tandis qu'on m'offrait le sucrier pour sucrer mon

café au lait, je remarquai que l'ancien militaire mettait dans le sien, avec une cuillère, un liquide épais, sirupeux, filant et d'un brun doré.

C'était du miel. Le sucre commençait à manquer et l'on en était économe, de même pour le tabac, toujours par suite du passage des troupes et de l'interruption des communications.

Tout ce qu'il y avait aussi de courroies chez le bourrelier avait été épuisé, c'est en vain que nous en cherchâmes pour remplacer celle d'un sac qui s'était rompue.

Je quittai ces bonnes gens en leur serrant à tous bien cordialement la main et j'embrassai encore une fois le petit bébé, en songeant à son père exposé à tous les risques de la guerre.

Puisse-t-il avoir rencontré, lui aussi, de braves gens et de bons gîtes, puisse-t-il être revenu sain et sauf à son foyer !

IX

LE CANON GRONDE

A dix heures du matin, nous sortions de Chemery, et laissant à notre droite la route du Chêne par laquelle nous avions vu descendre la veille la honteuse caravane, nous nous engagions sur une voie dont un embranchement conduisait à Beaumont et un autre à Mouzon en passant par Raucourt. Rappelons que c'était le 30 août, le jour même où déjà dans cette région l'ennemi parvint à rejoindre l'arrière-garde de l'un de nos corps d'armée allant avec les autres s'engloutir dans le gouffre de Sedan.

D'abord, jusqu'à environ un kilomètre de Chémery, nous ne rencontrons rien d'anormal, rien qui dise : « Ici passe la dévastation et la désolation. » Mais avant d'arriver au village de Maisoncelle, situé en haut d'une petite côte, nous ne tardons pas à retrouver des traces manifestes et caractéristiques de la hideuse caravane. D'abord, bleuie dans sa peau fauve, une énorme cuisse de bœuf abandonnée, sur laquelle bourdonnaient des nuées de diptères, plus loin le cadavre d'un maigre cheval étendu en travers du chemin, les quatre jambes en l'air raides comme des pieux, les orbites déjà pleins des œufs blancs de la *Musca carnaria.*

Je suis détaché en avant comme éclaireur avec un camarade ; à peine avons-nous marché dix minutes que nous tombons en plein dans la caravane.

Ils sont encore au repos, cuvant leur déjeuner, les uns couchés dans le fossé sur des bottes de fourrage, les autres enveloppés de grands manteaux.

Quelques-uns, sur des feux de branches vertes, entre trois pierres plates, fricotent pour luncher.

Hommes, voitures, bêtes de somme, tout est pêle-mêle au beau milieu de la route et tellement enchevêtré et tassé, qu'il est impossible d'avancer sans faire grogner quelque chose.

C'est un encombrement invraisemblable, inimaginable.

Nous demandons que l'on se range pour les voitures d'ambulance qui viennent derrière nous ; le plus grand nombre ne fait pas plus d'attention à nos paroles qu'au vent qui passe. Ceux qui daignent nous écouter haussent les épaules en se moquant.

Nous demandons les officiers?.

— Ils sont au café, nous répond-on en ricanant.

Un grand cuirassier qui arpente la plaine en manteau blanc, coiffé de son casque et armé d'un fusil, fait mine de nous ajuster.

On s'approche, on s'explique, le cuirassier chasse aux alouettes dans les sillons; depuis le matin, il en a tué deux, il se propose de souper avec son gib er.

Ce n'était là que les déjections de l'armée en quelque sorte. mais cette ignominieuse queue en désordre nous causait la stupéfaction la plus douloureuse, et, comme si tout cela exhalait déjà une odeur de pourriture, planaient au-dessus, en croassant lugubrement, des bandes de buses et de corbeaux.

Tout à coup, il se fait comme un profond et large déchirement dans l'air, bêtes et gens dressent l'oreille; c'est la voix du canon ennemi qui se fait entendre. Cette canonnade vient des hauteurs boisées que nous apercevons à l'horizon à droite de la route, du côté de Beaumont et de la Besace.

Les coups se succèdent de plus en plus fréquents, nous nous replions vers le gros de l'ambulance pour rendre compte de notre mission.

Lorsque nous revenons sur la route avec nos voitures, c'est un vrai coup de théâtre! plus de convoi, plus d'impedimenta, plus une carriole, plus un seul homme... C'est un phénomène physiologique des plus surprenants; une sorte d'impulsion électrique a galvanisé bêtes et gens.

L'épaisse et longue caravane s'est évanouie au mugissement du canon, comme une nuée de moineaux au coup de fusil.

Nous descendons maintenant sans encombre vers la paisible petite ville de Raucourt, blottie dans une verte vallée, couronnée de bois de chêne, traversée par un affluent de la Meuse et vers laquelle convergent plusieurs routes.

Des hauteurs nous avions déjà vu dans les chemins de la vallée des miroitements d'armes et des fourmillements de colonnes en marche.

X

ENTRE DEUX FEUX

A peine sommes-nous devant l'hôtel-de-ville où l'on a improvisé une ambulance que déjà deux colonnes françaises, l'une par la grand' route, l'autre par un chemin vicinal, débouchent sur la place.

Blancs de poussière, silencieux, lugubres, nos soldats se retirent rapidement bien qu'harassés. Ceux-là faisaient partie du corps d'armée du général F. Douai, si notre mémoire ne nous trompe pas.

Nous offrons notre gourde à un jeune officier portant encore le costume de Saint-Cyrien; le malheureux avec la confusion du pauvre honteux, nous demande du pain. Il n'a pas mangé depuis vingt-quatre heures, et il pleure... mais ce n'est pas de faim, c'est de désespoir et de rage, car il voudrait se battre et non pas se retirer.

Nos camarades, qui ont fait les mêmes offres que nous, reçoivent les mêmes réponses, tandis que, à quelques lieues de là, il est bon de le répéter, le pain et le biscuit pourrissent dans des charrettes abandonnées et que, aux environs de Mézières, le bœuf destiné à l'armée se vend deux sous le kilo.

Nous distribuons tout ce que nous avons de pain dans nos voitures.

Il passe du train et de l'artillerie, les soldats qui occupent les caissons et les sièges attrapent à la volée les morceaux que nous leur lançons. Il y a là aussi des débris de ce malheureux 5e corps que de Failly, malgré tous les avertissements possibles, a laissé surprendre et mitrailler presqu'à bout portant par des forces supérieurs au pied du versant de l'Argonne.

Bientôt, nous entendons, tout près, le crépitement de la fusillade.

Rien d'émouvant et de dramatique comme de se trouver entre deux armées, dont l'une hélas, fuit en déroute, et, dont l'autre arrive au pas de course exaltée par l'ivresse de la victoire.

L'impression a été si profonde qu'elle m'est restée comme si elle datait d'hier. Notre arrière-garde est à portée de fusil de l'avant-garde de l'armée allemande.

Ils se voient, ils vont se rejoindre.

Nous rentrons dans l'Hôtel-de-Ville pour prendre nos dispositions.

Dans les combles où nous jetons nos sacs, un infirmier, perché sur un tabouret, est chargé de hisser, à bout de bras, le drapeau de la *Société de secours aux blessés* jusqu'à ce qu'on ait des clous pour fixer la hampe.

La fusillade s'accentue et se rapproche, les balles

grêlent sur le toit en brisant les tuiles, le drapeau lui-même est troué.

— Major, me fait l'infirmier, auriez-vous la complaisance, sans vous commander, de tenir un peu le drapeau... une minute seulement, le temps de descendre et de remonter.

Je me hisse sur le tabouret, je saisis la hampe et je tiens le drapeau de mon mieux.

De cette situation élevée, je vois de loin, et tout à coup, sur un des versants de la vallée, à travers des terres de culture semées çà et là de bouquets de bois, j'aperçois de petits groupes d'uniformes français imprudemment débandés, chassés devant à coups de fusil par les tirailleurs bavarois.

Je les vois charger, tirer en courant, je vois l'éclair sortir du canon et parfois un malheureux Français, arrêté brusquement, en pleine course, par une balle, faire la culbute tête première, sans pousser un cri, et rester là.

O pauvre vie humaine ! O dérision cruelle ! On aurait dit que les Allemands faisaient une chasse aux lapins, tandis que chacun de ces coups nous traversait le cœur.

La grêle de balles continuait toujours à briser les tuiles ; quelques projectiles traversaient même les grandes fenêtres de la mairie, lorsqu'un sinistre sifflement fend l'air et je vois un obus démolir le toit de la maison en face.

Le bruit des balles, on s'y habitue assez promptement, on peut en entendre siffler beaucoup sans être atteint ; mais l'obus, lorsqu'on l'entend à portée, pour la première fois, cause une impression terrifiante.

Je trouvais que mon infirmier restait bien longtemps et je commençais à me dire qu'il m'avait collé
là pour ne plus revenir, lorsque j'entendis précipitamment monter l'escalier, et je vis arriver mon
homme achevant de serrer la boucle de son pantalon.

— Donnez, major, me dit-il, en reprenant le drapeau, à présent je serai solide.

La canonnade continuait en se rapprochant, e
après que les obus avaient éclaté, on entendait le
bruit sinistre des ardoises et des tuiles qui tombaient en cascade sur le pavé.

Des blessés commençaient à nous arriver; ils
entraient tout d'un coup, comme poussés par une
trombe, les balles et les obus qui les poursuivaient
ne leur laissaient pas sentir leurs souffrances: il y
en avait qui, bien que blessés aux pieds ou aux
jambes, couraient fiévreusement, pourchassés par
le terrible ouragan.

Un des premiers, apparaît un commandant du
21e de ligne. De la main droite, il soutient son avant
bras gauche, dont la manche est déchirée et laisse
voir la chemise rouge de sang. C'est un grand sec
avec une barbiche et des moustaches grisonnantes;
il a une physionomie martiale, hardie, un nez en
bec de faucon et au front des plis creusés par un
morne désespoir.

La blessure est grave, la balle a traversé, en frac-
turant un des os, mais à peine a-t-on fait un pansement provisoire, sans que son visage énergique ait
trahi la moindre douleur, qu'il se lève de sa chaise
de paille où on l'avait fait asseoir et qu'il sort,
maintenant de l'autre main son avant-bras fracturé
entouré de la paume jusqu'au coude par une bande

de linge blanc, à travers laquelle filtrent des tâches
de sang.

Malgré les balles, il se campe au milieu de la
route, et les sourcils froncés, plongeant au loin son
regard exercé, il aperçoit l'ennemi.

—S. n. d. D.! fait-il entre ses dents; les voilà...
Je ne veux pas être le prisonnier de ces « co-
chons ».

Et, passant dans sa tunique ouverte le membre
blessé, il s'élance, en se cramponnant de son bras
valide, sur un caisson d'artillerie qui fuit au grand
trot en le secouant épouvantablement.

Hélas! qu'est devenu ce courageux commandant?
C'était bien la peine de s'exposer à de si horribles
souffrances pour aller s'engloutir le surlendemain
dans la fournaise sanglante de Sedan.

*

Au milieu de cette déroute cinglée par le vent de
la panique, quelques fantassins héroïques, venant
les derniers, essayaient encore de tenir l'ennemi à
distance. Ils faisaient retraite lentement, gravement
et comme à regret; on les voyait s'arrêter froidement sous la grêle des balles et des éclats d'obus,
introduire une cartouche dans la culasse de leur
chassepot, épauler, viser et faire feu, en cherchant
à bien envoyer le coup.

Quels héros que ces soldats obscurs, si solidement intrépides, cherchant encore à protéger la
retraite au milieu d'une désorganisation pareille.
Ceux-là seuls qui ont vu les effets de la panique
pourront leur rendre complètement justice.

Hélas! presqu'en face de l'ambulance, un de ces

braves tombe, la jambe droite fracassée par un obus, la gauche traversée par un éclat. Il faudra amputer la première jusqu'à la cuisse.

En un clin d'œil l'ambulance se remplit.

Tout à coup l'artillerie se tait, la route est balayée, plus de Français. Alors, trois officiers ennemis, couchés sur la crinière de leurs chevaux agiles, se hasardent en éclaireurs; ils sont jeunes, ardents, bien que prudents en même temps. Le revolver au poing, ils font danser leur bête pour qu'on ne puisse les tirer pour ainsi dire qu'à la volée. D'un regard rapide, plongeant dans les coins suspects, ils sondent les ruelles latérales et les ouvertures des maisons, et, toujours caracolant, s'en vont plus loin en jetant derrière eux un cri rauque, qui indique à leurs troupes qu'elles peuvent avancer sans danger.

Ce sont des chasseurs bavarois qui paraissent les premiers; ils accourent au pas gymnastique en larges rangées régulières et silencieuses, le fusil prêt à tirer, le doigt sur la détente; c'est le triomphe du nombre et de la discipline.

A notre arrivée, la place regorgeait de monde; maintenant, on ne voit pas un seul habitant dans toute la ville : les malheureux se sont cachés, ou se sont enfuis; on ne voit plus que des petits soldats sous des casques à chenille verte, avec de grandes guêtres de cuir noir montant aux cuisses.

Immédiatement, la poste et le télégraphe sont occupés militairement.

Pas de chants, pas de cris : la victoire est silencieuse et méthodique. Mais bientôt on entend des coups répétés et sourds, comme des coups de bélier; ce sont les petits soldats à casque qui enfoncent les portes des habitations avec de grosses poutres auxquelles ils s'attellent disciplinairement par douzaines.

En un clin d'œil, les portes les plus solides cèdent ou éclatent, et les maisons sont pillées de la cave au grenier.

Les bijoux, le vin, les provisions, les animaux domestiques, les chevaux, tout est raflé en un tour de main.

D'autres petits Bavarois s'occupent spécialement de la « popotte », et ils semblent le faire avec autant d'ordre et de tranquillité que s'ils étaient dans leur caserne.

Au milieu de tout cela, nous donnons nos soins à nos blessés. Chaque lit du premier étage contient tant bien que mal deux hommes; dans l'intervalle des lits, les moins atteints et les derniers entrés sont étendus sur une couche de paille.

Au rez-de-chaussée, pêle-mêle avec nos chevaux, deux bœufs et deux ou trois moutons que nous avons achetés comme provisions vivantes, d'autres blessés sont étendus sur la litière. Il y a là quelques Allemands; l'un d'eux a pour garde-malade un zouave, couché à côté pour une blessure au pied. Le zouave se porte en clopinant vers l'Allemand, pour lui arranger sa couverture ou bien lui donner à boire, et il sourit avec une sorte de sollicitude maternelle en remplissant ce rôle de sœur de charité. Le brave zouave serait tout heureux, mais il y a quelque chose qui le chiffonne : son malade ne vibre pas à l'unisson, ne dit rien, ne fait pas un signe, n'ouvre seulement pas les yeux. Je m'approche tout près, je regarde : le malheureux a eu un fragment de la calotte crânienne enlevé par un éclat d'obus. Le cerveau est à nu ; on le voit se soulever et s'abaisser par pulsations isochrones. Il est plongé dans un coma dont il ne se réveillera pas. Il paraît que l'on souffre aussi dans l'armée victorieuse : lorsqu'on a retiré les chaussures de ce blessé, l'épiderme est venu avec les chaussettes.

⁂

Avec les blessés s'est introduit un de nos fantassins n'ayant ni fusil, ni sabre, ni sac, ni giberne ; on lui demande pourquoi il est entré à l'ambulance, il ne répond pas ; on l'examine, il n'a pas la moindre blessure. Son visage est maigre, mais d'une coloration qui n'indique nullement la maladie ; le pouls non plus ne donne aucune indication morbide ; la physionomie est atone, sans nulle expression ; le regard seul, par sa persistance à se porter dehors, indique la préoccupation monomaniaque de quelqu'un qui voudrait bien s'en aller. On lui présente du vin, des aliments ; il ne veut ni boire ni manger. C'est un dément ; l'épouvante l'a rendu fou. Dès qu'on ne le retient plus, il rôde, il tourne, inquiet comme quelqu'un qui cherche, sans la trouver, une personne dans une foule.

Une fois, il échappa à notre surveillance ; lorsqu'il rentra, il était à faire peur : les vêtements souillés et déchirés, la face boursouflée et ensanglantée de coups de poing et de crosse. Les Allemands, après s'en être fait quelque temps un jouet, avaient odieusement maltraité le pauvre fou.

La nuit est tombée ; notre rez-de-chaussée, éclairé par des torches de résine et des lanternes d'écurie, offre un spectacle sinistrement fantastique. On a tué un bœuf pour faire du consommé pour les malades, et on a pratiqué des amputations ; de sorte que l'on peut se demander, quand on voit du rouge, si c'est du bœuf ou si c'est de l'homme.

L'ennemi nous fait surveiller. On nous envoie d'abord un grand diable d'officier de cuirassiers blancs, qui est un véritable géant. Moi qui ne suis pas petit, je suis obligé de lever la tête pour le voir au visage, comme pour regarder un monument.

C'est un superbe colosse, avec une figure belle, régulière, insignifiante. Il n'a pas l'air méchant, mais il s'avance comme une masse inerte, sans souci de vous bousculer ni de vous écraser ; il a l'air de considérer les hommes de taille ordinaire comme des fourmis sur lesquelles on marche sans le sentir.

On nous l'avait envoyé exprès pour nous frapper l'imagination, et en effet il m'était resté, mais depuis j'ai remarqué dans nos officiers de cavalerie d'aussi beaux hommes que ce cuirassier.

Après lui il en vint d'autres, de taille tout à fait ordinaire, et enfin, comme pour compléter le pittoresque tragique du tableau, deux hussards de la mort portant sur leur fin kolbach d'ourson brun, une tête de mort en argent sur deux tibias croisés.

Ces hussards avaient beaucoup moins d'aplomb que le gigantesque cuirassier, ils rougissaient sous nos regards et semblaient embarrassés de ce costume de mélodrame.

Nous avions installé devant l'ambulance, sur un feu de bivac, notre grande chaudière pour le bouillon des malades ; les opérations urgentes et les pansements terminés — nous avions environ 250 blessés, tant dans l'hôtel-de-ville que dans l'établissement des religieuses — quelques-uns d'entre nous s'était rangés autour de notre feu, mais bientôt les Allemands s'en emparèrent et si nous voulions résister ou protester, ils nous chassaient d'une poussée brutale accompagnée d'injures.

Nous étions déjà pleins d'une honte amère, après avoir vu notre armée en déroute devant ces hordes excitées par le facile courage qui donne le triomphe du nombre, mais ce vulgaire incident nous fit sentir cruellement, matériellement que, sur le sol de la patrie, désormais, nous n'étions plus chez nous, que notre bien n'était plus à nous et qu'enfin nous ne pouvions vivre que par une méprisante tolérance. Ces humiliations, ces rages rentrées, ressortent plus tard en patriotiques explosions de haine.

XI

PRISONNIERS FRANÇAIS. — AMPUTATION EN MUSIQUE.
PILLARDS ET DISETTE. — ÉGLISE ET SAUCISSE.

La nuit se joignit au matin, presque sans solution de continuité.

Vers minuit, après avoir mangé un morceau sous les combles de l'hôtel de ville, on s'était couché comme on avait pu ; mon camarade G. et moi, nous essayâmes de dormir dans un petit réduit dont on avait fait la lingerie, à côté de la grande salle des

blessés. Il y avait deux lits de fer, mais sans aucune
literie, nous disposâmes des paquets de linge pour
faire paillasse, mais c'était froid et dur, hérissé
d'inégalités incompatibles avec le plus élémentaire
confortable ; puis il y avait tout près les plaintes
fiévreuses des blessés, le râle des mourants, ensuite
la rumeur roulante du passage des troupes ennemies.

Toute la nuit, nous entendîmes le satané grincement d'une pompe qui s'épuisait à fournir de l'eau
à tout ce monde. Le grincement ne s'arrêta que
vers le matin, lorsqu'elle fut cassée.

Au jour, le passage durait encore ; c'étaient des Bavarois et des Saxons, de la cavalerie et de l'artillerie
avec les pièces soigneusement encapuchonnées à la
gueule et à la culasse comme des lunettes de précision, et quels chevaux ! Des bêtes de trait léger, à
tête fine, à poil brillant, à jambes lestes avec ten-
dons bien détachés. Presque tous avaient du sang
et de la race, du garot et de la branche. On peut
dire que ce qu'il y avait mieux dans leur armée,
c'étaient les chevaux.

En face de l'ambulance, sur la place, un escadron
de cavalerie stationnait en fumant le fameux cigare
requis. De temps en temps, ils chantaient en se ba-
lançant mélancoliquement de droite à gauche sur leur
selle, ils avaient les lèvres et le nez bleuis de froid.

Malgré la victoire, ceux-là n'étaient animés d'aucun feu sacré et ils paraissaient plus tristes que
gais, on aurait dit qu'ils avaient déjà la nostalgie.
C'était, je crois des Bavarois ; peut-être sentaient-
ils que la victoire ne les rivait que plus étroitement
à la remorque tyrannique de la Prusse.

Un peu après, leurs musiques se mirent à jouer avec plus d'entrain et ces faces allemandes s'animèrent, après la rasade d'eau-de-vie, tandis que dans le fond à droite une petite colonne d'officiers français prisonniers, rangés pour le départ, faisait peine à voir. Sur cette place où s'élevait sous les rayons d'un clair soleil la buée du brouillard matinal, comme ces malheureux faisaient une tache sombre au milieu des uniformes bleus ou verdâtres de l'ennemi triomphant! L'attitude humiliée, la tête basse, le regard morne, abreuvés de honte, dépouillés de leurs armes, ils regrettaient amèrement de n'avoir pu se faire tuer. Quelques-uns vinrent nous serrer la main et, en versant des larmes furtives, nous remirent des lettres pour leurs familles.

Nous avions encore d'importantes opérations à pratiquer, il fallait amputer de la jambe droite un des braves fantassins du 83e, tombé la veille en face de l'ambulance, Baptiste Cavalier, de l'Aveyron. Je tins cette jambe et épongeai le sang pendant près d'une heure, tandis que le chirurgien en chef taillait les lambeaux, sciait l'os et liait les artères, après qu'on les avait saisies dans les chairs avec une pince. Après cela il y eut encore à extraire du mollet gauche un éclat d'obus.

A un autre, un malheureux sergent du 47e, après avoir fait l'amputation d'un bras, il fallut faire la désarticulation de l'épaule. Et pendant tout le temps de ces opérations douloureuses et sanglantes, pendant que, malgré le chloroforme, les blessés poussaient parfois des plaintes et que leur sang chaud et fumant nous jaillissait à la figure, les satanées fanfares se succédaient sur la place de plus en plus bruyantes de plus en plus joyeuses.

Dans la journée, un chirurgien allemand à casquette plate accompagné d'un officier vient à l'ambulance (qu'ils appellent le Lazaret) ; il visite les blessés et les malades de sa nationalité que nous avions recueillis.

Parmi ces derniers, il y avait un pauvre diable de petit Bavarois, jaune et hâve de fatigue ou de quelque maladie à la période d'incubation, sans que l'on pût encore placer sous une étiquette classique ces prodrômes morbides. Cela ne faisait pas le compte du chirurgien à casquette plate, aussi, après un examen des plus sommaires, releva-t-il son pauvre compatriote d'une énergique bourrade, puis, à coups de pieds au derrière, le jeta brutalement sur la route.

Il y en avait qui semblaient souffrir beaucoup. Les troupes d'avant-garde, la veille nous les avions vues agiles et lestes, mais quand vint le centre et l'arrière, bien des malheureux traînards, ayant perdu leur rang, tiraient la jambe sur les bas côtés de la route.

Dans l'infanterie, la plupart avaient les membres inférieurs courts, le buste long et lourd, le cou sale par derrière dans leur haut faux-col raide et serré, qui les faisait ressembler à des chiens avec un collier. Les cols des officiers étaient bordés de perles blanches comme des bavettes de prêtre ; cette ornementation, vieillotte et de mauvais goût, avait l'intention de dissimuler l'absence de linge. Ils activaient à coups de pied et à coups de plat de sabre la marche de leurs soldats.

Le défilé de l'armée allemande, allant vers Sedan, dura encore toute la journée ; les troupes ennemies se succédaient devant nous, sans cesse, sans interruption, comme des avalanches d'hommes, tellement qu'on eût dit un phénomène cosmique, quelque chose comme une mer humaine qui se déverse. Le prince royal de Saxe, le roi Guillaume, M. de Bismarck passèrent, à ce qu'il paraît, devant notre ambulance, mais je ne les pus voir ; le général Hartmann aurait occupé la contrée en dernier.

Autour de nous, il y avait des troupes sédentaires désignées de la veille pour occuper Raucourt, et le pillage continuait sous nos yeux.

Il s'étaient répandus dans les maisons et, sans réquisition, dérobaient tous les comestibles solides ou liquides.

Bouteilles de liqueurs de toutes les couleurs, sirop d'orgeat ou absinthe pure, cerises à l'eau-de-vie ou cornichons au vinaigre, ils engloutissaient tout.

Ils dévoraient le lard tout cru, le beurre sans pain, à même le morceau, comme des chiens qui l'ont volé, et portaient toute la journée en traces luisantes, plus tard en ternes taches de graisse, les stigmates irréfutables de leur goinfrerie.

Ils demandaient à nos infirmiers, en leur montrant le produit de leurs rapines : *Vas ist das ?*

— *Es ist gut*, répondaient invariablement les infirmiers.

Et les autres avalaient de confiance, il y en eut un qui ingurgita ainsi de l'alcool à brûler, un autre de la conserve liquide de tomate dans un flacon à large ouverture.

Tous voraces, tous gourmands.

Aussi il n'y avait plus ni pain, ni vin, ni viande pour les Français. Nous ne trouvions plus à boire qu'une mauvaise petite bière, et encore étions-nous heureux, car nous avions du bœuf, et un de nos infirmiers qui était boulanger nous avait fait du pain. Mais il y avait des gens qui n'osaient pas se montrer et mouraient de faim dans leur cachette.

Lorsque la veille nous étions entrés dans l'ambulance installée à l'Hôtel de ville, nous y avions trouvé, avec quelques autres personnes du pays, une jeune fille proprette, gentille, s'occupant activement de la lingerie ; elle était blonde, avait les yeux bleus et un maintien modeste et sage qui inspirait la réserve. Quand la fusillade et les obus éclatèrent, chacun, en hâte, rentra chez soi ; seule, la jeune fille tint bon parmi notre troupe d'étudiants et nous aida prestement en ce qui concernait le linge pour les pansements. Ensuite, on la vit discrète et légère glissant entre les lits, tantôt pour donner à un blessé une tasse de tisane, tantôt un bol de bouillon.

Pas d'autre femme qu'elle, la pauvre enfant se prodiguait pour faire ce que seules savent bien faire les femmes.

Elle passa la nuit à veiller, toujours silencieuse, toujours douce et agissante ; c'était bien, cette petite laïque, une vraie sœur de charité.

Le lendemain, tandis que nous déjeûnions, toujours sous les combles, elle ouvre la porte en pleurant ; on l'interroge, elle n'osait rien dire, elle finit pourtant par balbutier que son père et sa mère n'ont pas de pain, que les Prussiens leur ont tout pris.

On la gronde un peu de n'avoir pas parlé plus tôt et on lui donne plusieurs morceaux de viande et de pain.

Peu d'instants après, entre à son tour un des notables médecins du pays, bel homme, figure ouverte, ruban rouge à la boutonnière, tenue élégante et distinguée de l'homme grave et de l'homme du monde, il venait lui aussi, nous demander pour sa femme et ses enfants, nous demander un morceau de pain.

On lui avait tout pris, son cheval, son vin, ses provisions, jusqu'aux bijoux de sa femme.

Un autre médecin, ancien chirurgien militaire chargé de famille, était réduit au dénuement le plus complet et au désespoir.

Des malheureuses, surtout des vieilles femmes, se faufilaient craintivement le long des maisons pour essayer de ramasser quelques miettes tombées des mains des pillards.

Je vis, dans un coin jonché de paille, auprès d'un tombereau, trois jeunes sous-officiers bavarois qui mangaient de la confiture de groseille avec une fourchette. A eux trois ils avaient un unique croûton de pain guère plus gros qu'une pièce de cinq francs, ils l'avaient piqué dans la fourchette et, après l'avoir enconfituré le plus largement possible, ils se le repassaient fraternellement dans la bouche chacun à son tour. C'était de petits blonds frais et douceâtres comme des chérubins, avec des barbiches toutes frisées, mais la lenteur du procédé impatientait sans doute leur gourmandise, car ils jetèrent leur croûton de pain, prirent la fourchette par la pointe et se servirent du manche en guise de cuiller;

mais ça ne prenait pas encore, paraît-il, assez de gelée : ils jettent décidément la fourchette et se mettent à boire la confiture comme dans des verres. Ils en lampèrent ainsi deux pots.

Cette gelée rose s'échappait par traînées de chaque côté de leur bouche, s'écoulait en collant en mèches sirupeuses leur barbe blonde, filait jusqu'à leur cou et descendait le long de leurs vêtements.

Ces actes de goinfrerie grotesque et naïve les faisaient rire ; puis ils jetèrent les pots vidés et partirent à leur service respectif avec des stalactites roses pendues au menton.

Une des pauvres vieilles, coiffée d'un madras, cachée derrière le tombereau, avait suivi cette scène ; de temps en temps, elle allongeait, pour voir, son maigre et hâlé profil. Quand les trois goinfres furent partis, elle sortit prudemment de son abri, ramassa les pots, retrouva la croûte sur la paille, l'essuya et se mit à lécher doucement les restes de ces barbares. Ce qui la navrait le plus, c'est qu'elles étaient à elle ces confitures, que c'était elle qui les avait confectionnées de ses mains tremblantes et qu'elle s'était promis de les réserver pour en faire, l'hiver, des tartines à ses petits-enfants.

Aussi, il fallait voir avec quelle expression de regret amer elle portait les doigts à sa bouche !

Dans l'après-midi, je sortis et pour ne pas avoir à traverser le gros des Prussiens, toujours en troupes compactes sur la place, je pris une ruelle à gauche de la mairie ; il y avait là une maison propre et solide qui paraissait fermée de partout.

Peut-être, comme elle n'était pas sur la route,

avait-elle jusque-là échappé au pillage ; tandis que je passe, un chirurgien à casquette plate, avec le brassard à croix rouge, arrive avec deux infirmiers.

— *Oufrez ! oufrez !* s'écrient-ils en frappant avec des pierres sur la porte principale.

Personne ne répond, personne ne paraît.

— Enfoncez, ordonne le chirurgien, et ses acolytes s'arment alors d'une pierre énorme qu'ils projettent de toutes leurs forces contre la porte.

A ce vacarme effroyable, un homme âgé, grand, pâle, tête nue, les cheveux blancs hérissés par la terreur, ouvre et apparaît sur le seuil, tout effaré.

— Il n'y a personne, dit-il... il n'y a rien dans la maison.

Les trois bandits se précipitent et le prennent à la gorge pour entrer malgré lui. Mais l'homme âgé avait de l'abattage, il distribue quelques coups de poing, se dégage et parvient à refermer sa porte au nez des trois assaillants.

Ce n'est qu'un court répit ; l'un des trois pillards aperçoit, au rez-de-chaussée, un volet entr'ouvert, il l'ouvre tout à fait, brise les carreaux de vitre, passe son bras, tourne l'espagnolette, et tous les trois pénètrent par escalade, après effraction, comme des voleurs.

Quel traitement ont-ils fait subir à ce malheureux propriétaire ? C'est ce que je me demandais avec anxiété... mais que faire ? Nous commencions nous-mêmes à être assez mal vus. A chaque instant, on nous envoyait des espions à l'ambulance, il fallait avaler sa honte et baisser la tête.

Le long de mon chemin, des femmes me demandèrent du pain pour de pauvres vieillards, je pouvais seulement leur donner quelque argent.

En revanche, les Allemands bombançaient partout. J'en vis entrer un à l'église avec des saucisses. Quelle prière, quelle dévotion cet adorateur de saint Antoine va-t-il faire avec sa charcuterie !

Je le suivis. Ils avaient fait de l'église un vaste réfectoire ! Ça puait le vin, la victuaille et toutes les exhalaisons d'une agglomération d'hommes qui ont plus de bottes que de linge.

Il y avait de la paille répandue sur les dalles, quelques-uns étaient vautré dessus comme des porcs, d'autres fumaient flegmatiquement leur pipe. Par une hypocrisie bien allemande, ils avaient posté de chaque côté du grand autel des sentinelles, l'arme au pied. Ils sont stupéfiants de jésuitisme, ces athées méphistophéliques ! Aucun peuple ne s'entend comme eux à mettre la trahison, le pillage, le vol, le massacre sous l'invocation et la protection d'un dieu juste, bon, miséricordieux.

Les officiers sablaient le champagne ouvertement dans les maisons, les soldats en cachette, partout où ils pouvaient.

Près de l'ambulance, dans une écurie où gisaient deux chevaux crevés de fatigue, on trouvait sous la crèche et dans la grange plusieurs bouteilles au faux-col d'argent. Mais la plupart du temps, ils ne se donnaient pas la peine de déboucher, il faisaient sauter les goulots à coups de sabre.

Instinctivement, sans réfléchir, pour échapper, ne fût-ce qu'une minute, à cet incessant cauchemar de l'invasion, je voulus sortir du village, mais c'était absolument impossible, tous les chemins étaient gardés, partout se dressait devant moi une sentinelle allemande qui m'accueillait en grognant et me menaçait de la crosse.

Je retournai à l'ambulance, en proie à la plus noire nostalgie ; pour la seconde fois en moins de vingt-quatre heures, je sentis affreusement que, au sein même de la patrie, nous n'étions plus chez nous.

En rentrant, je vis sortir deux jeunes gens en costume de touriste, faméliques, et rapés : j'appris que c'étaient deux reporters, l'un Anglais, l'autre Allemand ; ils étaient venus demander à manger, on avait pu seulement leur donner du pain, je regrettai d'abord de ne m'être pas trouvé là pour leur faire donner autre chose, mais puis je les vis aller et venir, si obséquieux avec les Prussiens, pour mendier des aliments ou des nouvelles, que leur attitude basse me dégoûta.

XII

L'ESPRIT ALLEMAND. — DERNIERS PANSEMENTS.

Le jour suivant, au matin (c'était le premier septembre), le passage des troupes durait encore. Tandis qu'il passait de la cavalerie sur la place, nous entendîmes un fracas de gros éclats de rire accompagnés du mot de *Franzosse*, jeté ironiquement à toute volée. C'était le second épisode d'une plaisanterie allemande commencée la veille.

La veille, en effet, deux de nos camarades, avec

des infirmiers portant des brancards, étaient allés du côté de la Besace où, disait-on, il était peut-être resté quelque blessé. Ils retrouvèrent un endroit où l'on s'était battu ; des épaulettes, quelques autres débris d'effets militaires mais pas autre chose.

Tandis qu'ils s'en revenaient, ayant, à gauche de leur chemin un campement de cavalerie ennemie, à droite un coteau, ils aperçoivent tout à coup, à mi-côte, un pantalon rouge et enfin une forme humaine ; c'était, selon toute apparence, un Français blessé à mort. Ils y courent, le corps étendu ne donne aucun signe de vie ; ils approchent, ils regardent de près et... du vallon, aussitôt, part un formidable concert d'éclats de rire tudesques. Ce semblant de cadavre était une grosse poupée de modiste que ces plaisants Germains avaient affublée d'un pantalon de zouave bourré de paille, et pour le reste accommodé tant bien que mal en cantinière.

Près de la manche droite de la veste, elle avait une bouteille de champagne, vide bien entendu, sa manche gauche était sentimentalement repliée sur son cœur et entre ses lèvres de carmin, était piqué avec une épingle un petit papier écrit en français, certainement par un de ces serpents germaniques que nous avions dû réchauffer chez nous, et portant : « Une cantinière et du champagne. Français, que vous faut-il de plus ? »

Ils avaient vu passer nos ambulanciers et pour le retour nous avaient préparé cette bonne farce sanctifiée d'une petite leçon de morale.

Il faut croire qu'ils la trouvaient excellente cette plaisanterie, car les cavaliers qui passaient emportaient cette poupée pour se divertir et avec intention se la jetaient de l'un à l'autre devant notre ambulance en criant: *Franzosse,* évidemment pour attirer notre attention.

Et toujours leurs diaboliques fanfares jouant des airs de triomphe!

Enfin, nous allions être soustraits à ces cauchemars, notre chef, pour des raisons dont je ne fus pas le confident, ayant résolu de dédoubler l'ambulance ; une partie devait rester à Raucourt, jusqu'à ce que l'on pût évacuer les blessés sur un hôpital, car nous étions organisés comme ambulance de campagne et non comme sédentaire ; l'autre partie, dont j'étais, allait rétrograder pour chercher à rejoindre, par un détour, les restes de notre malheureuse armée.

Si j'éprouvais quelque soulagement à l'idée de n'être plus étouffé sous la lourde oppression de l'ennemi victorieux, d'un autre côté, cela me faisait beaucoup de peine de quitter nos pauvres blessés.

Avant mon départ, je fis encore une dizaine de pansements, et je donnai à ceux auxquels cela ne pouvait nuire, un peu de tabac et une goutte de rhum.

Ces mains rudes se tendirent vers moi avec attendrissement lorsque je leur dis que je partais et une larme furtive glissa sur des mâles visages lorsqu'ils me virent boucler mon sac.

Hélas, quand l'ennemi vous entoure et vous regarde, comme on se sent tous frères! Pourquoi oublions-nous parfois qu'il est encore chez nous cet ennemi et qu'il nous regarde toujours.

XIII

LA GUERRE A PASSÉ PAR LA. — LES ENVAHISSEURS.
LE FAUX TURCO.

Nous partimes vers dix heures.

Tout le long de la route, la même par laquelle nous étions arrivés à Raucourt l'avant-veille, la guerre a laissé des traces. Le pillage se trahit au moins autant que la bataille. On voit, épars sur le chemin, des blouses, des effets de paysans, avec des gibecières, des épaulettes, des cartouches ; dans les fossés, de ci de là des bouteilles à faux-col d'argent.

Auprès d'un affreux mélange de viande moitié pourrie, moitié calcinée, je ramasse une jugulaire de casque bavarois que je conserve en souvenir de ces tristes étapes.

Au hameau de Villers, nous rencontrons des oies qui se sauvent toutes désorientées, et, pour la première fois depuis Raucourt, nous apercevons un villageois français. C'est un vrai philosophe, il casse du bois comme en temps ordinaire. Nous lui demandons à acheter les oies.

« Je ne peux pas les vendre, nous répond-il, elles ne sont pas à moi. Mais prenez-les, sans cela les Prussiens les prendront. »

Sauf ce garçon de ferme, il n'y a plus un seul habitant.

Nous entrons dans une maison : tout a été pillé

et saccagé, un bocal de cassis a été brisé sur la table, des débris de fromage et d'assiettes cassées baignent dans ce jus noir.

Tout a été fouillé et fracturé. Un buffet a été défoncé, sur la tablette gisent pêle-mêle des nippes, des cartes à jouer, des lettres et sur le tout du lait répandu.

Plus loin, à Maison-Celle, des Prussiens ont fait une razzia de bœufs, de vaches et de chevaux; ils leur parlent allemand pour les diriger. Les pauvres bêtes ne comprennent pas, et ces brutes les rouent de coups avec une brutale jubilation, enchantés de faire souffrir quelque chose de français.

Dans une maison, un Bavarois, qui a l'air gêné d'un voleur honteux, fouille dans une armoire d'une main maladroite, tandis que de l'autre il tient son fusil comme s'il avait peur d'être surpris et châtié par le propriétaire. Celui là n'a pas l'air d'avoir le tempérament d'un pillard, il sent plutôt qu'il commet une mauvaise action.

La guerre respecte encore moins la propriété que la vie humaine, c'est elle qui fait de cet homme un triste larron.

Un peu avant Chémery, nous rencontrons un campement; nous n'avions pas encore adressé un seul mot aux Prussiens que nous avions rencontrés; là un incident nous force la main : parmi nos infirmiers, nous avions un grand nègre du plus beau noir, les Allemands, peuple des plus badauds pour un peuple de savants, forment cercle autour de notre nègre, se mettent à le regarder comme une bête curieuse en riant niaisement d'une oreille à l'autre. L'un d'eux, plus soupçonneux que rieur, prononce le mot de *turco*, mais son insinuation ne suscite rien de fâcheux, au contraire, des ambulanciers au brassard de la Convention de Genève bourrent de tabac notre bon nègre.

Quelques pourparlers s'étant échangés, nous croyons comprendre vaguement que l'empereur aurait été fait prisonnier à Sedan avec cent mille hommes.

Malgré ce que nous avions vu, c'était si invraisemblable, que nous ne voulions pas y croire. Nous croyions que c'était là une fanfaronnade tudesque inventée pour nous faire porter le découragement parmi nos soldats.

Nous repassons par le bas de Chémery, laissant cette fois le village à notre droite pour suivre notre route vers le Chêne.

Que sont devenus les habitants sympathiques de Chémery?

Que sont devenus nos braves hôtes, la jeune mère et le pauvre petit bébé? Les Prussiens, comme à Raucourt, certainement les volent, les pillent, leur font subir toutes sortes de vexations.

Près d'une ferme, la ferme de Mondieu, en avant de la forêt de Mondieu, nous trouvons un autre campement; là des officiers nous arrêtent avec arrogance et nous demandent nos laisser-passer.

Ils examinent les papiers avec défiance, nous les rendent avec quelques paroles désobligeantes et c'est tout juste s'ils nous laissent continuer notre chemin.

Ils fricottent, eux aussi, le long des routes, sur des petits feux de bois vert. Nous apercevons dans le campement de longues files de bateaux goudronnés qui doivent servir à établir des ponts de bateaux, et nous ne pouvons nous empêcher d'admirer encore leurs beaux chevaux.

Les bois de Mondieu... quels beaux paysages...! Quelle fraîcheur ensoleillée!! Et comme nous respirons à pleins poumons dès que nous ne voyons plus d'Allemands.

Lorsqu'ils attaquent, ils sont habiles à se cacher dans les bois; dès qu'ils sont maîtres du pays, ils les évitent soigneusement, crainte de quelque surprise désagréable.

Au village de Taunag, plus un seul habitant; plusieurs maisons ont été incendiées, les toits sont effrondrés et, à travers les ouvertures béantes et noircies, on voit les poutres inclinées et à moitié carbonisées.

Peut-être quelque courageux villageois a-t-il tiré un coup de fusil. Peut-être s'est-il passé là quelque drame comme à Bazeilles.

Aux fenêtres d'une maison épargnée, les incendiaires et les meurtriers cirent tranquillement leurs bottes en chantant le Rhin allemand.

XIV

AU CHÊNE POPULEUX. — SCHNAPS. — JEUNE SAGE-FEMME. — PARTIE DE CAMPAGNE.

Nous voici arrivés au Chêne, où l'empereur a séjourné il y a environ quarante-huit heures. Le canal des Ardennes passe dans la localité; au moment où nous traversons le pont jeté sur le canal, l'un des nôtres, épuisé de fatigue, tombe évanoui. Je le vois encore tout pâle, étendu sur le sol avec un sac d'ambulance derrière la tête, le chef est près de lui et lui fait avaler un cordial.

G... et moi nous prenons des pilules d'arsenic pour nous soutenir.

Mais on n'a pas le temps d'être malade, notre camarade se relève bientôt et nous entrons dans la ville qui regorge de Prussiens.

Là, on nous dit encore que l'empereur a été fait prisonnier avec cent mille hommes et que, pour fêter cette victoire, les Prussiens sont en orgie depuis la veille.

Cent mille soldats français prisonniers?... Cela nous semblait toujours invraisemblable.

Il nous fallait bien croire cependant qu'il y avait quelque chose, puisqu'on nous le disait pour la seconde fois.

La joie d'être délivré de Napoléon III, je l'avoue, nous semble presqu'à ce moment une compensation de cette défaite; il faut noter aussi qu'en campagne, lorsqu'à chaque instant on est tiraillé par les pressantes exigences de la vie, les mauvaises nouvelles creusent moins profondément. A Paris, nous eussions bien autrement été impressionnés.

Nous nous adressons au maire du Chesne pour qu'il nous donne l'hospitalité dans quelque grande salle de l'hôtel de ville ou de l'école. C'est un ramolli décoré qui est encore fanatique de l'empire. Il venait de loger, paraît-il, l'empereur chez lui, et cet honneur avait achevé de désorganiser son pauvre

cerveau. Bref, dans son enthousiasme impérial, —
il nous refuse toute espèce de local.

Il nous faut de nous-mêmes chercher fortune.

G... et moi, nous sommes délégués pour trouver
de la bière.

Nous finissons par en avoir chez une pauvre caba-
retière encore en deuil de son mari et dont la maison, du haut en bas, est infectée de Prussiens. Ils
se saoulent là-dedans, collés les uns aux autres
comme des sardines dans une boîte ; nous avons
toutes les peines du monde à pénétrer. La pauvre
femme est obligée de nous faire attendre pour
mettre au comptoir une autre personne à sa place,
elle ne peut tourner le dos une minute ; abusant lâchement de ce qu'il n'y a pas là un homme, ils lui
volent les bouteilles sur l'étagère et l'argent dans
son tiroir.

A la cave, tandis qu'elle remplit pour nous un
tonnelet, trois ou quatre Prussiens descendent derrière nous, réclamant à grand tapage du *schnick* ou
du *schnaps*. Il en est un qui, tout en étant gris,
trempe ses doigts dans le trou de la bonde et les
fourre dans sa bouche pour s'enquérir si on ne le
trompe pas et si réellement cette bière ne serait pas
du cognac.

Dans la ville, ils rôdent par troupes autour d'une
brasserie solidement fermée et barricadée, comme
des loups autour d'une étable à moutons. Le besoin
de boire est bien plus tyrannique chez eux que
chez nous ; presque tous — et nous l'avions déjà
observé en Allemagne — nous ont semblé être ce
que les Anglais nomment des *ivrognes d'habitude*,
la masse est atteinte de dipsomanie. En résumé, si

les soldats allemands n'ont pas paru se griser plus que les soldats français, c'est uniquement parce que les premiers, par suite de l'accoutumance et de leur constitution plus lymphatique et moins excitable, supportent impunément d'énormes quantités de boisson. Toujours, toujours des Allemands! Les maisons, les rues, les places en regorgent, l'obsession recommence comme à Raucourt.

Pour y échapper, nous suivons la route qui s'enfonce dans la campagne afin de bivaquer et manger en plein air, lorsque nous n'en verrons plus.

Nous finissons par trouver une belle prairie auprès d'une tuilerie solitaire.

On allume les feux, on dispose les grandes marmites, on met le tonneau en perce et bientôt nous mangeons assis sur nos sacs, dans l'herbe, entourés et cachés par des terrains boisés.

Tout cela est vert, tout cela est frais, éclairé par l'éclat tempéré d'une splendide et tiède soirée d'automne.

Comme on se croit loin de la guerre et de l'oppression odieuse du vainqueur dans cette jolie et calme solitude ! Nous constatons, non sans remords, que nous sommes joyeux !

D'abord, nous ne savions pourquoi. Puis on se rend compte que c'est uniquement parce que depuis Raucourt c'est la première fois que nous ne voyons plus, que nous n'entendons plus l'ennemi.

Malheureusement, il faut rentrer en ville pour coucher, mais nous rentrons seulement à la nuit pour être le moins possible en contact avec nos ennemis.

Provisoirement, notre point de ralliement était à

l'auberge du *Cheval blanc*. Dans les étages supérieurs, une vaillante jeune femme, mademoiselle Marie B., a tant bien que mal installé une ambulance. Le plus grand nombre de ses malades a la variole noire, le typhus, la dysenterie; les malheureux sont couchés sur de la vieille paille sans literie, cela sent horriblement mauvais, c'est un véritable foyer d'infection. Il y a un zouave et un maigre turco qui sont convalescents, mais ils sont forcés de rester prisonniers.

Mademoiselle Marie B. est une jeune sage-femme qui a fait ses études à Paris. Elle est grande, fraîche, souriante et d'allure décidée. Elle nous parle du quartier latin un peu en étudiante, mais n'importe, c'est une bonne et courageuse fille. Au risque de contracter ces terribles maladies contagieuses, elle soigne ses pauvres malades avec la plus dévouée sollicitude. Elle a épuisé pour les alimenter ses propres ressources, et dans ce rôle d'héroïque sœur de charité, elle est toujours gaie et insouciante comme une Parisienne.

Tandis que nous causons devant l'auberge en fumant une cigarette, plusieurs Silésiens, à l'insu des autres alliés, viennent nous serrer la main et nous faire leurs protestations de sympathie pour notre infortunée patrie.

Ils nous confient combien ils se trouvent malheureux de servir ces odieux Prussiens, ils versent des larmes en nous parlant. S'ils le pouvaient, ceux-là **combattraient volontiers contre** la Prusse **avec la France.**

Nous n'avons pas l'ambition de coucher dans des lits, ils sont tous occupés par messieurs les Allemands ; nous nous contenterions de paille, mais nous n'en trouvons pas une seule botte. Dans nos recherches, nous rencontrons un malheureux fermier traîné par les Prussiens de pays en pays, depuis plus de quinze jours, avec ses charrettes et ses chevaux, pour le transport des bagages et des provisions. On surcharge, on accable, on surmène ses pauvres bêtes ; au début il en avait trois, il n'en reste plus que deux, la troisième est morte de fatigue.

Lui, à bout de patience, avait voulu regimber, on l'avait roué de coups et enfin ligotté et attaché derrière une de ses charrettes.

Réduit au désespoir, il voulait s'échapper avec nous, ou se jeter dans le canal.

Nous ne l'avons pas revu.

Nous ne savions pas comment faire pour nous coucher, enfin, chez un homme humain et complaisant, un boucher, on met à notre disposition, dans une maison isolée, une vaste salle pleine de foin. Nous en faisons immédiatement un dortoir.

XV

ROMAN PLUS TRAGIQUE QUE COMIQUE. — UN FALSTAFF ÉQUESTRE.

Le lendemain matin, en regagnant sac au dos notre point de ralliement, je passe — plutôt étourdiment qu'avec préméditation, entre deux lignes de Prussiens faisant l'exercice, ces lignes étant

très espacées. L'officier me toise d'un air inso-
lent, je le regarde droit dans les yeux avec une co-
lère sourde, je le brave bien en face, il rougit et se
détourne vers ses soldats.

A quoi bon cette vaine bravade? Certainement
j'eusse mieux fait de, passer paisiblement mon chemin, mais on avait beau être vaincu, le sang vous
montait parfois à la tête. D'ailleurs, comme s'ils sentaient bien que leur victoire n'était pas loyale, bien
qu'ils fussent les plus forts, ces gens-là manquaient
d'assurance.

Au *Cheval blanc*, nous parvînmes à déjeuner.

Mademoiselle Marie B. n'avait plus rien pour
alimenter ses blessés, absolument rien. Nous lui
donnâmes une certaine quantité de bouillon et de
viande.

Après déjeuner, nous quittons le Chesne, les Allemands ont pris tous les chevaux passables, toutes
les voitures pouvant rouler. Quelques-uns d'entre
nous marchant avec peine, nous raccolons à prix
d'argent les restes de l'envahisseur, de mauvais
chariots à foin tout démantibulés, des rosses malades ou hors d'âge et nous prenons dans les bois la
route d'Amagne.

A une descente, nos roues hors d'usage et n'ayant
pas été graissées depuis des années, s'échauffent,
fument, et enfin prennent feu.

On essaye d'éteindre, comme Gulliver éteignit
l'incendie du palais de Lilliput ; mais nous n'avions
pas comme lui bu du vin blanc diurétique et si nous
ne voulons voir le chariot flamber il faut rapidement descendre au fond du vallon pour se procurer
de l'eau.

Comme c'est vert! comme c'est frais, comme c'est beau, ces pittoresques gorges de l'Argonne; il semble que la belle nature impressionne d'autant plus vivement l'homme qu'il vibre sous le malheur.

Un peu plus loin un grand sabotier roux sort de sa cabane à la lisière du bois et vient nous parler.

« Ah s'*ils* n'étaient que quelques-uns... nous fait-il, on prendrait un fusil et l'air du pays ne *leur* ferait pas mal... mais ils sont tant et tant... » finit-il avec un geste découragé.

Nous arrivons à Lametz; depuis le Chesne jusque-là nous n'avons pas vu d'Allemands. Bien qu'il pleuve, les habitants de Lametz viennent au-devant de nous; lorsqu'ils voient que nous sommes des Français, ils éprouvent un mouvement de joie.

Ils tremblent à chaque instant de voir venir les envahisseurs. Hélas, ils ne sont pas loin! Avant d'arriver à Tourteron, dans un champ à droite de la route, nous voyons manœuvrer sous la pluie un escadron de cuirassiers blancs.

Un peu plus loin des uhlans paradent devant nous. Ils ont une bonne tenue malgré la pluie et de beaux chevaux, mais je ne puis m'empêcher de noter que toutes les fois que nous rencontrons nos ennemis, ils se rengorgent avec un sérieux grotesque et s'étudient à faire la roue. Quand ils ne nous fusillent pas, ces lourdauds ont la victoire comique.

Tout près il y a un campement et nous y rencontrons un type remarquable, une vraie figure de Falstaff court, rond et rubicond; il conduit une paire de chevaux français gris pommelés, habillés de harnais à bricole, il est monté sur l'un d'eux, ce qui ne l'empêche pas d'emporter dans chaque main deux bouteilles de bière en trottinant, la joie lui sort en huile par tous les pores.

Plusieurs fois sur notre chemin, nous avons remarqué de longues traînées de sang. Nous arrivons à Amagne trempés de pluie. Dans une assez vaste auberge où nous entrons nous rencontrons des *ordonnances* d'un officier supérieur déguisés, mangeant une soupe à l'oignon avec des marchands de bœufs.

Ces ordonnances cherchaient à rejoindre le corps d'armée du général Vinoy qui opérait sa fameuse retraite à peu près dans la même direction que nous, traqué chaque jour par les Allemands dont les éclaireurs venaient galoper sur les flancs à portée de fusil sans que le gros des ennemis pût le joindre.

Si le général n'avait eu l'énergie de marcher nuit et jour malgré la fatigue de ses jeunes troupes, s'il n'avait pas eu l'habileté de se maintenir à droite au lieu d'incliner vers nous un peu à gauche, il était perdu, car, circonstance terrible, son corps d'armée manquait de munitions.

Dans Amagne, nous n'avions pas encore vu de Prussiens, et nous nous en croyions quitte pour la soirée, lorsqu'il en entra une dizaine dans l'auberge.

Avaient-ils flairé les *ordonnances*? Peut-être, en tout cas ceux-ci avaient filé et les Allemands restèrent à boire dans la cuisine avec nos infirmiers.

Toujours le problème des vivres. Nous finissons cependant par dîner.

Nous avions été mouillés jusqu'aux os; pour provoquer une réaction salutaire on nous fait un grand saladier de punch, et pour continuer la fête nous couchons sur de la paille fraîche dans une étable à moutons. Nous en emportons le matin comme souvenir un épais parfum d'écurie aiguisé d'une subtile odeur d'ammoniaque.

XVI

ANIMAUX VICTIMES DE L'INVASION.

Avant d'arriver à Rhétel, nous sommes assaillis par un orage épouvantable avec accompagnement d'éclairs livides et de violents coups de tonnerre. Puis brusquement apparaissent de lumineuses et chaudes trouée de soleil.

Nous rencontrons de petites bandes de cavaliers ennemis, beaucoup ont des volailles pendues à l'arçon, ils leur ont brutalement coupé la tête, le sang s'écoule le long de la selle, ce qui nous explique les traînées sanglantes que nous voyons sur les chemins depuis la veille.

Nous arrivons sur la place de la mairie, elle est déserte, presque tout est fermé. Nous entrons dans un café, la guerre atrophie les uns et grandit les autres, un conducteur des ponts et chaussées qui s'y trouve, donnant un rare exemple de patriotique abnégation, nous offre sa voiture, sa maison et voudrait nous héberger tous malgré la disette, car là comme partout le pain est rare, la viande manque. Nous remercions notre conducteur des ponts et chaussées et nous continuons notre marche.

De Rhétel à Ecly, route pittoresque, vallée charmante; plus d'Allemands, pour le moment, tout est calme, silencieux et doux comme un beau paysage d'automne, mais l'esprit et les sens ont à peine le temps de percevoir cette impression d'enchantement; sur cette belle route sablée d'or, bordée de chaque côté par la parure dentelée d'une gracieuse et fraîche végétation, la simple rencontre d'un cheval vient brusquement rappeler la guerre.

Ce cheval est seul, entièrement nu, sans même un licol, il est blanc, rond, luisant de bien-être, d'apparence on ne peut plus pacifique. C'est sans doute une de ces bonnes bêtes de famille que madame peut conduire en toute sécurité et qui est familière et inoffensive avec les enfants.

Mais il est triste et morne à cette heure, le pauvre cheval; bien que absolument libre, il ne bouge pas. Nous nous approchons et sur l'éclatante blancheur satinée nous voyons aux genoux deux énormes plaies arrondies et sanglantes. Le malheureux cheval est affreusement couronné, les tissus ont été raclés jusqu'à l'os.

Sans doute dans une poussée de panique folle, comme en provoquaient les uhlans, on l'avait attelé, surchargé, puis fait courir à des allures inaccoutumées et trop rapides; la pauvre bête, qui n'était jamais sortie de son train-train paisible depuis des années, était tombée, puis s'était relevée certainement, car on avait du cœur, mais ses forces trahissant son courage, elle devait être tombée plusieurs fois, la profondeur de ses plaies semblait l'indiquer, et, enfin ses maîtres voyants que décidément elle ne pouvait faire ce que la violence des circonstances commandait, l'avaient abandonnée sur place, et, toute dépaysée, toute esseulée, elle ne bougeait pas de là, attendant qu'on vînt la chercher et n'osant pas même aller dans un champ ou dans un pré tondre une bouchée. Elle aura attendu jusqu'à ce que quelque uhlan, craignant qu'un Français ne la recueille et ne la guérisse, l'ait assassinée froidement d'une balle dans l'oreille selon la tactique féroce qui consiste non seulement à tuer, mais à ruiner systématiquement le pays.

XVII

BONNE ET BRAVE PETITE FRANÇAISE. — LE CHAMPAGNE DU CONFRÈRE.

A Ecly nous trouvons un campement prussien important et un long convoi.

La soirée est magnifique, mais l'étape a été longue et dure ; harassés, affamés, nous n'arrivons à Château-Porcien, qu'à nuit tombante.

Dans la grande rue, trois uhlans, dont deux complètement ivres traînant leur sabre avec fracas sur le pavé ; ils se sentent soutenus par une douzaine d'autres à l'hôtel de ville, ils se sentent soutenus par leur campement, ils se sentent soutenus par la terreur qu'a inspirée leurs atrocités de Bazeille, et ils se font une gloire facile d'insulter une population de vieillards, de femmes et d'enfants.

On a beau porter la croix rouge, le cœur ne se neutralise pas ; l'approche de ces trois uhlans ivres et grossiers nous tourne le sang, nous hâtons le pas pour échapper à ce spectacle et ne pas faire quelque violente sottise.

La population nous est d'autant plus bienveillante, que sa haine est plus excitée par l'ennemi ; il lui semble qu'elle voie en nous quelque chose de l'armée française.

Nous sommes très sympathiquement accueillis dans un de ces petits hôtels d'autrefois, qui sous une apparence modeste cachent une cuisine confortable.

Au moment où nous pénétrons dans l'hôtel, une petite fille de neuf à dix ans, brunette, un peu pâle avec de grands yeux noirs et une physionomie étrangement expressive, nous regarde les uns après les autres, ayant pour chacun un sourire et une parole de bienvenue.

Elle est singulière cette petite fille ! les malheurs du pays semblent l'avoir mûrie en quelques jours ; elle a le cœur d'une femme et la hardie pureté de l'enfant. Après nous avoir conduits dans une salle où nous déposons nos sacs, elle disparaît tout à coup, puis quelques minutes après reparaît avec un bouquet de mignonnes et charmantes roses de la saison et fleurit nos poussièreuses boutonnières de vaincus.

Nous l'embrassons pour la remercier et elle se laisse cordialement embrasser comme si elle était depuis longtemps notre petite amie.

Elle nous demande des nouvelles de la guerre avec le sérieux d'une grande personne et nous lui racontons les misères que nous avons vues.

Assise sur nos genoux, un bras appuyé sur la table, son enfantine tête brune mélancoliquement posée sur sa main frêle, elle suit notre récit avec des larmes dans les yeux et une attention fiévreuse. Sous les malheurs de nos soldats, elle sent les malheurs de la France, et son petit cœur meurtri en reçoit une douloureuse maturité.

Depuis, j'ai lu Marouzia, cette œuvre d'un si tendre et si ardent patriotisme, traduite par la plume si sympathique d'Hetzel, et sa petite héroïne nous a rappelé le cœur de notre fillette aux roses.

Sa mère l'avait envoyée au dehors, probablement pour ajouter quelque chose à notre dîner; elle rentra tout à coup en courant, essoufflée, bouleversée; sa petite figure expressive est toute pâle, ses frêles mains tremblent, ses yeux noirs roulent des larmes: les uhlans l'avaient poursuivie, l'avaient attrapée, l'avaient entraînée de force chez le confiseur pour lui donner des bonbons, si elle voulait les embrasser, mais elle, repoussant avec indignation leurs cadeaux, était parvenue à leur échapper et, courant à perdre haleine, avait regagné l'hôtel.

A table elle aide activement à nous servir, elle nous comble tous d'attentions et de chatteries. Il semblait qu'elle se vengeait des Allemands par le contraste qu'elle accentuait autant que possible entre sa manière d'être à notre égard et la répulsion qu'elle ressentait vis-à-vis d'eux.

Ah! la brave et bonne petite Française!

Au dessert nous eûmes la visite d'un des médecins du pays, confrère sympathique, excellent patriote qui, malgré nos protestations et nos résistances, nous fît apporter un panier de champagne.

« Ne me refusez pas, nous disait-il, c'est un grand plaisir pour moi de vous l'offrir et de plus je n'aurai pas le déboire d'en abreuver les Prussiens. »

Et nous bûmes le champagne mélancoliquement, en élevant avec émotion nos verres au relèvement de notre malheureuse patrie.

Qu'est devenu ce bon docteur ? Qu'est devenu l'enfant aux roses sous la botte odieuse de l'envahisseur ?

Ces uhlans de Château-Porcien faisaient partie des éclaireurs qui talonnaient le treizième corps en retraite commandé par le général Vinoy. La veille ce corps avait passé tout près de Rhétel où l'attendait le général von der Trump avec soixante mille Allemands, mais Vinoy appuyant plus à l'ouest, s'était dirigé vers Chaumont-Porcien ; encore, un guide, probablement un de ces nombreux espions entretenus en France par la Prusse, avait-il failli mener les Français à la boucherie, c'est-à-dire à Château-Porcien, au lieu de Chaumont-Porcien. Quoiqu'il en soit, l'ennemi était sur la piste ; à Novion-Porcien avec de l'infanterie, de la cavalerie et de l'artillerie, il avait rejoint et attaqué l'arrière-garde de Vinoy commandée par le général Susbielle. Ce dernier avait su tenir les Allemands à distance et ceux-ci, soit manque de renseignements précis sur l'importance de nos troupes, soit lassitude, n'avaient pas continué la poursuite.

Il n'en est pas moins certain qu'ils rôdaient dans la région comme l'ogre qui sent la chair fraîche et que le treizième corps l'avait échappé belle, car une douzaine de mille hommes ne peuvent résister à soixante mille, surtout quand les premiers sont sans munitions, ce qui est absolument historique.

Nous nous attendions d'un moment à l'autre à être utiles en cas de rencontre.

XVIII

LES MOBILES DE GUIGNICOURT. — LE PANTALON BLANC
DU CAPITAINE. — UNE BALLE DANS LE VENTRE. —
MORTS EN HÉROS.

Le lendemain à Condé, nous rencontrons encore
des uhlans.

A Neuf-Château, nous éprouvons un mouvement
de joie et nous battons des mains comme des enfants parce que, enfin, nous venons d'apercevoir un
pantalon rouge, un petit fantassin français en uniforme.

A part les malades du Chesne, c'est le seul que
nous ayons vu depuis la dramatique affaire de Raucourt.

La vue de notre petit troupier nous prouve que
les Prussiens ne sont pas encore venus jusque-là.
Nous nous procurons des voitures assez facilement.

La population, pleine de bienveillance et de bonne
volonté, nous offre du vin, du bouillon, des comestibles. Nous refusons en remerciant ces braves
gens, nous avons hâte de gagner la gare de Guignicourt où nous pourrons peut-être enfin prendre la
voie ferrée, et nous utiliser sur Paris, puisque le
reste de l'armée semble s'y diriger.

Chemin faisant, un de nos cochers d'emprunt,
ancien conducteur de diligence, vieux routier gri-
sonnant qui connaissait bien le pays, du haut de
son siège, jette tout à coup ces mots à un piéton qui

se rendait comme nous à Guignicourt: « Tu diras au capitaine des moblots qu'il y a deux cents uhlans qui s'avancent... moi je n'ai pas le temps de m'arrêter, il faut que je ramène les chevaux tout de suite, » ajoute-t-il.

Le piéton tout effaré part en courant et il distance bientôt nos pataches surchargées.

Lorsque nous arrivons à la gare de Guignicourt il est trop tard, il n'y a plus de trains depuis la veille.

L'un des nôtres — un débrouillard — comme on dirait aujourd'hui, qui avait un peu chassé dans les quatre parties du monde pour collections zoologiques, chargé d'une mission secrète par notre chef, part seul en avant jusqu'à ce qu'il puisse rejoindre une ligne en activité ; il se charge d'emporter à Paris nos correspondances, ce qui est très important pour nous, car d'un moment à l'autre nous pourrons être arrêtés dans les lignes allemandes.

Nous entrons au café de la Gare pour écrire à nos familles affreusement inquiètes sur notre compte. Tout à coup, tandis que nous écrivons sur les petites tables du café, un cri de panique retentit au dehors :

« Sauvons-nous ! Voilà les uhlans ! »

Et quelques personnes se précipitent tout effarées dans le café, comme poussées par un coup de vent.

Les uhlans ? Eh bien ! après ? La terreur des populations leur a fait une renommée légendaire et effrayante, qui nous a été très pernicieuse et qui leur a été très utile. Les uhlans se gardent bien de tuer à leur première visite. Ils sont lancés en recon-

aissance, uniquement comme éclaireurs; il n'y a
aucun danger immédiat Ce qu'il faudrait faire systématiquement, c'est que pas un ne puisse rapporter
ce qu'il a vu: car c'est eux qui donnent les renseignements meurtriers sur la marche, l'importance,
la direction, la situation des troupes françaises, et
nous font surprendre et écharper à coup sûr par des
masses supérieures en nombre.

Au début de la campagne, nous avions partagé la
terreur universelle; maintenant, nous savions à
quoi nous en tenir. Ceux qui n'ont pas fini d'écrire
continuent tranquillemént leur lettre, ceux qui ont
ai sortent avec le drapeau d'ambulance.

Pas l'ombre d'un uhlan... C'est une fausse alerte,
dont a été cause, sans doute, la nouvelle apportée
par le coureur d'après la communication du cocher.
Les mobiles se sont rassemblés et se sont mis en
marche, mais ils ne sont pas allés loin. A quelque
distance de la gare, nous les apercevons réunis sur
un pont et interrogeant la campagne.

Bientôt, ne voyant rien, ils se replient vers la
gare. On se salue, on s'aborde. Le capitaine, jeune
encore, est un ancien militaire à teint clair et figure
ouverte; il s'est un peu alourdi en embonpoint, mais
il a conservé la moustache du soldat et porte avec
assez d'aisance le sabre et les épaulettes. Observation inquiétante : il a un pantalon blanc. Je sais
bien qu'il fait beau temps et que c'est dimanche;
mais, sapristi! capitaine, nous ne sommes pas à une
parade de pompiers. On manque probablement de
pantalons d'uniforme; soit. Mais, de tous les pantalons du monde, le blanc était celui qu'il ne fallait
point porter; car c'est la couleur qui se voit de plus

loin; et puis, avec cela, comment ramper et se traîner sur le sol en tirailleur? Voilà certainement, nous disions-nous, un officier qui a la passion de la parade; et nous avions de la peine à le prendre au sérieux.

Après le capitaine, le lieutenant vient causer avec nous devant la gare. C'est un grand et beau jeune homme, tout fier de son sabre et de son revolver. Il n'y a pas longtemps, sans doute, qu'il possède cette dernière arme, car il l'exhibe avec enfantillage et en fait miroiter la forme et le mécanisme.

Malheureusement, le revolver était chargé, et le jeune lieutenant ne paraissait pas habitué à son maniement. Le groupe au milieu duquel il paradait était composé de trois ou quatre d'entre nous, de quelques-uns de nos infirmiers et de deux ou trois naïfs habitants de la localité, de ces cokneys, de ces gobe-mouches qui ne disent rien et alimentent l'intérêt de leur vie uniquement de ce qu'ils voient et de ce qu'ils entendent. Tout à coup, pif!... le revolver part au milieu du groupe. On se tâte, on se regarde... Les plus près n'ont rien; mais un des pauvres gobe-mouches, un de ceux qui se tenaient humblement derrière, s'accroupit en se serrant l'abdomen de ses deux mains...

— C'est moi qui l'ai dans le ventre, fait-il d'une voix étouffée.

Et il ajoute :

— Je suis f.....

L'imprudent lieutenant était plus blanc que le pantalon du capitaine.

On s'empresse autour du malheureux bonhomme.

Nous le faisons porter par nos infirmiers dans une salle du café, et, là, on le déshabille pour se rendre compte de la blessure et lui donner les soins nécessaires.

Le blessé est vêtu d'une courte blouse de campagnard et d'un assez gros gilet, tous les deux troués par la balle. Au moment où l'on déboutonne le pantalon, un des habitants s'écrie :

— Il est mort... il perd tout son sang!

C'était un alarmiste de trop d'imagination : ce qu'il prenait pour des flots de sang n'était qu'une large ceinture de laine rouge faisant plusieurs fois le tour du corps.

Cette ceinture est elle-même traversée dans ses tours multiples, la chemise aussi. On la soulève... Pas une seule goutte de sang, pas trace d'orifice d'entrée. Il n'y a, sur la peau tendue et élastique de l'abdomen, qu'une vergeture circulaire d'un rouge violet, comme la trace d'un fort coup de fouet. La balle, bien que tirée à bout portant, a été amortie par les vêtements et les plis multiples de la ceinture, et a fui de côté en faisant contusion, sans pénétrer. On rassure le bonhomme, on lui fait prendre un petit verre pour le réconforter, et on prescrit des compresses résolutives.

Il s'était vu mort, il avait toutes les peines du monde à croire à sa résurrection.

— Mais la balle? disait-il, où donc est la balle?

— Ce qu'il y a de sûr, lui répondîmes-nous, c'est que vous ne l'avez pas dans le ventre.

Je retournai à l'endroit où l'accident était arrivé ; je regardais sur le sol par acquit de conscience seulement, lorsque, tout à coup, j'aperçois un léger

sillon : je me baisse, et je trouve la balle de revolver.
Je l'ai devant moi en écrivant ceci. C'est un miracle
qu'elle n'ait pas pénétré ; car, en frappant le sol, elle
avait encore une force telle qu'elle s'est toute dé-
formée.

Le bonhomme put gagner à pied sa maison, simplement accompagné d'un de ses concitoyens.

Le lieutenant semblait plus malade que le blessé.
On peut dire que tous les deux l'avaient échappé
belle.

Après le pantalon blanc du capitaine et l'expérience du lieutenant en manœuvre d'arme, il semblait difficile de prendre au sérieux les mobiles de
Guignicourt.

Cela, nous dit-on, n'empêchait pas le curé et
quelques notables de parcourir le pays pour ameuter
les habitants contre le capitaine, et les exciter à dé-
truire les armes, à les faire disparaître, sous le prétexte que le capitaine, — une tête brûlée ajoutait-
on, — allait faire bombarder et saccager la petite
ville.

Eh bien ! ce capitaine, avec sa poignée de jeunes
gens, c'étaient tout simplement des héros qui
allaient se sacrifier pour la patrie.

Ancien militaire, ancien officier, il sait, lui, ce
que c'est que la guerre ; il sait qu'il n'a derrière lui
aucun corps d'armée, aucun régiment français pour
le soutenir, pour venir à son secours ; il sait que
deux cents uhlans bien armés, bien montés, s'avancent sur Guignicourt. Eh bien ! ce capitaine, convaincu qu'il va à la boucherie, a froidement résolu
de défendre le passage du pont ; et, envers et contre
tous, il a rassemblé, il a organisé, il a électrisé, il a

fanatisé une petite troupe de jeunes gens. Inexpérimentés, ce n'est pas leur faute : ils n'en sont que plus braves. Et le lieutenant, qui avait pâli craignant d'avoir tué un concitoyen, ne pâlissait pas lorsqu'il parlait des uhlans qui allaient arriver.

En outre du grand exemple donné au pays, ils pouvaient être utiles au corps de Vinoy en retardant la marche des éclaireurs ennemis.

Certains Français, armés pour la défense, n'ont eu que les plaisirs du pantalon blanc et de l'exhibition du revolver ; ici, à peine à demi habillés et équipés, la sanglante défaite, la mort encore plus émouvante près de la maison paternelle, et pour ceux qui survécurent les travaux forcés et la faim dans quelque glaciale forteresse prussienne comme Spandau.

Peu de temps après notre passage, en effet, les uhlans arrivèrent et la plupart de ces héroïques jeunes gens furent massacrés (1).

Chaque fois que je songe au capitaine en pantalon blanc, c'est maintenant avec émotion et admiration,

---

(1) Les défenseurs de Châteaudun et de Bazeilles aussi avaient été écrasés ; mais si, ville par ville, village par village tous les habitants s'étaient défendus comme ceux-là, les armées allemandes eussent été bien vite désorganisées par la panique. Ce que les Allemands redoutent par-dessus tout, ce sont les guérillas. Comme l'Espagne, au temps de Saragosse, comme le Mexique envahi par Bazaine, la France serait chez elle invincible pour l'Allemagne si, en dehors des armées régulièrement constituées par grandes masses, nous encouragions et organisions des guérillas avec des volontaires que leur âge ou tout autre motif dispensent du service régulier. Pour que la France puisse efficacement se défendre, il faut utiliser les qualités maîtresses des Français.

car je crains bien qu'il ne soit mort, cet officier héroïque.

Je dédie ce chapitre à la mémoire des mobiles de Guignicourt et je les inscris au rang des martyrs pour la patrie.

XIX

PANIQUE. — INDISCIPLINE.

En quittant Guignicourt, nous étions partis pour Borieu, en nous dirigeant sur Soissons.

Phénomène psychologique à noter, plus nous nous éloignons des Allemands, plus les populations sont effrayées.

Dans les pays où l'on parle des uhlans sans les avoir vus, il souffle des paniques folles. Nous mêmes, à chaque instant on nous prend pour des uhlans : lorsque nous arrivons en vue des villages et sur les grandes routes poudreuses, des groupes de femmes à genoux, éperdues, affolées, lèvent les bras au ciel, en se tordant les mains dans la plus violente exaltation du désespoir.

Dans une auberge, une pauvre femme sanglote et crie en nous voyant entrer.

A Borieu, nous avons le plaisir de rencontrer encore trois soldats français, dont un négrillot. Ils partent dans une charrette pour gagner Paris au plus vite.

Là, à cinq heures du soir, nous apprenons qu'il y a un gouvernement provisoire, mais encore avec

Palikao. Nous qui avons vu comment cette guerre est conduite, qui avons compris la cause de nos désastres, en voyant l'impuissance, l'inertie des chefs, et le désordre de l'armée, nous ne pouvons croire que l'on ait conservé la moindre confiance pour les créatures de l'Empire.

Le 5 septembre, à Vailly, nous apprenons la proclamation de la République. On se serre les mains, on s'embrasse, les larmes coulent des yeux ; cette bonne nouvelle par-dessus tous ces désastres nous donne un peu de joie et d'espérance.

Non seulement, nous étions heureux d'être délivrés de l'Empire, mais nous espérions que la République donnerait une nouvelle énergie à la défense de la patrie. Cela n'enlevait rien, malheureusement, à la puissante organisation des Allemands, et la République ne pouvait improviser en quelques heures ce que l'Allemagne préparait depuis un demi-siècle.

A Vailly, un maire, enragé bonapartiste, nous voyant heureux de la République, fait semblant de nous prendre pour des espions et nous donne l'ennui de lui exhiber nos papiers.

Pour la première fois, nous trouvons des voitures convenables pour gagner Soissons.

Depuis Condé, toutes les routes sont coupées de tranchées de deux mètres de large environ ; on passe la tranchée sur de petits ponts volants en planches. C'était dans l'intention de retarder la marche de l'ennemi, mais y a-t-il eu quelqu'un pour enlever au bon moment le pont volant ? Et d'ailleurs, les Allemands n'avaient ils pas dans leur matériel de quoi y suppléer facilement.

En avant de Soissons, on se croirait en Hollande : on a lâché les écluses pour inonder le pays exprès. On redoute l'arrivée des Prussiens d'un moment à l'autre. La majeure partie de ce qu'il y avait de troupes nous paraît rassemblée pour le départ.

La voie est encombrée de convois militaires, soit pour les hommes, soit pour le matériel.

Que fera notre ambulance ?

Les uns sont d'avis de tenir la campagne, à la recherche des débris de l'armée.

D'autres supposent que l'armée se réunira sous Paris, que c'est là que l'on se battra, que c'est là que notre présence sera utile.

L'opportunité d'un séjour à Soissons ne nous semble pas indiquée ; d'ailleurs, il y a déjà une ambulance militaire et une ambulance volontaire, comme nous, de la *Société de secours aux blessés*.

L'avis du chef prévaut, on se rapprochera de Paris.

Quelques-uns regrettent de n'avoir pu aborder Sedan en temps opportun, mais nous n'avions pu croire à cette sinistre nouvelle, et c'est trop tard maintenant.

D'un autre côté, la capitale nous attire comme si nous avions le pressentiment des combats du siège.

Nous prenons un train qui nous dépose à quatre kilomètres de Dammartin.

Nous arrivons vers le soir, sac au dos, trempés de pluie, presque en même, temps qu'une partie de la division du général Exéa.

Le pays est encombré de troupes plus ou moins désorganisées. La panique règne, non pas chez le soldat, mais chez l'indigène, la disette aussi. La plupart fuient, le peu qui restent ferment leur porte.

Partout la terreur, la consternation, la désolation. Nous ne trouvons qu'une seule auberge ouverte.

Tant bien que mal, nous étions parvenus à rassembler les éléments d'un repas, lorsqu'une bande de soldats sans chefs, indisciplinés, insolents, brutaux, dont les meneurs semblent être d'anciens soldats rappelés, s'emparent violemment du vin et de la viande qui nous étaient destinés.

Il nous fallut recommencer sur de nouveaux frais.

Toute la nuit, on entendit le tapage nocturne de quelques soldats avinés, les uns arrivant, les autres quittant le pays.

Rien de plus écœurant, surtout en temps de guerre, d'avoir en spectacle l'indiscipline et l'inconduite du soldat. Cela fait rougir de honte et coupe bras et jambes.

Voilà les restes de l'armée que l'Empire léguait à la République.

XX

REPOS A DAMMARTIN.

Il y avait une semaine que nous marchions, le chef nous donna un jour de repos à Dammartin.

Le lendemain, la pluie tombait encore, la matinée était grise. Les maisons fermées donnaient au pays un aspect lugubre.

De temps en temps, on voyait passer des escouades

de mobiles s'en allant sur Paris avec armes et bagages.

Les vivres manquaient, parce que la panique faisait fermer les boucheries, les charcuteries et toutes les boutiques de comestibles. Mais les animaux vivants étaient à qui voulait les prendre. On ne voyait que volailles qui piaillaient et se débattaient attachées par la patte au bout du fusil des mobiles. On leur en donnait plus qu'ils n'en pouvaient emporter.

Sur la route passaient à chaque instant des habitants fuyant sur des voitures surchargées de tout le bric-à-brac des déménagements. On voyait passer aussi d'immenses chars de fourrage traînés par des bœufs ou des chevaux.

Sur une grande voiture chargée de paille, attelée de deux robustes chevaux, au milieu de massives casseroles de cuivre et d'autres ustensiles de cuisine scintillant comme de l'or, deux beaux bébés avec une jeune bonne en tablier blanc, à physionomie avenante et gaie, jouaient dans la paille avec deux jolis chiens de chasse, des épagneuls au poil soyeux et frisé. Il ne pleuvait plus, le soleil avait reparu, la jeune bonne et les bébés riaient, naïvement, divertis par cet aventureux déplacement.

Le lendemain, lorsque nous partîmes, il n'y avait plus personne dans le pays. En quittant ce bourg si désolé, je me rappelais les jolies pages que ce pauvre Gérard de Nerval a écrites sur Dammartin et les rieuses jeunes filles qu'il a chantées. La panique a fait du village du poète une morne solitude, les maisons fermées ressemblent à des tombeaux, toutes les jeunes filles en sont parties quittant tris-

tement leur chambrette, et leur petit lit blanc sera
souillé demain par quelque uhlan qui y couchera
avec ses bottes et ses éperons et y laissera ses déjections, comme c'est la plaisante mode dans l'armée
allemande.

XXI

**VILLAGES ABANDONNÉS. — MARAUDEURS. — PRIS COMME
ESPIONS.**

Tout le long de notre route, nous ne trouvons que
fermes et hameaux abandonnés. Rien à manger.
Nous finissons pourtant par rencontrer une maison
de campagne à moitié déménagée où l'on nous donne
du pain, du vin et d'excellentes pêches à profu-
sion.

A côté, il y avait une ferme d'où les habitants
étaient partis, laissant des oies, des canards et une
belle génisse couleur froment afin que l'ennemi,
nous dit-on, voyant que l'on avait eu l'attention dé-
licate de ne pas tout emporter, épargnât l'habitation. Si cette pauvre vache a attendu sa nourriture
des Prussiens, bien sûr elle sera morte de faim devant son râtelier et la crèche vide ; on aurait dit
qu'elle sentait son abandon à la façon plaintive dont
elle meuglait. Les animaux sont encore plus malheureux que les hommes en temps d'invasion.

Des maraudeurs de banlieue, en blouse et en casquette, maraudaient des moutons, des lapins, de la
volaille qu'ils enlevaient dans des voitures à bras.

Du reste, les habitants qui émigraient en masse donnaient tout pour rien.

Jusqu'à Gonesse inclusivement, les maisons sont fermées et abandonnées. Comme une traînée de poudre, la panique a gagné le pays.

A Enghien et Montmorency, les habitants ne sont pas partis, mais la vie ordinaire et régulière est interrompue, les fruits pourrissent jonchant les champs et les jardins, les gens s'assemblent désœuvrés sur les routes et les carrefours. La désolation et la frayeur de l'invasion sont peintes sur les visages, la terreur fait éclore les plus absurdes soupçons. Jusque-là, si contre toute évidence quelques villageois, aussi ignorants qu'affolés, nous avaient pris pour des uhlans, à notre approche, ils avaient reconnu leur erreur et s'étaient bientôt rassurés ; eh bien, à Sarcelles, puis à Montmorency, aux portes de Paris enfin, voilà qu'on nous prend pour des espions ; la foule, qui s'amasse autour de nous défiante et menaçante, parle de nous faire un mauvais parti.

On a beau les réfuter par l'absurde, leur ressasser que les espions se cachent, que les espions voyagent isolés et non comme nous, en corps et en uniforme, drapeau en tête, les imbéciles et les trembleurs n'en veulent pas démordre et quelques-uns d'entre nous sont traînés à la mairie pour y être remis entre les mains de l'autorité. Là, à l'exhibition de papiers en règle, on veut bien relâcher les ôtages ; mais sur la place, les plus acharnés secouent encore la tête d'un air de doute et nous devions nous en ressentir.

XXII

CHAMBRE VIRGINALE. — BON GENDARME. — RECHERCHE
D'UN LIT. — RÉFLEXIONS « AU VEAU QUI TÈTE. »

Brisés, moulus, affamés, épuisés, nous entrons
enfin dans un petit hôtel pour tâcher de dîner.
Comme toujours, on nous répond qu'il n'y a rien,
mais l'on finit par trouver quelques provisions.

Pendant qu'on prépare le dîner, nous nous mettons en quête de chambres et de lits; on s'organise,
on fait des feux, on quitte ses bottes et ses vêtements
mouillés, on se délasse, on se détend. L'ambulance
peut espérer quelque répit jusqu'à ce que l'ennemi
sera devant Paris. Pour le moment, on n'y veut pas
songer; comme le soldat, on est déjà habitué à vivre
au jour le jour et même à rire des incidents gais.

En fait de chambre, lorsque j'en demande une, il
ne reste plus que la chambre de la jeune fille de la
maison, pensionnaire de quatorze ou quinze ans.
L'enfant couchera avec sa mère pour me céder son
lit.

C'est un bijou que cette chambrette, c'est propret,
c'est coquet, c'est gentillet, partout de la gaze blanche faisant transparent sur des fonds roses..., mais,
sapristi, comment ferai-je pour entrer dans cette
virginale couchette? je vois tout de suite, en la com-
parant à ma taille, que je suis en présence de l'in-
soluble problème du contenant plus petit que le
contenu. J'ai beau mesurer minutieusement le lit

de la jeune fille, cela ne l'allonge pas. Avec mes cinq pieds neuf pouces, sans compter les fractions, je serai là-dedans comme ces hommes affiches, pittoresquement appelés *sandwichs*, dont la tête et les pieds sont à l'air, tandis que le corps seul est couvert. Mais que faire? Aller dans le pays pour me remettre en quête? Jamais! J'ai quitté mes grosses bottes et mis de souples chaussons, je ne puis me résoudre à me rebotter. Après avoir couché dans des écuries, il serait ridicule de se montrer difficile. Le lit est petit, c'est incontestable, je me coucherai en chien de fusil; il est vrai que, s'il n'est pas long, il est étroit, et qu'il faudra toujours qu'en long ou en large une partie de moi-même couche dehors.

— Mais bast, nous en avons vu bien d'autres et puis la chambrette est si jolie!

Enfin, le dîner est prêt, c'est le premier repas sérieux de notre journée, je descends dans la salle à manger.

Nous étions déjà dans les excellentes dispositions d'estomacs qui, ayant englouti le potage, se dilatent à sa douce chaleur dans la perspective des mets qui vont suivre, lorsque notre hôtesse, toute tremblante d'émotion, vient nous dire que les gendarmes demandent à nous parler !

Encore la panique de l'espionnage!!

Malgré que nous eussions fourni les preuves les plus évidentes sur notre identité, on envoyait le brigadier avec deux gendarmes pour nous surveiller de près.

Nous les accueillons par un formidable éclat de rire; le brigadier décontenancé s'excuse, mais, il n'en laisse pas moins un de ses hommes dans la salle à manger pour veiller sur nos faits et gestes.

Le pauvre Pandore, resté seul au milieu de nous, était pâle et tremblant, on eût dit un mouton au milieu d'une ménagerie.

Il se tenait debout, à une distance respectueuse de la table, ne sachant quelle contenance se donner peut-être était-il plus embarrassé de son rôle qu'effrayé de se trouver seul au milieu de ce repaire d'espions.

De temps en temps, les malins de la troupe lui envoyaient quelque brocard et le pauvre gendarme, qui n'en pouvait mais, s'excusait du sot métier qu'on lui faisait faire.

Vers le milieu de notre repas il accepta un verre de vin, puis au dessert un autre, puis le café et ses accessoires : il voyait bien, disait-il, que nous étions de braves jeunes gens et de bons Français, mais à son grand regret, il était obligé d'exécuter la consigne.

Nous nous serions beaucoup amusé de notre gendarme, mais déjà trop de souvenirs tragiques pesaient sur nous pour que nous pussions longtemps nous divertir.

Quoi qu'il en soit, il nous quitta, peut-être un peu animé, mais parfaitement convaincu que nous étions bien de vrais Français.

En outre du bon gendarme, ce qui avait aussi égayé le repas, c'était la certitude que l'on avait de coucher dans de véritables chambres et dans de vrais lits.

Pour moi, je tâchais d'oublier que le mien était trop court et en fumant un excellent cigare, je me berçais du doux espoir que je finirais bien par m'en

arranger, lorsque mon camarade G. vint à moi et
me prit à part d'un air mystérieux :

« Mon cher ami, me dit-il, il ne reste plus de lits
dans l'hôtel, mais, j'en ai trouvé deux dans le pays,
à cinq ou six minutes d'ici.

Un excellent homme qui garde une belle propriété
bourgeoise me les a offerts. »

— Je vous remercie bien, répondis-je, j'ai la
plus jolie chambre de la maison, celle de la jeune
fille.

— Ce n'est pas pour vous, c'est pour moi que je
vous demande de m'accompagner... Vous, vous
n'avez pas été arrêté par la populace, vous étiez en
arrière, mais j'ai été un de ceux que l'on a conduits
à la mairie comme espions, et je vous assure que
cette situation est un supplice épouvantable ; vous
avez beau vous débattre, fournir les preuves les plus
évidentes, les gens terrorisés ne *veulent* pas vous
croire et on sent très bien qu'ils seraient contents de
vous voir coller à un mur au bout des fusils d'un
peloton d'exécution.

Mon cher, ces visages et ces regards font une
impression sinistre... tant que l'on ne l'a pas éprouvé,
on ne peut le croire.

Ma tête est compromise dans ce pays, ajouta-t-il
en souriant, à cette heure-ci je ne veux pas sortir
seul et m'exposer à être arrêté de nouveau, j'ai
compté sur vous pour m'accompagner. »

Je ne répondais pas, je pensais à ma jolie chambre
qu'il me fallait quitter, à mes grosses bottes qu'il
fallait reprendre, à mon sac ouvert qu'il fallait re-
faire et reboucler.

G. voyait mes hésitations, il appuya :

« Mon cher, c'est un service que vous me rendrez.

— C'est bien, lui répondis-je, en me résignant non sans regret, je vous suis. »

Je remonte en soupirant dans la jolie chambre et en parcourant d'un dernier regard ce moelleux petit nid, mon sacrifice ne m'en paraît que plus dur. Le lit me semble moins court et moi pas si grand ; quant au lit promis par mon camarade, je ne le tenais pas encore.

Ce qui m'avait le plus coûté pourtant — ceux-là seuls qui ont fait à pied de larges étapes me comprendront, — ç'avait été de remettre mes bottes.

Une fois chaussé, je prends mon parti en brave, nous allumons une cigarette, et nous voilà partis sac au dos. Il pouvait être dix heures du soir, la nuit était claire, l'air frais et sapide, tout était silencieux. Nous gravissons à droite de l'hôtel une petite côte par une belle route sablée, lavée par la pluie et je vois que mon camarade me conduit dans la campagne au lieu de se diriger vers les habitations.

« Est-ce loin, lui dis-je, votre villa ?

— Tout près, me répond-il ; » mais je remarque qu'il marche d'un bon pas.

Et nous allons toujours plus loin.

« Ah sapristi ! s'écrie tout à coup G. je crois que je m'égare. »

Je ne peux réprimer un mouvement d'humeur.

« Mais, mon cher, lui fais-je, c'est un hasard extraordinaire, si dans un pays que vous ne connaissez pas, vous retrouvez, la nuit, une maison entrevue au crépuscule une seule fois.

— Il faudra bien que je la retrouve. »

Pour être catégorique, la réponse n'en était pas plus rassurante.

Nous tournons, nous retournons, nous pivotons sur nous-même et enfin G. me dit : « Je crois que c'est là. »

Nous nous arrêtons devant une grille assez élégante avec une jolie villa dans le fond toute blanche au clair de lune ans un pittoresque décor de verdure sombre. A coup sûr, il doit y avoir là de bonnes chambres et de confortables lits ; cette hypothèse tempère l'amertume de mes regrets.

Le gardien, assure mon compagnon, doit avoir laissé la porte de la grille ouverte.

Nous arrivons à cette porte, nous tâtons, nous secouons, elle est impitoyablement fermée.

« C'est pourtant bien là, fait mon compagnon, il est vrai qu'il est un peu tard, le bonhomme aura fermé. Nous allons sonner, il m'attend, il ouvrira. »

Nous sonnons, nous carillonnons, nous appelons, nous crions, pas le moindre mouvement dans la villa, pas la moindre réponse. L'habitation est morte et close du haut en bas, pas le plus mince filet de lumière à travers les persiennes.

Nous avons beau insister et même lancer des pierres, ce qui n'est peut-être pas fait pour rassurer le bonhomme par ces temps de frayeur chronique, de guerre las nous sommes forcés de nous retirer.

Où aller maintenant ? En partant de l'hôtel j'avais cédé mon lit de pensionnaire à un collègue encore plus grand que moi.

D'ailleurs, ne l'eussé-je pas cédé, je ne pouvais maintenant abandonner mon camarade.

Nous voilà donc de nouveau errant au clair de lune dans les avenues, avec notre éternel sac au dos et nos jambes raidies par une de nos plus fatigantes étapes.

« Sur la place au haut du pays, il doit y avoir un hôtel me dit G., je me rappelle que, avant dîner, on me l'a indiqué. »

Mais c'était encore loin le haut du pays et ça montait terriblement pour y arriver.

Trouverions-nous l'hôtel ? Nous ouvrirait-on ? Y aurait-il des lits ? Autant d'X dont nous n'avions pas la solution.

Il y avait environ deux ans, j'étais venu en partie à Montmorency, *au Veau qui tête*, mais je n'étais pas entré dans le pays par ce côté, surtout de nuit, et j'avais plus hanté la forêt que les rues de la localité ; aussi bien que G. j'errais tout à fait dans l'inconnu. Enfin, grâce au clair de lune et avec cette donnée topographique précise qu'il fallait toujours monter nous arrivons sur une place et, devant nous, à notre gauche, bien que nous ne puissions lire l'enseigne, nous voyons une maison dont l'aspect général indique un hôtel. Nous apercevons de la lumière à travers une porte entr'ouverte, **nous poussons cette porte, nous appelons et nous nous trouvons en présence d'une domestique qui nous accueille avec le plus grand embarras. Elle nous** dit que ses patrons sont partis, qu'il n'y a plus rien.

« Y a-t-il des lits ?

— Il y a des lits mais sans draps ni couvertures. »
Nous allons toujours voir.

La bonne a dit vrai, mais, ô bonheur, sur les lits

il y a encore les matelas. Enfin, nous allons pouvoir nous reposer. Nous nous souhaitons bonne nuit et prenons chacun une chambre.

Je me débotte pour la seconde fois, je redéboucle mon sac, je reprends mes chaussons, je m'enroule dans mon plaid et m'allonge sur le matelas avec l'espérance de dormir à poings fermés.

Mais j'ai beau fermer les yeux, le sommeil ne vient pas. La fièvre de la fatigue et de l'insomnie m'agite, mes tempes battent, mon sang boût, je sens que je ne dormirai pas.

Je rallume la bougie. Je n'ai rien à lire, je regarde autour de moi. Jusque-là j'avais seulement fait attention au lit avec ses matelas à carreaux bleus sans draps, maintenant il me semble que je reconnais la chambre : papier grisâtre, porte à la cloison correspondant au pied du lit, deuxième porte à la tête, fenêtre en face, cette fenêtre doit ouvrir sur le jardin.

Je me lève. La nuit est toujours claire, je tourne l'espagnolette, c'est bien effectivement sur le jardin. A droite il y avait un berceau de chèvrefeuille où l'on dressait la petite table pour nos repas.

Hasard étrange, l'hôtel où j'étais échoué était le même où j'avais séjourné autrefois en compagnie légère et la chambre celle précisément où j'avais couché.

Mes souvenirs se réveillant l'un l'autre je me rappelai qu'en effet l'hôtel était sur une place en haut du pays. J'étais véritablement *Au Veau qui tète.*

Hélas comme les temps sont changés !

Nous étions venus alors en partie de plaisir, ne

songeant comme tant d'autres, à cette époque, qu'à nous amuser, c'est-à-dire à perdre en de sottes débauches, notre temps, notre santé et nos mœurs... et la France tout entière, trompée et démoralisée par les contagieuses corruptions de l'Empire, avait fait comme nous jusqu'à ce que sur les murs de la salle du banquet était apparue l'ombre sinistre des casques pointus.

Dans les déplorables désordres de la vie d'étudiant, il y en avait qui passaient le plus clair de leur vie dans les brasseries, se germanisant par le tabac la bière et certaines théories allemandes plus dangereuses qu'humanitaires.

Je me rappelai en ce moment que dans des établissements où j'allais parfois, ceux qui donnaient le ton, ceux qui avaient le plus d'influence sur les étudiants étaient précisément des Allemands et je songeai, en me rappelant les allures et la singulière propagande de ces personnages, que ce pouvait bien être là de ces agents démoralisants que le méphistophélique Bismarck entretenait secrètement en France. J'en pourrais compter jusqu'à trois dans mes souvenirs.

Le premier exerçait dans une brasserie voisine de l'Observatoire. C'était un frais et gros personnage de quarante-cinq à cinquante ans, Allemand des pieds à la tête, érudit comme un ver de livre, s'exprimant assez correctement en français, mais avec un accent germanique qu'il n'y avait pas moyen de dissimuler. Vêtu avec la simplicité, la propreté, la gravité d'un quaker, il était coiffé d'un feutre noir plat à larges ailes. Au premier abord sa physionomie avait un air de sincérité et de bonhomie. La couleur candide de ses yeux bleus, son front chauve, sa longue pipe tudesque, sa façon flegmatique et respectable d'entonner la bière, jointes à l'exposition de théories ultra socialistes, panachées d'un sensualisme pernicieux lui donnaient du prestige auprès d'un certain nombre d'étudiants. Il était du reste facile à un homme de cet âge de rouler des jeunes gens de vingt à vingt-cinq ans, et il ne s'en faisait pas faute.

Après l'exposition d'utopies humanitaires qui séduisent toujours la jeunesse, il exaltait la littérature allemande, la science allemande, la politique allemande, la vertu allemande et au nez de la jeunesse française méprisait la France et les Français. Chose incroyable on le laissait dire et, sous prétexte d'impartialité philosophique ou de déférence pour le pseudo-quaker, il s'en rencontrait même pour approuver la propagande délétère de ce reptile à gages.

Un jour pourtant il se trouva un étudiant qui le regardant bien en face, lui dit que les Français pouvaient s'ils le voulaient laver leur linge sale en famille, mais que quant à lui, étranger, mangeant le pain de la France, il lui était défendu d'en dire du mal.

Le quaker équivoque devint livide sous sa fausse bonhomie et lui que précédemment l'on ne prenait jamais sans vert, baissa cette fois la tête sans rien dire. « honteux comme un renard qu'une poule aurait pris. »

Depuis lors, il fréquenta beaucoup moins la brasserie de l'Observatoire, il ne parlait qu'avec réserve et lorsqu'il me voyait, il baissait la tête et finissait par quitter la place.

Au moment de la guerre il disparut, après la guerre on ne le vit plus.

Il s'était donné pour professeur, mais je ne lui ai jamais connu un élève et il me paraissait plutôt vivre comme une sorte d'équivoque rentier émargeant au budget de la police prussienne.

J'en avais connu un second de ces personnages dans une autre brasserie, rue de l'École de Médecine; un troisième à une table d'hôte de la rue Saint-André-des-Arts. Ceux-là aussi avaient dépassé l'âge des étudiants, ceux-là aussi étaient des étrangers, des espèces de philosophes cosmopolites s'attaquant à tout ce qu'il pouvait y avoir de bon dans cette jeunesse, comme des corrupteurs à gage.

Le cœur, la conscience, l'amour et le respect de la patrie, ces agents travaillaient à tuer tout cela chez la jeunesse en essayant de lui inculquer, comme le Méphistophélès de Gœthe à l'étudiant, le poison débilitant d'un méprisant scepticisme.

Et non seulement les étudiants, mais la France entière semblait travaillée par ces agents prussiens, si bien que tandis que les Anglais exaltaient l'Angleterre, les Italiens l'Italie, les Russes la Russie, les Allemands l'Allemagne, les Français dénigraient la France.

Je passai une partie de la nuit à faire sur mon matelas bleu ces retours amers et je constatai une fois de plus après bien d'autres que le malheur vous apprend à vivre.

Le lendemain nous rentrions dans Paris par le

premier train pour nous mettre à la disposition du comité de la Société de secours aux blessés.

Notre première campagne avait été courte, mais instructive et c'est à elle que nous dûmes, comme on va le voir, de rester aux avant-postes pendant tout le siège de Paris et d'aller sous le feu en plein champ de bataille recueillir les blessés dans presque tous les combats.

DEUXIÈME PARTIE

I

RETOUR A PARIS. — DÉPLACEMENT INUTILE. — ÉTA-
BLISSEMENT AUX AVANT-POSTES.

Sauf la fermentation qui régnait encore de la proclamation de la République, sauf qu'il y avait sur
les places plus de gardes nationaux et de mobiles,
nous étions tout étonnés de voir qu'à Paris la vie se
continuait avec les mêmes allures et les mêmes
habitudes qu'avant notre départ, qu'avant Sedan et
que l'on s'y faisait encore des illusions.

Nous sommes sauvés maintenant que nous sommes en république, disait-on. L'on n'avait absolument aucune idée de la formidable organisation
allemande et de notre désorganisation.

J'allai à la rédaction d'un grand journal politique
auquel j'avais donné antérieurement quelques ar-
ticles à propos d'opérations chirurgicales importantes et de cas intéressants.

Je fus accueilli d'abord et entouré avec une cu-
riosité des plus sympathiques, mais puis, lorsqu'en

réponse à des demandes de renseignements je racontai le désordre, l'indiscipline qui régnaient dans ce que j'avais vu des débris de notre armée, et au contraire l'ordre observé chez l'ennemi en marche, malgré les excès bachiques auxquels il se livrait en séjournant dans le pays conquis, on se refroidit subitement, on me regarda de côté avec défiance, un peu plus on m'aurait pris pour un alarmiste aux gages de Bismarck. Instruit par nos mésaventures de Sarcelles et de Montmorency, je savais qu'il ne fallait pas jouer avec ces défiances-là. J'arrêtai à temps mes révélations et regagnai la confiance du secrétaire de la rédaction qui m'accablait de peu discrètes obsessions pour avoir de moi un casque prussien.

Je fus surpris de l'ignorance enfantine et présomptueuse de ces braves garçons qui, chaque matin, dans le journal, massacraient les questions militaires les plus importantes avec plus d'aplomb que les stratégistes les plus consommés. Du reste, tout le monde à peu près avait perdu le sens commun. Il semblait que le nom seul de république fût un talisman qui devait arrêter nos formidables vainqueurs. Et l'on perdait un temps précieux à se griser, à se saoûler des grands mots de liberté, égalité, fraternité, au lieu de construire des redoutes, de creuser des tranchées et d'élever des épaulements. Ceux qui déblateraient dans les clubs passaient pour de meilleurs républicains que ceux qui combattaient aux avant-postes pour la patrie.

Mais revenons à notre rôle d'ambulancier. Nous étions rentrés dans Paris pour nous mettre de nouveau en rapport avec le comité de la Société de secours et recevoir des indications sur la nouvelle direction à prendre.

Après nous être portés du côté de Lagny, deux jours après notre arrivée, puis au-delà de Ville-Neuve Saint-Georges le 14 septembre, sans entendre un coup de fusil, il devenait à peu près certain que tout ce qui restait de l'armée s'était retiré sur Paris ou dans Paris et que le plus sûr moyen de nous rendre utile, était de ne pas nous éloigner.

D'un autre côté, nous ne voulions pas nous transformer en ambulance sédentaire comme les diverses ambulances établies en ville ; nous voulions être tout près des champs de bataille pour pouvoir rapidement et efficacement porter un prompt secours aux blessés et ce n'était pas seulement chez quelques-uns de nous recherche du danger et passion de l'aventure, c'était parce que comme tous les chirurgiens nous savions que la plupart des blessés qui meurent s'en vont d'hémorrhagie, soit sur le champ de bataille même, soit des suites, l'anémie consécutive enlevant aux blessés la force pour supporter les opérations ou la vitalité nécessaire à la guérison.

Il nous fallait trouver quelque bâtiment vaste et sain en dehors des fortifications, aux avant-postes, assez près des lignes ennemies pour être tout de suite à portée des engagements. Ce n'était pas facile.

Eh bien, cet établissement qui devait répondre à tant d'exigences diverses nous fut offert par les dominicains d'Arcueil.

Ils y trouvaient plusieurs avantages ; le premier fut d'abord de neutraliser et de préserver leur importante et riche institution d'Albert le Grand.

Comme la plus part des médecins, surtout lorsqu'ils sont encore étudiants, le plus grand nombre d'entre nous n'aimaient pas les moines, mais, à notre arrivée il n'en restait que deux : un père, ancien étudiant en médecine, disait-on, et l'économe, un petit homme frêle et doux mais courageux, fusillé plus tard lors de l'insurrection communaliste.

Ils nous accueillirent comme des sauveurs et prirent tout d'abord à tâche de s'effacer. La situation et l'agencement de leur établissement était unique, il semblait presque avoir été construit exprès pour l'installation d'un hôpital d'une salubrité exceptionnelle et, en même temps, il se trouvait aux extrêmes avant-postes, un peu trop avancé même, car pendant quelques jours, après l'affaire de Châtillon, toutes les troupes s'étant retirées derrière les fortifications et derrière les forts, nous nous trouvâmes isolés dans les lignes des grand's gardes ennemies pendant la nuit.

Pendant le jour, de nos fenêtres nous suivions à l'œil nu la chasse à l'homme pratiquée d'arbre en arbre et de muraille en muraille par nos marins envoyés des forts en reconnaissance contre les reconnaissances allemandes.

Plus d'une fois, les balles traversèrent les vitres des vastes salles, s'aplatirent sur nos murs, et mirent en péril l'existence de quelques-uns des nôtres dans les jardins mêmes de l'établissement. Plus tard des obus éclatèrent jusque dans les bâtiments.

Si jusqu'ici je me suis laissé entraîner à quelques détails un peu personnels, c'est pour bien cou-

vaincre le lecteur que je parle *de visu* : j'y étais,
j'ai noté, je raconte. En second lieu ces détails portent tous l'empreinte de l'époque et des circonstances, maintenant les tableaux sanglants vont se
succéder presque sans interruption et c'est avec un
intérêt poignant qu'on va nous suivre sur les champs
de bataille à la recherche des blessés et des morts,
en enregistrant chemin faisant un certain nombre
d'actions héroïques.

II

ABANDON DE LA REDOUTE DE CHATILLON.

Le matin du 19 septembre, me trouvant en per-
mission à Paris depuis la veille, j'entendis gronder le canon au sud, justement dans la direction de
notre ambulance définitivement installée à Arcueil.

Je saute dans une voiture et me fais conduire aux
fortifications par Montrouge, tout palpitant de la
crainte de ne pas arriver à temps. On dit qu'on ne
passe plus. Je mets aussitôt pied à terre et arrive
pour voir fermer les barrières renforcées de chevaux
de frise.

De malheureux habitants de la banlieue courent
épouvantés pour se réfugier dans Paris, on dirait
que les uhlans sont à leurs trousses. Les uns crèvent
de poussifs bidets attelés à de misérables carrioles
chargées de pauvres mobiliers. D'autres, suant,
haletant, emportent le plus clair de leur avoir dans
de petites charrettes à bras.

6

C'est une panique, un affolement comme il s'en voit seulement dans les grands désastres.

Malgré toute leur hâte, ils arrivent trop tard, la barrière se ferme inexorablement et ces malheureux restent là, effondrés sur leurs bagages, en proie au plus profond désespoir.

C'est la première fois que le spectre de l'invasion de 1870 frappe à une des portes de la capitale.

Tandis qu'ils se désespèrent de ne pouvoir entrer, par une antithèse comique dans ce tableau tragique je me désole de ne pouvoir sortir. Je fais une tentative à gauche vers la porte voisine, et j'ai la chance de rencontrer une de nos voitures d'ambulance devant laquelle on rouvre la barrière sans difficulté. Nous franchissons enfin les fortifications.

Bientôt nous rencontrons une voiture de cantine contenant cinq blessés, les uns assis, les plus malades à demi-couchés. Ils ont la tête basse, l'air morne, le visage pâle, de ci de là on aperçoit le linge blanc des pansements.

Plus près du fort Montrouge, un gendarme à cheval revient en rasant les murs, portant à l'arçon de sa selle, dans un filet, du fourrage comprimé. Il a la face encadrée dans une bande blanche en mentonnière, trempée de sang. Il nous rappelle le cavalier d'Horace Vernet, dans son tableau si saisissant de l'attaque de la barrière de Clichy; c'est bien cela, je vois que ça a été pris sur nature.

Nous voici à Arcueil, à notre ambulance, mais c'est seulement l'après-midi que nous recevons ordre d'aller chercher des blessés à la redoute de Châtillon.

C'était le moment critique; nos troupes qui, le

matin, s'étaient portées en avant sous la conduite du général Ducrot, étaient définitivement repoussées. Les Allemands avaient presque éteint les feux de la redoute derrière laquelle on s'était replié.

Tête baissée, nous allions arriver au moment même où l'on évacuait, en toute hâte, cet ouvrage à peine ébauché muni seulement d'épaulements et d'embrasures.

Nous n'avions pas de détails sur la journée, mais divers indices nous avaient fait pressentir que cette affaire de Châtillon était un nouveau désastre.

N'importe, nous nous engageons avec deux voitures en avant du fort de Montrouge dont les obus destinés à l'ennemi passent en sifflant au ras de notre tête.

La route que nous suivons est basse et encaissée, c'est rassurant, mais cela ne dure pas longtemps.

A Bagneux où il nous faut passer avant d'arriver à Châtillon nous trouvons des troupes de ligne massées à volonté à l'abri des maisons qui bordent les deux côtés de la route. Il y a des gendarmes pour maintenir l'ordre ; eux qui sont d'anciens soldats savent mieux que les autres profiter des accidents de terrain et se défiler le long des murailles pour se garantir des obus ennemis.

Nous rencontrons bientôt les cacolets de l'intendance militaire et les collets brodés d'argent ; un officier supérieur nous dit qu'il est dangereux d'aller plus loin avec nos voitures. Nous poussons quand même vers Châtillon. Dans un pli de terrain entre les deux villages, nous apercevons l'uniforme marron des amis de la France.

A Châtillon, pour la seconde fois, un officier supérieur, avec quelque raison, veut arrêter nos voitures. Nous mettons pied à terre, nos infirmiers prennent avec eux les brancards, et à pied nous continuons.

Nous dépassons bientôt les troupes de ligne. Nous ne rencontrons plus maintenant que quelques artilleurs et des gendarmes faisant le service d'ordre et se détachant en estafettes.

Les cacolets de l'intendance, d'abord restés en arrière, nous rejoignent, nous profitons de leur exemple pour faire avancer un peu plus nos voitures. Mais bientôt, nous nous apercevrons que la route monte à découvert, nous sommes au bout de Châtillon, au pied de la butte.

A droite, nous apercevons une auberge avec une grande cour, nous y remisons nos voitures, recueillons un mobile blessé et nous avançons.

Toutes les maisons sont abandonnées, la plupart ouvertes aux quatre vents. Quelques attardés, chassés par les obus, emportent avec eux leur fortune dans un panier ou dans un mouchoir de poche.

A droite, des murailles sont fraîchement éventrées, à nos pieds la route est labourée en travers par les projectiles. Devant nous, un soldat du génie se baisse et ramasse des éclats tout chauds. Nous en ramassons nous-mêmes. D'autres arrivent en sifflant, mais passent heureusement au-dessus de notre tête. N'importe, l'impression est terrible. Ces obus qui de gauche à droite coupent perpendiculairement l'axe du chemin de la redoute, nous indiquent que l'artillerie allemande a déjà opéré son traditionnel mouvement tournant et que la retraite peut être coupée.

Que va-t-il advenir ? . . . .

Détail que je ne croirais pas si je ne l'avais vu de mes yeux, un charretier en blouse bleue, avec un tonneau de vin sur sa charrette, monte comme nous vers la redoute ; il a mis un robinet au tonneau et au bruit de la canonnade crie son vin à trois sous le verre.

Le soldat du génie en boit un verre ; j'avais soif, je ne savais quand, ni comment nous nous tirerions de là, je fais comme le soldat. Jamais le meilleur vin du monde ne m'a laissé un tel souvenir. Quel tonique et rafraîchissant cordial.

Enfin, nous voici à la redoute. Nous dépassons à gauche une maison de briques à persiennes vertes et bientôt nous apercevons devant nous la face interne de l'épaulement avec les gabions remplis de terre et plusieurs embrasures déjà vides de canons.

C'est un ouvrage à peine ébauché, je le répète, sans abri, presque sans défense, une plate-forme à peine protégée par un parapet rudimentaire, un véritable nid à mitraille. Serons-nous toujours condamnés à être trahis par l'imprévoyance ?

Mon cœur se serre lorsque je détache mes yeux de l'avant de la redoute et qu'en arrière je vois les monuments de Paris scintillant à nos pieds dans une sereine majesté avec leurs splendides broderies et leurs dorures.

Le soleil brillant et radieux illumine nos angoisses avec une cruelle ironie ; jamais je n'avais vu si glorieusement resplendir le dôme d'or des Invalides.

Et dire qu'une fois maîtres de cette redoute, les Allemands seront libres de bombarder Paris et de pointer à l'œil nu leurs barbares canons Krupp sur ses merveilles.

Ce fut, pour nous, comme une vision épouvantable.

Aucun espoir, la position est déjà abandonnée, presque déserte. Nous n'apercevons qu'un officier en capote de simple soldat et cinq ou six artilleurs.

Nous demandons où il y a des blessés ?

« Il y en a une centaine dans le bois de Clamart, nous répond l'officier, mais c'est à deux ou trois kilomètres et maintenant dans les lignes prussiennes. »

Sur la redoute même, il y a eu une douzaine de morts ou blessés déjà évacués par les ambulances militaires.

De la droite où il y en a encore un peu de monde, nos infirmiers rapportent un artilleur tout ensanglanté ; on ne distingue à la région inférieure de l'abdomen qu'un paquet de haillons souillés affreusement de terre et de sang. Le malheureux vient d'avoir la cuisse emportée par un obus, presqu'au ras de l'articulation ; pas un soupir, cependant, pas une plainte, il est étendu sans mouvement sur le brancard, ayant à peine la force de regarder l'aumônier décoré qui l'accompagne et cherche à lui dire quelque chose de consolant.

On présume qu'à gauche, il y a peut-être des blessés : c'est là l'endroit le plus dangereux, c'est par la gauche que l'ennemi tourne la position, il y a quatre chevaux tués. Nous nous risquons ; il n'y a plus de blessé, mais un artilleur mort, coupé en deux par un obus... le ravage est affreux, les intestins verdâtres mêlés de sang se répandent de côté sur le sol.

Nous voyons venir un général, nous lui demandons s'il est possible d'aller chercher les blessés de Clamart le général nous répond que c'est de toute impossibilité.

Tout près de nous, la canonnade ennemie ébranle l'air. Plus près de nous encore, nous entendons le roulement strident et déchirant de la mitrailleuse.

Déjà, les balles des tirailleurs allemands arrivent jusqu'à nos brancards. Un de nos infirmiers est atteint, heureusement sa vareuse seule est trouée.

Plusieurs autres balles viennent s'aplatir contre l'embrasure d'une porte de jardin dans l'ouverture de laquelle nous avions eu l'imprudence de nous mettre en observation, le camarade G... et moi. Lui a la peau de la nuque déchirée, moi le menton égratigné par des fragments de plomb. J'ai tiré de l'incident un axiome utile : c'est que, en guerre, il ne faut jamais s'encadrer.

Bientôt, c'est une grêle de projectiles dont la direction accuse de plus en plus le terrible mouvement tournant. Les obus sifflent à nos oreilles avec un bruit sinistre, leur trajectoire coupant ~~verticalement~~ l'axe longitudinal de la redoute. Les tuiles de la toiture de la maison de brique vers laquelle nous nous somme réfugiés, dégringolent en cascadant: la situation est tout à fait désespérée. Les quelques soldats de l'infanterie et de la mobile qui tenaient encore sur la droite, sont forcés de lâcher pied, et les deux dernières pièces d'artillerie se retirent aussi, en toute hâte, sur les ordres d'un capitaine.

perpendiculairement. SVP

La route est en pente, les chevaux des cavaliers galopent ainsi que ceux attelés aux caissons et aux pièces, c'est une affreuse débandade. Des chevaux s'engagent ventre à terre, à travers champs, en désarçonnant leurs cavaliers, des attelages s'emballent sans conducteurs, tout est mêlé et confondu, soldats de la ligne, cavaliers, mobiles, artilleurs. Je vois encore un superbe cheval noir galopant affolé au travers de tout cela avec un trou sanglant dans la cuisse.

Pour nous, mornes, désespérés, nous descendons des derniers par un des côtés de la route ; avec une lenteur calculée, nous allons rejoindre nos voitures.

Devant nous, embarrassé sans doute par son sabre et ses éperons, un cavalier démonté se jette quatre fois par terre pour vouloir fuir trop vite, oubliant, comme dit Déroulède, que la balle dans le dos tue aussi bien qu'au ventre.

Heureusement, les Allemands, même après la victoire, manquent d'audace ; ils semblent avoir peur que les positions conquises ne fassent explosion sous leurs pieds ; ce jour-là, comme bien d'autres, ils ne surent pas profiter de leurs avantages ; ils n'achevèrent pas leur mouvement, sans cela ils auraient réduit cette agglomération désordonnée en une bouillie sanglante.

Un artilleur qui marchait à pied à côté de nous, donnait, en ce moment lugubre, une note comique :

— Ah bien ! Celle-là, disait-il, les Prussiens ne la mangeront pas, et il sauvait tranquillement en l'emportant sur sa tête, dans une grande gamelle la soupe de son escouade.

L'héroïsme avait aussi ses représentants ; deux mobiles, l'un de Rennes, l'autre de Paris, remontaient le courant de la débandade en retournant face à l'ennemi :

— Mourir pour mourir, s'écriaient-il, il vaut mieux mourir en faisant son devoir...

Ils étaient tout jeunes, ces braves enfants, et pleuraient des larmes de rage en serrant leur chassepot contre leur cœur.

Ils donnaient l'héroïque et touchante impression de deux jeunes martyrs qui vont se sacrifier pour la patrie.

Et nous, nous nous retirions, sombres, la mort dans l'âme, en songeant que cette fois encore nous étions vaincus et que, maîtres de Châtillon, les Allemands allaient infliger à notre si belle et si malheureuse capitale non seulement les angoisses d'un siège, mais les horreurs sauvages d'un bombardement.

III

DÉSARTICULATION DE LA CUISSE — PATROUILLES ALLEMANDES.

Nous rentrons à l'ambulance, silencieux, tête basse, le cœur bourrelé d'humiliations.

C'est donc une fatalité ! Ce sera donc toujours ainsi ! Nous n'assisterons donc qu'à des déroutes et des débandades ! songions-nous avec un morne désespoir.

Et nous retrouvions plus intenses et plus désespérées nos lugubres impressions des environs de Sedan.

En outre du mobile blessé à la main et de l'artilleur à la cuisse emportée, nous avions recueilli deux autres blessés, un soldat du 10ᵉ de ligne, l'articulation du coude traversée par une balle, et un du 35ᵐᵉ grièvement blessé à un membre inférieur.

Le malheureux artilleur succomba tandis que l'on tentait la désarticulation de la cuisse. Il venait de mourir, lorsque je le revis dans une salle du rez-de-chaussée, couché, tout ensanglanté, dans un des lits de fer des collégiens.

Malgré les souffrances de son atroce blessure, une longue attente dans la redoute, sans soulagement, sans pansement, au milieu de la chaleur lourde et de la brûlante poussière du combat, malgré les douloureux cahots du transport, malgré les souffrances d'un commencement d'opération, son cadavre avait le sourire aux lèvres.

Il avait le droit de sourire, celui-là, il avait pu avoir en mourant la joie de se dire qu'il mourait héroïquement, après avoir reçu la blessure mortelle à son poste, tandis que tant d'autres l'avaient abandonné lâchement.

Par une impulsion instinctive qui partait du meilleur de mon âme, ma main toucha la main de ce martyr. Elle était encore tiède, on eût dit qu'elle comprenait la pression de la mienne.

Nous nous attendions à être bombardés pendant la nuit, on croyait que les Allemands allaient tenter d'approcher Paris par la vallée de la Bièvre ; notre ambulance était sur le bord. Quelques-uns d'entre nous occupaient au troisième des petites chambres de dominicains meublées en chambres de garçon avec le strict nécessaire qui semblait du luxe quand on avait couché dans les écuries. On y était admirablement posté pour voir au loin, mais aussi pour recevoir des obus; le chef ordonna d'évacuer ces chambres pour descendre au rez-de-chaussée, plusieurs obéirent; G. C. et moi nous préférâmes risquer d'être bombardés que d'abandonner nos petites installations. Nous savions maintenant que pas plus que les balles tous les obus Krupp ne massacrent pas.

Le soir à souper nous donnâmes l'hospitalité à un capitaine et à un lieutenant; ils nous apprirent qu'il ne restait plus dehors que cent hommes d'infanterie en grands'gardes.

Le soir, dans la vallée, au pied de la butte, des maisons encore habitées le matin brûlaient maintenant solitairement, lugubrement, illuminant d'un rouge tragique la nuit noire, tandis que retentissait jusque sous les fenêtres de l'ambulance le soupçonneux *Wer da* des patrouilles allemandes.

Ces flamboyants sinistres nocturnes creusaient dans l'âme des abîmes de sang et d'épouvante.

Et mon cerveau de civilisé, en face de ces sauvages incendies, illuminant sataniquement les carnages et les hontes sombres de la défaite, s'égarait dans ces horreurs et je me demandais si l'on n'allait pas rétrograder de plusieurs siècles dans les monstruosités de la barbarie.

IV

CHASSE A L'HOMME — LE BLESSÉ.

Le lendemain au jour, plus un seul soldat français ; nous sommes complètement isolés, peut-être coupés de Paris par les Allemands.

De çà de là, ils poussent des reconnaissances: De ma fenêtre je les vois, pareils à des chats cauteleux, tourner en flairant autour de la redoute de Châtillon comme autour d'un morceau convoité auquel ils n'osent pas mordre.

Depuis la veille, ils ne pouvaient encore croire que les Français eussent abandonné si facilement une position d'une si considérable importance; ils croient que cet abandon invraisemblable cache un piège. Ce n'est que un à un et avec les plus extrêmes précautions qu'ils approchent de la redoute, s'en éloignent craintivement puis y reviennent encore.

Vers un autre point stratégique, vers l'ouvrage ébauché qui fut plus tard la redoute des Hautes-Bruyères et qui la veille avait été évacué par ordre, sans que l'ennemi l'eût attaqué, les Bavarois venant de l'Hay rampent dans les vignes et les replis de terrain, par petites escouades de quatre ou cinq hommes, cherchant à pousser aussi de ce côté de prudentes reconnaissances.

Après notre déjeuner, postés tout en haut dans une chambre s'ouvrant sur la vallée de la Bièvre, avec une bonne jumelle de marine, nous suivons les péripéties de ces reconnaissances qui bientôt, éventées par nos soldats envoyés du fort de Bicêtre, finissent par de véritables chasses à l'homme.

Nous sommes admirablement placés pour suivre les moindres incidents : l'école d'Albert-le-Grand se trouve en effet à l'Est du chemin de fer de Sceaux, non loin de la station d'Arcueil-Cachan, presque au milieu d'un quadrilatère dont le côté Nord serait formé par une ligne allant du fort de Montrouge au fort de Bicêtre, le côté Est par une ligne du fort de Bicêtre à la redoute des Hautes-Bruyères, le côté Sud, le plus long, de la redoute des Hautes-Bruyères à celle de Châtillon, le côté Ouest de la redoute de Châtillon au fort de Montrouge.

Si la situation était périlleuse, en revanche, elle était unique comme observation dans cette région où se sont livrés, à peu de chose près, les principaux combats du siège.

Du fort de Bicêtre vers l'ennemi nous voyons d'abord venir une escouade de soldats de la ligne. Ils sont hésitants, indécis et se meuvent en un groupe compact, comme s'ils avaient besoin de se sentir les coudes.

On dirait qu'ils ne savent ni se disséminer ni s'abriter ; ils ne sont pas forts sur l'école de tirailleurs, ou s'ils l'ont apprise ils ne savent pas la mettre en pratique.

A leur marche, à leurs mouvements, ils semblent gauches, novices, inexpérimentés ; il est vrai que de leur côté, le terrain ne se prête pas à cette chasse où tout le talent consiste à voir l'ennemi sans en être vu ; puis, ils sont, du plus loin et dans chaque mouvement, trahis par ce satané pantalon rouge qui coûte à notre armée le meilleur de son sang.

Tout à coup, ils s'arrêtent et regardent tous dans la même direction; ils ont sans doute aperçu, comme nous, quatre ou cinq Bavarois qui rampent dans un pli de terrain en se cachant derrière les vignes. En voilà qui savent se disséminer à distance opportune, ramper et se dissimuler derrière les végétations les plus grêles, se coller au sol dès qu'ils trouvent une place ou seulement une grosse pierre de la couleur de leurs habits. Ils n'ont pas de pantalon rouge eux, à peine si l'on aperçoit de loin en loin le scintillement de leur casque protecteur.

Les lignards à l'arrêt mettent tout à coup genou en terre, épaulent, puis hésitent et se retirent en bon ordre comme ils sont venus.

Du fort on ne se contente pas de cette démonstration si platonique, une escouade de marins succède aux lignards. Ceux-là sont plus alertes et plus agiles, ils arrivent au pas de course, mais trop témérairement, sans chercher à se dissimuler; on voit bien qu'ils ne savent pas encore comment les Allemands font la guerre, toujours à couvert, toujours cachés. Est-ce qu'il vont arriver ainsi découverts sur les Bavarois, traîtreusement blottis sous la végétation comme des vipères!

Heureusement, chemin faisant, nos marins rencontrent une fosse creusée dans un champ; ils s'y arrêtent. ils s'y abritent et de là scrutent le paysage; ils ajustent, ils tirent; il est certain qu'ils ont approché du but, car aussitôt les Bavarois quittent leurs trous et se mettent à fuir comme des lièvres.

Mais ils reviennent bientôt avec du renfort, ils

sont cette fois une vingtaine, et nos marins seulement quatre ou cinq.

Que va-t-il se passer? Nos marins vont-ils être écharpés. Heureusement non. Devant cette diffirence de nombre, ils ont la sagesse de replier.

Les Bavarois se concertent dans leur repli de terrain. Quelques-uns, profitant d'un remblai de terre argileuse, essayent de s'avancer dans la direction de la redoute des Hautes-Bruyères ; les marins n'étant plus là, ils auraient peut-être mené leur opération à bien, lorsque tout à coup part, du fort de Bicêtre, un coup de canon et un obus éclate au milieu d'eux.

Nous étions plusieurs à la même fenêtre, suivant ce drame avec une profonde émotion. Certes, nous n'eussions pas refusé de relever et de panser ceux de nos ennemis qui auraient été blessés, mais si nous devions être humains comme médecins, nous étions Français avant tout et fils attristés d'une patrie envahie. D'abord, la fumée nous cache tout ; lorsqu'elle se dissipe, les Bavarois se sont enfuis, mais pas tous, il y en a un renversé au pied d'un arbre et c'est avec une joie féroce que nous le voyons étendu sur le dos, décoiffé de son casque, faisant des efforts vains et douloureux pour se relever sur les coudes...

Au bout d'une minute, un camarade revient vers lui, se penche sur le blessé avec intérêt, lui parle avec sollicitude. On devine tout cela aux gestes et aux attitudes. Il essaye de le relever, impossible, l'autre souffre trop ou il n'a pas la force. Le camarade ramasse le casque du blessé et le met à côté, puis il s'éloigne tristement, la tête basse. Voilà notre blessé resté seul au pied de son arbre. Bientôt notre cruelle joie diminue, nous avons la déception de voir

après quelques efforts notre ennemi parvenir à s'asseoir. Il reste un long moment sans bouger, pour
réparer sans doute ses forces épuisées par le travail
de ce changement de position, puis il saisit son
casque et le met sur sa tête avec un geste résolu.
Nous sommes réellement désappointés.

Après un court repos, ne voilà-t-il pas qu'il se
relève... Canaille, va ! !

Nous ne redevenons un peu contents que lorsque
nous le voyons, forcé de s'appuyer lourdement sur
son fusil pour se soutenir et ne s'en aller qu'avec
peine et en traînant douloureusement la jambe.
Décidément il en tient. Cette certitude nous console
un peu.

Voilà les sentiments que développe la guerre.
Vainqueurs, nous eussions eu pitié du blessé, vaincus
nous eussions été satisfaits de le voir rester sur le
carreau — quitte à nous exposer un moment après
aux coups de fusil pour aller le ramasser.

V

FRANCS-TIREURS. — COURAGE D'UN AMPUTÉ.

Les marins sont rentrés définitivement. L'obus a
jeté un froid parmi le Bavarois, ils n'osent plus se
découvrir. Le soir arrive, la brume descend peu à
peu dans la mélancolique vallée de la Bièvre.

Plus près de nous que les marins et les Bavarois,
rôde une escouade en costume sombre sans que nous
ayons vu d'où elle est sortie.

Ce ne sont pas des Allemands, ils n'en n'ont aucunement le costume ni les allures, d'ailleurs c'est vers l'ennemi que paraissent se porter leurs investigations. A force de les examiner avec nos lorgnettes, nous finissons par constater à peu près qu'ils ont de grands chapeaux et des guêtres de couleur claire. Un survenant confirme nos observations, on lui a dit que ce sont des francs-tireurs.

Leur but n'est pas facile à deviner, ils tournent et retournent assez longtemps sur un même point d'où ils pourraient tirer les Bavarois de flanc, puis ils finissent par se décider à se ramasser dans une dépression du terrain. Autant que nous pouvons en juger ce doit être l'ouverture d'une carrière où se voit un entassement de grosses pierres blanches. Ils tranchent sur cette blancheur, on dirait qu'ils remuent, déplacent et disposent les pierres pour s'en faire un abri, une défense; peut-être veulent-ils rester là à l'affut de l'ennemi.

En attendant, ils tirent quelques coups de fusil dans la direction des vignes, mais ils sont restés trop longtemps et trop ostensiblement à organiser leur installation. Subitement, un coup de canon ébranle l'air, un obus éclate parmi les pierres blanches, une agitation se produit dans le groupe sombre, on croit même avoir entendu un cri.

— C'est la réponse du berger à la bergère, dit en faisant allusion au coup de canon de Bicêtre un des nôtres qui plaisantait toujours dans les moments critiques. Il ne croyait pas dire aussi vrai. Toutefois, la nuit s'avançant de plus en plus nous empêche pour le moment d'acquérir une certitude.

La cloche du couvent avait sonné le dîner et nous

étions tous à table lorsque circula le bruit qu'un franc-tireur avait été blessé et qu'on l'apportait à l'ambulance.

Plusieurs se lèvent pour prêter leur concours, ils apprennent par un camarade du blessé, venu en avant-garde, qu'il va arriver, mais n'est pas encore là, car ceux qui l'apportent ont fait un grand détour pour ne pas recevoir de coups de fusil et marchent très lentement pour ne pas ajouter aux souffrances du malheureux.

Le chirurgien qui est de garde ce jour-là va seul au-devant. Bientôt, il rentre au réfectoire, il a son tablier blanc, il est préoccupé, soucieux, s'approche du chirurgien en chef et lui dit à l'oreille quelques mots à voix basse. Celui-ci se lève aussitôt de table et nous le suivons, la blessure doit être grave.

Le franc-tireur que quatre de ses compagnons d'armes viennent d'apporter sur leurs sombres carabines Remington, transformées en brancard, est étendu sur un lit au rez-de-chaussée.

Ses vêtements sont épars autour de lui : son haut chapeau de feutre, où une branche de verdure flétrie remplace la plume qui manque, sa vareuse noire, sa ceinture bleue, son cachenez rouge. On a porté son pantalon souillé de sang à la buanderie.

Le blessé, à demi nu, n'est vêtu que de sa chemise de flanelle noire et blanche.

C'est un homme de quarante-trois ans, musclé quoique mince, pâle, nerveux, à physionomie très énergique et douce en même temps.

Sur ce lit blanc et bas, dans cette vaste salle, à la lueur du gaz et des bougies que nous tenions en main, c'est un tableau saisissant et dramatique.

Il est atteint à la jambe droite, comme le Bavarois semblait l'être mais beaucoup plus gravement : une large plaie sanglante, béante et irrégulière s'ouvre dans la région inférieure du mollet; un peu plus bas, la jambe est déprimée, bosselée, les os sont brisés, fracassés.

De plus, le même projectile l'a blessé au bras gauche dans le voisinage d'un nerf important, ce qui lui occasionne des douleurs très vives.

La fracture du membre inférieur est multiple; le chef, penché sur cette jambe qu'il explore de l'œil et du toucher, selon toutes les règles de l'art, conclut qu'il n'y a pas d'autre indication que l'amputation.

Elle est difficile dans cette région, surtout à la lumière car la nuit est venue; mais il y a urgence, et si l'on ajournait, le blessé pourrait avoir quelque grave hémorrhagie.

Il est pâle, le brave franc-tireur, mais il ne manifeste aucune épouvante tandis que de la main le chirurgien qui doit opérer esquisse en quelque sorte l'amputation, et, il répond avec le plus grand calme, lorsqu'on lui demande ses nom et prénoms pour l'inscrire régulièrement.

On lui demande aussi sa profession :

— Garçon de recette, répond-il d'une voix un peu affaiblie. J'ai quitté ma place pour m'engager dans les francs-tireurs éclaireurs de la garde nationale, ajoute-t-il avec un peu de mélancolie, mais sans plainte ni regret.

On lui demande son consentement pour l'amputation; il le donne sans sourciller. Plus de mélancolie, plus de faiblesse :

« Allez-y, major, fait-il en souriant; je suis prêt à tout. »

Il était ferme, décidé, presque gai; et nous, qui avions vu pourtant pratiquer bien des opérations, nous gardions un silence lugubre, navrés par les réflexions qui nous venaient en songeant que ce brave citoyen, qui avait héroïquement quitté femme, enfants, position, pour servir la patrie, désormais n'était plus qu'un invalide, à supposer que l'on pût le sauver des suites de cette grave blessure.

* *
*

Pour pratiquer l'amputation, on transporte le patient, avec toutes les précautions possibles, à la salle des opérations.

Dans le fond, à gauche du malade et hors de sa vue, brillent dans leur écrin les instruments; à droite, auprès du membre fracturé, le chirurgien. Tout est préparé; à chacun est distribué un rôle. On fait la compression de l'artère, pour qu'il y ait le moins possible de sang répandu, et l'on administre le chloroforme avant de commencer.

Bientôt le blessé fait entendre les paroles incohérentes qui suivent généralement la chloroformisation.

Puis, pendant que le couteau entame les chairs, il parle, il s'agite, il profère des invectives violentes; au milieu de son délire, il croit encore avoir affaire aux Prussiens.

Quand le tibia et le péroné furent dénudés, et les lambeaux de chair ramenés à leur position opportune, le chirurgien appliqua la scie sur l'os.

Plus de cris, plus de plaintes maintenant de la part du patient, et bientôt la jambe resta aux mains de celui qui la maintenait.

*
* *

Restaient à lier les branches d'artères, nombreuses et très difficiles à saisir dans la région dont il s'agit ; pendant que le chirurgien cherchait ces artères avec une pince, le malade commença à parler :

« Et on appelle cela dormir, fit-il tout à coup. Allons donc ! J'entends distinctement tout ce que vous dites ! »

On lui redonne du chloroforme.

« Oh ! je sais bien que je ne l'ai plus, ma jambe, reprend-il en ouvrant l'œil à demi et en souriant ; et cependant, j'éprouve une démangeaison dans le gros orteil.....»

On ne savait vraiment si on devait rire ou pleurer de voir qu'il avait, en un tel moment, le courage de plaisanter.

« Ne la jetez pas, ma jambe, reprend-il bientôt ; j'y tiens — comme souvenir. »

Ce brave citoyen ne cachait pas qu'il souffrait ; mais il avait l'énergie de *blaguer* sa douleur pour s'en distraire.

« C'est triste, cependant, recommença-t-il en devenant sérieux ; maintenant, je suis inutile pour mon pays. »

Nous essayons vivement de le consoler, protestant que si tous les Français étaient ainsi trempés, les canons de M. Krupp n'auraient pas le temps de se rouiller autour de Paris. Mais lui de répondre, en hochant la tête mélancoliquement :

« Ah! non, j'ai été blessé trop tôt. »

Nous avions les larmes aux yeux de voir tant de naïve grandeur d'âme unie à cette si française insouciance.

« Ah! vous savez, si je dois en mourir, vous n'avez pas besoin de me le cacher, continua-t-il, en parlant à l'aumônier qui lui adressait quelques paroles d'encouragement; en partant, j'avais déjà fait mon sacrifice. »

Pendant que le chirurgien recousait les lambeaux, l'opéré s'endormit quelques minutes.

* *

Quel tableau saisissant et dramatique! Jamais, je crois, il ne s'effacera de mon cerveau! Le patient est là, étendu, les yeux fermés, murmurant de loin en loin encore quelques mots inarticulés. Un bec de gaz, descendant du plafond, tombe d'aplomb sur son profil pâle et énergiquement accusé : le front est large, bombé, un peu plissé; les cheveux rejetés en coup de vent; le nez hardi en bec de faucon; les moustaches à la Sambre-et-Meuse; la chemise, de flanelle blanche et noire, est intentionnellement maintenue ouverte sur la poitrine, afin qu'on puisse surveiller les mouvements respiratoires autant de temps que le patient sera sous l'influence du chloroforme.

Les bougies blanches, que l'on tient près du moignon ensanglanté, pour y voir le plus clair possible, gardent en rouge la trace des doigts de l'opérateur et des aides. Le chef lui-même a la tempe droite mouillée d'une longue tache, et, de çà de là, les jets de sang ont moucheté les carrés d'étoffe blanche sur lesquels s'enlève la croix écarlate de la *Société de secours aux blessés.*

Lorsque la suture a réuni les lambeaux de peau :

« Oh! je vous en prie, donnez-moi de l'eau, reprend l'opéré; ma gorge brûle.

On lui mouille les lèvres; il aspire l'eau avidement.

Lorsque le pansement est terminé, il demande à serrer la main du chirurgien.

« Merci, major, fait-il avec effusion. Je vous remercie pour tout le mal que je vous ai donné. »

C'était fini; on n'avait plus qu'à retransporter l'opéré dans son lit, ce qui fut fait avec toutes les précautions indiquées.

Deux minutes après, comme je revenais auprès de lui pour lui remettre un petit portefeuille et un carnet que l'on avait sortis de son pantalon ensanglanté, je le trouvai grillant une pipe avec nos infirmiers.

Voilà, certes, assez de traits pour signaler son énergie; un dernier pour peindre son cœur : je n'ai pas dit encore que son fils aîné, âgé seulement de dix-huit ans, était, comme lui, engagé dans le corps franc des éclaireurs de la garde nationale.

Le malheureux et brave jeune homme avait aidé à porter son père jusqu'à notre ambulance, et celui-ci l'avait renvoyé immédiatement pour que son enfant n'eût pas la douleur d'assister à l'opération. En le congédiant, voici une des recommandations qu'il lui avait faites : « Ne dis pas à ta mère que je suis blessé; ou, si tu ne peux faire autrement, dis-lui que ce n'est pas grand'chose. »

Cet homme de cœur et de tant d'énergie se nommait MARTIN BAPTISTE; il habitait à Paris, rue d'Asnières, et appartenait à la compagnie du corps des éclaireurs de la garde nationale, capitaine de Saint-Moulin.

VI

LES BLESSÉS DE LA REDOUTE.

A droite de la route d'Arcueil à Villejuif, il y a un plateau dit des Hautes-Bruyères. C'est là qu'était la redoute du même nom.

Elle n'était alors qu'à l'état d'ébauche.

Ce qu'il a fallu d'héroïsme pour la réoccuper, après l'avoir abandonnée le 19 septembre 1871, pour la terminer, l'armer et la conserver sous le feu acharné de l'ennemi, après quatorze ans, on ne le sait pas encore.

L'importance stratégique de cette position, les Allemands l'avaient bien comprise, car, dès le lendemain de l'affaire de Châtillon, le 20 septembre, des tirailleurs bavarois montant de l'Hay, joli village boisé à gauche de la redoute, grimpaient sur le plateau et arrivaient jusque sous les épaulements.

De notre ambulance d'avant-poste, nous les voyions ramper dans les vignes et profiter pour s'avancer de tous les accidents de terrain.

Encouragés par cette première reconnaissance,

le lendemain 21, sous nos yeux, des officiers d'état-major, montés sur des chevaux agiles, viennent vers quatre heures du soir, au petit galop, compléter la reconnaissance.

De nos fenêtres, nous voyons avec précision leurs formes noires et élancées se détachant sur le jaune clair du terrain fraîchement remué.

Ils font avec circonspection le tour de la redoute, ils s'avancent jusqu'à la route de Villejuif, à peu de distance du fort de Bicêtre. Puis ils reviennent. Trois d'entre eux mettent pied à terre, entrent dans la redoute, et se plantent tout debout sur l'épaulement.

Vers la droite, deux de nos marins seulement étaient en observation, derrière un tas de fumier ; n'étant pas en force, ils ne tirent pas, mais du fort de Bicêtre, on suit les mouvements ennemis, et, bientôt nous voyons la fumée d'un coup de canon et le fracas d'un obus éclatant sur la redoute.

Les Allemands dégringolent de l'épaulement, remontent en selle à la hâte et s'enfuient au triple galop.

Il est évident que le plus tôt possible l'ennemi veut s'emparer de cette position,

De notre côté, les divisions Blanchard et Mauduy, du corps de Vinoy, ont ordre de l'occuper, ainsi que la position du Moulin-Saquet, à gauche.

La lutte sera héroïque et sanglante.

* *

Dès le soir, au crépuscule, éclatent la canonnade et la fusillade dirigées par nous vers le vallon de l'Hay.

A la nuit tombante, tout se tait. Nous entendons distinctement, dans le silence, des voix transmettant des ordres et d'autres voix répondant; ensuite, des sonneries de clairon.

Bientôt des coups de canon se suivent isolément, et à minuit éclate une fusillade nouvelle, puis règne un soupçonneux silence.

Vers cinq heures du matin, notre fusillade recommence avec une remarquable intensité, soutenue par la canonnade.

Les forts de Montrougé et de Bicêtre font tonner leur artillerie, notre maison tremble de tous côtés, certains projectiles rasent le toit avec un sifflement terrible et rapide, qui coupe l'air d'un strident sillage.

A six heures, le docteur Ch... vient m'appeler. De sa chambre, on peut à loisir suivre toutes les péripéties du drame.

Les nôtres occupent la redoute; les Allemands sont en face dans les fonds, en tirailleurs.

De part et d'autre la fusillade est ardente.

Nos artilleurs sont parvenus à installer une batterie sur la redoute; cette fois, les fusiliers allemands se replient vers l'Hay et Chevilly, mais c'est loin d'être fini, leur artillerie riposte avec énergie. Leurs canons sont braqués sous bois, dans le voisinage de l'Hay. Souvent ils tirent trop court et n'arrivent pas, mais quelles anxiétés, lorsque nous voyons un obus éclater dans la redoute, en projetant en l'air ses fragments noirâtres dans un nuage de poussière.

Quelques rares tirailleurs allemands sont restés éparpillés dans les vignes; nous en voyons couchés à plat ventre ; trois ou quatre, sans changer de position, broutent du raisin à même le cep.

Il fait une splendide journée de vendange, chaude, dorée, ensoleillée.

Plus loin, nous apercevons un groupe au pied d'un amoncellement de terre marneuse, il y a un Allemand blessé étendu sur le dos, un brancard vient l'emporter.

Vers la gauche de la redoute, au Moulin-Saquet, que nous ne pouvons voir, le roulement continu et déchirant de nos mitrailleuses indique que l'on tiraille aussi de ce côté.

*
* *

Mais, hélas ! l'artillerie de l'ennemi fait de sanglants ravages dans la redoute, dont il connaît bien toute la faiblesse.

On signale la présence de plusieurs blessés.

Une escouade détachée de notre ambulance tente dans la matinée d'aborder la redoute ; elle ne peut aller plus loin que la route qui mène à Villejuif, mais, néanmoins, elle ramène trois blessés.

Deux sont des artilleurs, dont un maréchal des logis. En cherchant à entraîner des pièces démontées par le feu ennemi, ils avaient été renversés, et les roues leur avaient passé sur le corps. Le troisième est un jeune chasseur à pied, blessé à la tête : une balle Dreyse, pénétrant au-dessus de la visière de son képi, était ressortie par derrière en traçant un sillon sanglant dans le cuir chevelu. Il était tombé comme foudroyé, et on l'avait laissé pour mort à la place où il était tombé. Une heure après, on s'aperçut que le mort s'était traîné derrière un sac de terre pour se garantir des projectiles. On lui donna quelques soins, et on l'aida à gagner la route.

On savait qu'il y avait d'autres malheureux blessés gisant dans la poussière brûlante du combat, perdant leur sang et recevant blessure sur blessure. Vers midi, l'escouade désignée fait une seconde tentative et pénètre enfin dans la position. Le spectacle qui les attendait était terrible : au pied de l'épaulement, dans le fossé, des morts atrocement mutilés, ici une tête gisant à quelques pas du tronc dont un obus l'a séparée ; dans l'enceinte de la redoute, plusieurs chevaux éventrés, trois pièces démontées, l'une les roues fracassées, l'autre l'essieu brisé, celle-ci son affût complètement hors de service.

Dans une embrasure, on voit, suspendue, la moitié d'un artilleur, l'autre ayant roulé dans le fossé.

L'arrivée des ambulances produit un mouvement dans la redoute. Comme il n'y a pas d'abri, l'ennemi voit tout à découvert et redouble aussitôt ses coups.

« Baissez-vous ! » crie la voix de la vedette chargée de donner l'alarme, lorsque les yeux braqués sur les batteries ennemies elle voyait apparaître la fumée du coup de canon.

A peine l'avertissement a-t-il retenti, que deux obus éclatent dans l'enceinte, défonçant un malheureux cheval qui s'affaisse sans hennissements, sans plaintes, comme une masse de bouillie sanglante.

Les artilleurs et les tirailleurs (ceux-ci le fusil entre les jambes), tous à demi-couchés, le dos collé à l'épaulement, sont forcés de garder l'immobilité la plus complète s'ils ne veulent servir de cible.

Une batterie avait été établie au fond du fossé même, dans la paroi antérieure duquel on avait taillé des embrasures. Il y avait là deux artilleurs étendus sur le dos, immobiles, sanglants, couverts de poussière, exposés au soleil de midi qui tombait à pic sur ces pauvres corps enfiévrés. Pour s'approcher du premier, il fallut s'y prendre à plusieurs reprises. Trois fois la vedette poussa l'émouvant cri d'alarme, trois fois des obus dirigés sur le groupe composé du chirurgien, de deux aides-chirurgiens et des infirmiers qui portaient les brancards, éclatèrent tout près d'eux et les couvrirent de terre. Le premier projectile emporta une cambuse en planche où la nuit même avait couché, disait-on, le général Vinoy. La cambuse s'évanouit comme si elle avait été enlevée par une trombe. Quand on se releva, un deuxième vint éclater près de l'un des aides. A la troisième tentative, un obus entier passa entre le sol et un infirmier qui, n'ayant pas pu se coucher, s'était mis à quatre pattes.

Enfin, lorsqu'on put déposer le brancard à côté de l'artilleur, et qu'on lui adressa la parole avant de le soulever, il ne répondit pas, il était mort. Un des derniers éclats lui avait troué la poitrine.

Le second artilleur n'était lui aussi qu'un cadavre.

*
* *

Au milieu des plus grands dangers, on remonte dans l'enceinte de la redoute ; il y a deux blessés couchés derrière l'épaulement, on les a de plus protégés par des sacs de terre que l'on a mis devant eux, afin de ne pas leur écraser les jambes en faisant mouvoir les pièces.

Mais l'ennemi guette le moindre mouvement, et, à chaque instant, on entend la voix d'alarme qui, maintenant, ne peut crier assez vite.

Les obus éclatent plusieurs ensemble.

Au moment où le chirurgien, au milieu de ce terrible hourvari, essaie de relever un bel et grand artilleur blond, d'apparence solide et robuste : « Oh ! mon bras... » s'écrie celui-ci d'une voix lamentable : il avait l'avant-bras gauche tout sanglant, en partie dénudé de sa chair.

On essaie de le prendre plus bas : « Oh ! ma jambe... » s'écrie-t-il d'une voix encore plus déchirante : un éclat d'obus venait de pénétrer près de son genou.

Tandis que l'on ne savait par quel bout le prendre, les obus éclataient avec rage, le chirurgien, ne sachant où se mettre, restait debout.

« Couchez-vous, major, je vais vous faire de la place... » lui dit le blessé, et en dépit de sa souffrance, le malheureux se déplace en rampant pour que le chirurgien puisse se coucher entre les sacs et l'épaulement.

★
★ ★

Tandis que le chirurgien, l'accompagnant du regard, faisait un peu après emporter l'artilleur sur la civière, il sentit tout à coup par derrière quelque chose s'accrocher à la courroie qui soutenait l'étui de sa jumelle de marine. Il se retourne et voit une main ensanglantée, la main du second blessé.

— Que voulez-vous, mon ami ? demande le chirurgien.

« Oh! pardon, major, fait le pauvre diable, je croyais que vous aviez une gourde, et je meurs de soif, balbutia-t-il avec peine.

— Voulez-vous du rhum?

— Du rhum? ah! non, répond le malheureux en faisant une grimace de dégoût. De l'eau, je voudrais de l'eau... »

Hélas! personne de l'escouade n'avait une goutte d'eau.

La plupart des ambulanciers emportent un cordial alcoolique rarement utile : ce que demandent toujours les harassés et les blessés, c'est de l'eau pure.

Il y avait eu d'autres blessés relevés par les chirurgiens militaires, il y avait eu aussi d'autres morts; pour faire de la place aux vivants, on les avait jetés par-dessus l'épaulement.

Notre redoute ne ripostait que faiblement, paralysée par l'intensité du feu ennemi.

★
★ ★

Vers la gauche du Moulin-Saquet, la batterie de mitrailleuses après avoir, en débutant, fait du mal à nos adversaires, avait fini par faire de grandes pertes et s'était vue forcée de se retirer. L'ennemi en avait profité pour se rapprocher avec rapidité et rendre son tir plus meurtrier.

D'un moment à l'autre, la redoute s'attendait à l'assaut. Nos tirailleurs, couchés dans le fossé ou derrière l'épaulement, étaient prêts à faire feu. Des embrasures, on voyait, disait-on, à l'œil nu un peloton de cavaliers allemands, chacun avec des fascines devant la selle pour combler le fossé, et comme nos soldats ne voulaient à aucun prix ni abandonner la position ni se rendre, il y avait à redouter quelque horrible boucherie.

Mais les forts de Montrouge et de Bicêtre veillaient, et, dès qu'ils eurent suffisamment reconnu les changements de position des batteries ennemies, ils couvrirent le silence de la redoute de la voix furieuse de leur grosse artillerie.

L'entrée que fit l'escouade en revenant à l'ambulance impressionna vivement : ils arrivaient couverts de terre et de sang, l'œil et le teint enfiévré, les poches pleines des éclats d'obus encore chauds qui avaient failli les tuer, ils avaient été secoués par de telles émotions que sur le moment ils ne purent rien raconter.

On porta l'artilleur blond dans une salle au service de laquelle j'étais attaché, je le suivis.

Nous le déshabillâmes comme déshabillent les chirurgiens, c'est-à-dire en coupant avec nos ciseaux les vêtements.

A l'avant-bras gauche, dont les os étaient à découvert depuis la main jusqu'au coude, les lambeaux de chair se confondaient avec les lambeaux d'étoffe, tout cela, souillé de sang et de terre. La cuisse gauche, au-dessus de la région du genou, présentait une plaie profonde où l'on aurait pu plonger l'index. En sondant avec un stylet, on sentait au fond un corps dur mobile un peu plus volumineux qu'une balle.

Tandis que l'on pratiquait ces explorations douloureuses mais nécessaires, le malheureux se mordait les lèvres pour ne pas crier.

Ce fut seulement le lendemain que l'on put retirer

de la plaie un éclat d'obus rectangulaire, et, plus
tard, un morceau de l'étoffe du pantalon.

*
* *

Hélas, la position du second blessé était cent fois
plus critique. Une fois à l'ambulance, on n'avait pas
osé l'enlever de son brancard. Autour de lui s'était
formé un groupe dans lequel on distinguait l'aumônier dont la présence indiquait généralement un
cas mortel. Le moribond était un jeune homme
brun, comme le premier dans toute la verdeur de
l'âge, de constitution robuste, et trapu. Son visage
était blême, ses paupières et ses lèvres livides. Il
ne respirait plus que par saccades, ouvrant la
bouche spasmodiquement. Il était dans un état désespéré, le flanc droit défoncé par un éclat d'obus,
la chemise trempée de sang noir et déjà coagulé.

Une manche de sa veste d'artilleur, bleu sombre,
était comme déchiquetée, le bras avait été traversé
en plusieurs endroits par des projectiles multiples.

Le malheureux, par secousses convulsives, essayait de changer de position, il s'appuyait sur le
bras aux trous sanglants et j'entendais craquer les
os fracturés.

Tandis que je cherchais à le maintenir, il essaya
vainement d'articuler quelques mots. Il voulut aussi
ouvrir les yeux, il ne parvint même pas à relever
les paupières.

J'auscultai le cœur, il ne battait plus, il y avait
déjà longtemps que le pouls n'était plus sensible.
Le front était froid, la main glacée. Sa tête re-
tomba à gauche, il était mort.

J'étais à bout d'émotion ; je m'assis sur un lit, la

tête dans mes mains, succombant sous l'horreur de ces sinistres tableaux, tandis que montaient à mes lèvres des imprécations et des malédictions contre cette guerre abominable...

Mais ceux qui restent encore dans la redoute ne faiblissent pas. Les secours de Montrouge et de Bicêtre leur ont permis de reprendre le feu avec un redoublement d'énergie.

Il semble que les combattants communiquent au métal une frénésie de combat, il semble qu'on entende de rageuses vibrations du bronze et du fer. L'air lui-même est surchargé d'une violente électricité de bataille.

« Rendez-vous », crie la gueule des canons ennemis. Jamais, riposte la redoute. Jamais, s'écrie la poignée des survivants. Jamais, disent eux-mêmes les blessés. Jamais! jamais!! semblent répéter les morts de leur bouche pour toujours contractée farouchement.

. . . .

Non seulement nos braves soldats conservèrent la redoute, mais ils l'achevèrent, ils l'armèrent sous le feu de l'ennemi. Les plus vigoureuses tentatives ne purent la réduire, et, de ce côté, jusqu'à la fin du siège, elle tint en respect les batteries allemandes qui faisaient les plus opiniâtres efforts pour se rapprocher de Paris.

Il faut croire qu'ils attachaient une importance à la conquête de cette position, car elle fut de leur part l'objectif des attaques les plus violentes pendant tout le cours du siège.

Je puis dire que, à la lettre, ils la couvrirent de plomb et de fer; à la fin du siège, en arrière de la redoute, j'en ai vu le plateau tellement jonché que je ne puis comparer cela qu'à un champ de pommes de terre au moment de la plus abondante récolte. Balles Dreyse, balles de rempart, biscaïens, éclats d'obus formidables, etc., etc., il y avait là de nombreux échantillons de tous les projectiles de l'armée allemande.

Pour nous, qui avions vu jusqu'ici nos soldats en déroute et en débandade, nous qui avions pu croire que l'Empire avait tué le courage et la discipline, cette défense victorieuse, c'était l'immense et profonde joie de voir sous nos yeux ressusciter la bravoure et l'honneur dans l'armée française.

Jusqu'ici, celui qui écrit ces pages a souffert en essayant de dissimuler sa souffrance. Malgré ma résolution d'être juste et impartial, de montrer les fautes et les hontes, de dire toute la dure vérité afin qu'elle nous serve de durable enseignement, malgré moi, comme un fils qui parle des fautes de sa mère, j'ai cherché, plus d'une fois, des biais, des atténuations, des excuses, m'efforçant de dévorer nos hontes dans le secret de mon âme ; à partir de maintenant, ma plume souffrante sent comme une délivrance et pourra hardiment chanter la gloire de mes héroïques martyrs.

Soldats de l'armée régulière, mobiles, gardes-nationaux, francs-tireurs, parmi ceux que je verrai, c'est à qui désormais rivalisera d'entrain, de courage et, qualité plus rare, de ténacité dans l'intrépidité.

Le commandement d'en haut est faible, mou, hésitant, sans conviction, il ne peut donc y avoir qu'un mauvais résultat dans l'ensemble des opérations ; les soldats le sentent, mais eux, du moins, ils feront intrépidement leur devoir et on verra un régiment, un bataillon, une compagnie, une poignée d'hommes ne voulant pas être solidaires d'une défaite sans combat, se battre pour leur propre compte.

Pas plus que ceux de la province, les défenseurs de Paris n'ont pu sauver la France trahie, assassinée par d'autres, mais ils ont sauvé l'honneur et il n'a pas dépendu d'eux que l'envahisseur n'ait été écrasé sur sa conquête.

VII

PREMIER COMBAT DE L'HAY. — CHAIR CONTRE PIERRE. INTRÉPIDE TUEUR D'HOMMES.

L'attaque sur l'Hay faisait partie d'une affaire plus générale engagée contre Choisy-le-Roi, Thiais et Chevilly, sous le commandement de Vinoy.

Que d'héroïques imprudences pendant le siège de Paris ! Mais cette attaque contre le village de l'Hay où les Allemands embusqués dans les maisons, et derrière les murs crénelés des jardins, attendaient les nôtres arrivant avec leurs voyants pantalons rouges comme de sublimes écervelés, a été un des épisodes les plus navrants auxquels j'aie été mêlé en ma qualité de chirurgien volontaire.

La veille au soir, le ciel était comme sanglant à l'horizon, et, bien que le calme le plus profond régnât dans la vallée de la Bièvre, aussi bien que sur les collines dominantes, on sentait que là-dessous la guerre veillait et que d'un moment à l'autre, dans cet alanguissement mélancolique d'un splendide automne, la bataille allait surgir.

Tout à coup, en effet, vers dix heures de la nuit, dans ce calme de toutes choses qui aurait fini par me faire croire que nous étions là pour contempler le paysage, une vive fusillade éclata entre la redoute des Hautes-Bruyères héroïquement réoccupée par nous et le village de l'Hay où sont embusqués les Prussiens.

Je ne vois rien que des éclairs rouges qui précèdent silencieusement les détonations, trouant l'ombre comme une tache de sang sur du noir, et je songe combien il doit être sinistre de se battre et de tomber sous les balles pendant la nuit.

Au bout d'une demi-heure, les détonations cessent, mais nous nous attendons à une affaire pour le lendemain.

Effectivement le lendemain vendredi, trente septembre, nous sommes réveillés par les canons du fort de Bicêtre tirant sur Chevilly. Ceux du fort d'Ivry s'étaient aussi mis de la partie contre Choisy et enfin, par-dessus le toit de notre ambulance d'avant-poste, passaient, en traçant leur strident sillage, les gros obus du fort de Montrouge dirigés sur l'Hay.

Mais ce ne sera pas un combat d'artillerie ; il aurait fallu des petites pièces de campagne et nous n'en avions pas, d'ailleurs, on était trop près les uns des autres ; ce sera la chasse à l'homme à coups de fusil. Les Allemands, prudemment postés, attendent les nôtres, à l'affût, comme des lapins.

Il est six heures moins quelques minutes, un soleil splendide dissipe la brume et couronne d'or les crêtes et les cimes, tandis que devant nous le bord des bois et le creux de la Bièvre restent encore dans les fraîcheurs de la pénombre.

Quel beau jour pour une promenade amoureuse sous les feuilles qui tombent jaunissantes !

Hélas, nous allons voir tomber les hommes comme les feuilles.

La brigade Dumoulin descend du plateau des Hautes-Bruyères par la pente qui mène à l'Hay. L'ennemi, protégé par les plantations des vignes et les murs des enclos, s'est porté en avant du village ; nous cherchons à le rabattre sur la gauche.

L'attaque et la défense sont acharnées : c'est un feu roulant, un tonnerre continu sans répit, sans une seconde d'intervalle, accentué encore de terribles crescendos qui ne vous donnent pas le temps de respirer.

On dirait Satan tournant la manivelle de toutes les mitrailleuses de l'enfer.

C'est au milieu de cette fusillade enragée que les nôtres avancent toujours avec autant d'élégante précision que s'ils étaient au Champ-de-Mars.

Je suis assez près pour suivre la manœuvre à l'œil nu, je vois nos colonnes s'appuyant sur la redoute des Hautes-Bruyères comme sur un pivot, s'écarter et s'allonger en branches d'éventail par une progression continue, en évoluant de droite à gauche, afin de rabattre l'ennemi sous le feu de notre centre et de l'aile gauche sous les ordres de Vinoy.

Un petit corps de réserve est massé en carré au-dessous de la redoute, tout prêt aussi à s'allonger en colonnes pour soutenir les premières.

Toujours aussi violente, aussi âpre, continue la terrible fusillade ; il est six heures quarante minutes et elle n'a rien encore perdu de son intensité.

Ah ! comme le cœur nous bat, tandis que nous voyons, malgré l'ouragan des balles, s'avancer héroïquement nos braves soldats !

C'est à ce moment que nous entrons en scène avec nos voitures d'ambulance.

Avant de nous engager sous la redoute, nous nous arrêtons à un petit bâtiment auprès d'une carrière ; c'est là qu'arrivent les premiers blessés; c'est là qu'on amène, sanglante et palpitante, la provende humaine hâchée par la terrible grêle.

Les moins grièvement atteints sont debout ou assis, soutenant comme ils peuvent, en attendant le pansement, leurs bras fracassés ou les lambeaux de chair pendants

D'autres, ceux qui ont quelque fracture de membres inférieurs ou quelque blessure mortelle sont étendus, au rez-de-chaussée du bâtiment, sur de la paille déjà ruisselante de sang.

Le brave lieutenant-colonel Miquel de Riu est là gisant, le buste traversé d'une balle.

Je le vois seulement de dos, distingué par les galons d'or et d'argent de son képi d'officier. Il est couché sur le côté gauche, la tête enfoncée dans les épaules, les genoux ramenés vers la poitrine, tout recroquevillé par la souffrance, mais sans pousser ni une plainte ni un gémissement. Un de ses pieds est déchaussé, secoué dans sa chaussette rouge par un tremblement convulsif et continu.

Sa famille est à Paris, elle va le recueillir agoni-
sant tout à l'heure.

Trois ou quatre chirurgiens militaires, les vêtements couverts de poussière, les mains teintes de
sang, prodiguaient des soins urgents avec l'activité
la plus dévouée, mais le nombre des malheureux
blessés croissant toujours, ils ne peuvent suffire à
la tâche. N'importe, l'intendance militaire voit à
contre-cœur quelques blessés monter dans une de
nos voitures.

Devant cette jalousie pour le moins intempestive,
nous faisons comme du reste nous avions toujours
fait jusque-là, nous allons nous-même chercher nos
blessés sous le feu.

En avant marche! Et pendant que l'intendance
militaire, débordée, ne sait où donner de la tête,
voitures et personnel, nous nous emballons sous la
fusillade.

Pendant ce temps, nos colonnes intrépides fon-
çaient toujours en se divisant par petits groupes.

Impossible aux Allemands de supporter le choc
ardent de tant de bravoure ; débusqués des vignes
et des plantations, courant en se dissimulant dans les
plis de terrain comme des renards, ils se replient
dans ce fatal village de l'Hay, où ils ont fait de chaque muraille, de chaque maison, une position fortifiée.

Embusqués derrière leurs meurtrières, tandis que
les nôtres arrivent dessus témérairement, les fusils
Dreyse les assassinent à bout-portant. Un officier,
nous affirme-t-on, vient d'être tué ainsi d'un coup
de feu dans la bouche.

Dans les vignes, un certain nombre de casques

prussiens a roulé sous nos chassepots, mais maintenant, comment voulez-vous qu'une attaque de chair triomphe de murailles de pierre qui n'ont d'ouverture que ce qu'il en faut pour cracher la mort?

Ce n'est pas le vague inconscient de la bataille en grand, où la destruction anonyme vous surprend de loin, c'est l'individu voyant et visant l'individu; c'est une sorte de duel à l'américaine, féroce et implacable, où il est urgent de tuer si l'on ne veut être tué.

Dans leur ardeur folle, quelques-uns des nôtres, franchissant et bousculant tout, ont passé jusque dans les maisons, d'autres avaient dépassé un coin du village et de tous ces héroïques, pas un seul n'est revenu.

Dans une compagnie de chasseurs à pied, une centaine sont morts ou blessés; plus d'officiers ; un sergent-major a pris le commandement.

Le 69ᵉ, le 59ᵉ de ligne, le 15ᵉ chasseurs furent surtout maltraités.

Après eux, le 51ᵉ, le 54ᵉ de ligne et je crois aussi le 8ᵉ chasseurs, sans parler des autres, dont beaucoup furent tués devant Choisy et Chevilly.

Nous avions suivi nos braves en avant, nous rebroussons chemin avec eux tout en recueillant des blessés.

Revenu sous la redoute, je serre la main à un sergent de la ligne, qui, embusqué dans un bon coin dont la conquête avait failli dix fois lui coûter la vie, a démoli à lui tout seul une vingtaine d'Allemands. Ce prodigieux fait d'armes m'est, séance tenante, raconté et certifié par son capitaine.

8.

Adroit et rusé tireur, il surveillait de sa cachette les créneaux et les chaperons des murs, et, dès qu'il voyait un crâne seulement jusqu'aux yeux, il abattait régulièrement son homme. C'était un petit brun, maigre, bien pris, les mains encore noires de poudre.

Il avait l'air engourdi et taciturne comme s'il avait quelque peine à digérer ses nombreux cadavres, comme si son imagination était hantée de trop de revenants sinistres.

Constatation d'un état d'âme assez complexe : la philanthropie médicale et un instinctif sentiment d'humanité, maintenant que je n'étais plus grisé par l'odeur de la poudre et l'ivresse du danger à affronter, me faisaient ressentir pour cet intrépide tueur d'hommes quelque chose de la répugnance que j'aurais eue pour un assassin, mais la nécessité patriotique reprenant le dessus me forçait à le féliciter de son héroïsme si meurtrier.

D'ailleurs la conclusion positive qui s'imposait, c'est que nous n'aurions pas inutilement perdu tant de braves si nous avions eu beaucoup de ces intrépides et à la fois rusés tirailleurs, sachant, avec le courage en plus, pratiquer comme les Allemands, sans se découvrir, cette effroyable guerre de murailles.

VIII

BRANCARDIER. — G. DISPARU. — VISITE AUX PRUSSIENS. — L'OFFICIER SILÉSIEN. — MORTS ET BLESSÉS. — LES MOUCHES BLEUES.

Le combat semblait terminé. Nos voitures regorgeaient de blessés et descendaient lentement à l'ambulance en creusant, çà et là, de lourdes gouttes de sang, la poussière blanche de la route.

Tous les blessés n'avaient pu trouver place dans les voitures, plusieurs durent suivre étendus sur les brancards. Il manquait aussi des infirmiers, je m'offris volontairement pour faire l'office de brancardier ; mais ma bonne volonté dépassait mes forces et, sur cette route poudreuse, en plein soleil, épuisé par les fatigues et les émotions de cette longue matinée, je ne tardai pas à trouver que c'était bien lourd un homme, et je sentais des ampoules brûler la paume de mes mains. Mais je ne disais rien, qu'était-ce vis-à-vis des souffrances de celui que je portais ?

Après que nous eûmes installé nos blessés dans les lits, on sonna le déjeuner ; je m'aperçus seulement alors que mon camarade G. manquait.

Qu'était-il devenu ?

On disait qu'on l'avait vu dépasser les avant-postes prussiens pendant la fusillade.

Etait-il prisonnier ou blessé ?

Mort peut-être...

Tandis que tout perplexe je demandais des renseignements, poudreux, harassé mais radieux, G. fait son entrée au réfectoire. Il ramène un officier français, un bras sanglant en écharpe ; il l'est allé chercher jusque dans les avant-postes prussiens ainsi que deux autres blessés, qu'on vient d'installer dans les salles.

L'officier se nomme Martin Raphaël, lieutenant au 69e de ligne ; bien que très grièvement blessé, aidé par notre courageux camarade, il n'a pas voulu rester aux mains des Allemands. Il a eu l'énergie de venir à pied de l'Hay et, aussitôt arrivé, il se met crânement à table entre nous deux.

J'étais heureux du retour de G. et je trouvais son aventure des plus intéressantes. Le matin moi-même, il est vrai, j'avais mis la main sur un blessé prussien que j'avais fait monter dans nos voitures, mais je n'avais eu pour ainsi dire qu'à le cueillir ; j'avais aussi ramassé trois balles que j'avais vues trouer la terre à mes pieds en faisant *ziit-taph*, mais qu'était-ce en comparaison des exploits de mon camarade ?

Je regrettais vivement de n'avoir pas eu son initiative, tout au moins de ne l'avoir pas suivi. Aucun mauvais sentiment de jalousie ne me troublait, mais j'enviais naïvement sa vaillante expédition. Est-il heureux, me disais-je, ce gaillard-là ? et je n'étais pas loin de le regarder avec admiration, sans perdre pourtant un coup de fourchette.

Tout en mastiquant de bon appétit et faisant les honneurs à son officier, mon héros me raconte que, faute de voiture et de brancard, il a dû laisser d'autres blessés dans une maison de campagne à moitié démolie par les obus et située dans les lignes prussiennes. « Voulez-vous y venir après déjeuner? me dit-il en me regardant dans les yeux. »

Si je voulais y aller, *bone Deus!* mais je n'aurais pas donné ma place pour un bœuf, un bœuf au milieu du siège, comprenez-vous?

Nous conspirons prudemment, voulant garder notre bonne affaire pour nous seuls. G. avait mystérieusement prévenu un infirmier pour atteler la petite voiture à un cheval et la tenir prête à partir au premier signal.

Nous achevons de déjeuner sur le pouce, buvons un grand verre de café, allumons un bon cigare et sortons discrètement du réfectoire.

L'infirmier est à son poste avec la voiture, nous montons et partons.

Nous traversons Cachan, laissant à notre droite la propriété Raspail qui, au dire de certain journal, aurait été occupée par les uhlans, ce qui est tout à fait faux, et nous descendons la vallée de la Bièvre.

Quelle splendide après-midi d'automne! Toute dorée, toute ruisselante de soleil, avec ce poétique horizon de tons colorés et doux que présentent les arbres et la verdure en ce moment.

C'est véritablement une de ces exubérantes journées où, envahi par une nonchalante sensation de bien-être, on se sentirait tout heureux d'être au monde si l'on n'était pas Français.

A droite, sur le trottoir du petit pont de la Bièvre que nous traversons, une large marc de sang noirâtre vient brutalement nous rappeler que, dans ce délicieux paysage, sont encadrés des tableaux terribles.

Quelques pas encore et, à gauche de la route,

j'aperçois deux des infirmiers qu'avait amenés notre collègue G. lors de sa courageuse reconnaissance ; ils attendent sur la route de l'Hay en avant d'une des premières maisons où sont quelques-uns de nos blessés. Dissimulés derrière un bouquet d'arbres formant un paravent de pourpre et d'or, un piquet d'Allemands en armes, le doigt sur la détente, nous surveille d'un regard soupçonneux. Nous sommes dans les avant-postes ennemis ; un officier à casquette plate vient à notre rencontre, il s'exprime suffisamment en français pour nous tirer d'affaire et nous comprend, pourvu que nous parlions lentement.

C'est un grand jeune homme de vingt-six à vingt-huit ans, assez bien découplé, svelte, blond, il paraît doux et assez complaisant, il est vêtu d'une tunique de drap bleu sombre simplement ornée d'une décoration de couleur bronzée soutenue par un ruban clair.

Si nos souvenirs ne nous trompent pas, ce devait être un Silésien, mais pas un Prussien à coup sûr, car le Prussien généralement vous fait un accueil aussi désagréable et aussi pointu que l'éteignoir de cuivre qui fait son plus bel ornement.

Conduits par l'officier derrière la maison, devant laquelle sont nos infirmiers, entre elle et un bouquet d'arbres à travers lesquels nous apercevons distinctement les cuivres des fusils Dreyse, nous voyons, jonchant le sol à quelques pas les uns des autres, une dizaine de nos soldats avec la capote gris-bleu et le pantalon garance de la ligne.

« Blessés ? » demandons-nous à l'officier silésien en faisant un mouvement vers eux pour les aller relever.....

— Morts !... Nous répond-il en nous retenant par
le bras.

Nous ne pouvons sur le moment supporter l'horrible, la poignante sensation de pitié qui nous étreint
le cœur, en face de ces nombreux cadavres. Nous
nous détournons à droite pour échapper à ce triste
spectacle, mais à droite aussi, sous une longue allée
de peupliers, nous apercevons, étendus sur les
feuilles jaunes, des pantalons garance et des capotes
bleu-clair.

Déjà ébranlé douloureusement et redoutant
d'avance le réponse, silencieusement j'indique du
doigt l'allée des peupliers sans oser parler.

« Morts !..... Morts !..... » fait le Silé ien. C'est
comme des coups de poignard dans mon cœur de
vaincu. Mon émotion est si profonde qu'elle gagne
le vainqueur, nos regards et nos mains se rencontrent et s'étreignent dans un magnétique élan de
douleur humaine et pour la seconde fois, je détourne
les yeux pleins de larmes muettes et le cœur débordant de malédiction sourde contre les misérables
politiciens jusques auxquels doit remonter la responsabilité de ces carnages. . . . .
. . . .

C'est un peu plus haut, nous dit notre guide, dans
les vignes, sur le trajet de l'Hay à la redoute, qu'il y
a des blessés.

Nous montons à gauche et bientôt en effet nous
voyons un groupe de soldats, quelques-uns étendus
d'autres adossés circulairement autour d'une petite
meule de vieille paille.

Presque tous sont obstinément, silencieusement
concentrés dans une farouche résignation ; à peine

si l'on entend de loin en loin une plainte ou un soupir, et pourtant ils sont là depuis sept ou huit heures
du matin, et il est une heure !

Un courageux chirurgien volontaire, qui porte
comme nous la casquette américaine et le brassard,
est là donnant ses soins et faisant des pansements
avec une discrète activité.

C'est un bon gaillard, un peu coloré, déjà grison-
nant ; il paraît être venu seul, sans voiture, et s'ac-
quitte de sa tâche de dévouement silencieusement,
tranquillement au milieu des ennemis, comme s'il
était au lit d'un malade.

Ce sont les Allemands qui, sous sa direction, ont
réuni là ce groupe de blessés, après en avoir déjà
recueilli vingt-cinq, à ce qu'ils disent, dans leur ambulance.

Adossés à la meule de paille, parmi les vivants, il
y en a deux jeunes qui ont agonisé là et sont morts
depuis qu'on les a apportés.

Des soldats allemands, prenant, nos brancards
nous aident à opérer les transports.

Un de leurs officiers fume son cigare sous une
tente à quelques pas de là, après un déjeuner dont
les reliefs les plus essentiels semblent être une
bouteille de Bordeaux venant de nos caves et une
carte des environs de Paris également conquise en
France.

A notre approche, il prend, en dressant la tête avec
affectation, une attitude vaniteuse de vainqueur
impertinent ; cependant, sur la demande, intempestive selon nous, d'un des dominicains qui nous a re-
joints, celui-là même, qui plus tard fut fusillé, il

daigne laisser prendre pour les blessés ce qui lui reste de *son* bordeaux.

L'armée ennemie met la plus grande activité à faire disparaître ses morts et ses blessés. Nous n'en apercevons pas un seul ; à peine si, derrière un talus de terre, tout près de la tente de l'officier, nous avons vu jonchant le sol quelques casques en cuir bouilli, soigneusement dépouillés de l'éteignoir de cuivre et de tous les ornements de métal. Ils ne laissent rien traîner qui puisse indiquer les pertes qu'ils ont subies.

A quelques pas de ces casques, des soldats munis de pelles et de pioches commencent à creuser des fosses.

Le travail n'est pas assez avancé pour que l'on voie combien il s'en prépare, ce qu'il y a de certain, c'est que l'ennemi cache soigneusement ses blessés et ses morts.

Tandis que nous nous occupions de nos blessés les Allemands continuaient de rassembler nos morts auprès des premiers dont nous avons déjà parlé.

Nous en avions nous-mêmes trouvé près d'une dizaine dans les vignes avec l'attitude et à la place où ils étaient tombés.

Les uns avaient été frappés derrière les haies qui n'avaient pu ni les cacher assez, ni les garantir, les autres à découvert dans de petits carrés de terrain réservés à la culture des asperges et des concombres.

Un soldat du 59e, la tête fracassée par plusieurs projectiles, étendu sur le dos, tenait encore dans la main droite une superbe poire qu'il venait sans doute de cueillir.

Un caporal du 51ᵉ tombé au coin d'un treillage, la face contre terre, son chassepot sous lui, baignait littéralement dans une mare de sang. Il y en avait partout, jusque sur ses cartouches, que les coups de feu de l'ennemi avaient frappées dans sa giberne et éparpillées.

J'en ramassai deux dont les balles elles-mêmes avaient été tronquées à leur extrémité conique comme avec des cisailles par les balles prussiennes.

Je les ai encore, ainsi que le porte-monnaie d'un pauvre lignard, jeté dédaigneusement, parce qu'il ne renfermait que trois sous, par un Allemand que je surpris en train d'écumer les morts.

Des képis, des épaulettes rouges, des morceaux de biscuit, des outils à démonter les pièces, des fusils, des gibernes, des munitions, des sabres-baïonnettes, des chassepots cassés, tordus, brisés en deux comme s'ils étaient trouvés sous le choc d'une locomotive, du sang partout, des blessés et des morts à travers tout cela, tel est au raccourci le lugubre spectacle que présentaient à ce moment les vignes en avant de l'Hay.

Mais en bas, près de la route, un tableau plus sinistre encore nous attendait. Il ne s'agissait plus maintenant de cadavres isolés. Cette fois, c'est le groupe de ceux que les Allemands viennent de rassembler.

Ils sont là, disposés sur deux rangs, dix-neuf cadavres étendus et il en manque encore au moins la moitié !.....

Ils sont raidis, figés dans les poses obliques et anguleuses de la dernière convulsion de leur tragique agonie !

Excepté deux chasseurs à pied, tous ont le pantalon garance et la capote gris bleu.

Le dernier du premier rang, à droite, est un sous-lieutenant du 69e, M. Tournier. Il a reçu une balle dans la jambe gauche ; on voit qu'il a quitté sa guêtre sans doute pour alléger sa douleur et se rendre compte de la gravité de sa blessure ; absorbé par cette préoccupation, il sera resté à découvert, face à l'ennemi, car il a eu la tête traversée d'une balle qui a pénétré par l'œil droit.

Non loin du pauvre sous-lieutenant, nous remarquons un caporal de la ligne qui a dû souffrir horriblement ; il serre dans sa main droite crispée une touffe de gazon arrachée avec ses ongles, et ses dents incisives se sont enfoncées de coin dans sa lèvre inférieure.

Deux autres ont de l'herbe plein la bouche, ils ont dévoré le sol, sans doute pour étouffer un cri de douleur !

La plupart étaient tombés les mains en avant face à l'ennemi ; maintenant qu'ils gisent sur le dos, dans la rigidité cadavérique, ils semblent élever vers le ciel ces mains pâles et livides comme une protestation suppliante contre les atrocités de la guerre.

Tous étaient braves, car ce sont ceux-là qui se sont les plus aventurés ; tous étaient jeunes et bien vivants il y a quelques heures à peine ; et maintenant, sous le soleil chaud et lourd qui poudroie impassiblement, de grosses mouches bleues viennent s'enfoncer dans leur yeux, dans leur bouche et jusque dans les trous saignants des blessures pour commencer l'œuvre de destruction.

O roi Guillaume, et vous, prince de Bismarck, ne

vous disent-elles rien quand elles bourdonnent autour de votre visage, les grosses mouches bleues? Moi, je vous dis que vous êtes les mouches carnassières de l'humanité, et que, comme elles, vous vivez de viande humaine.

Le docteur G. et moi, nous avions fait demander d'autres voitures à l'ambulance et nous enlevâmes nos blessés et nos morts. Quelques-uns des vivants, faute de place, voyagèrent côte à côte avec les cadavres. Ils préféraient de beaucoup subir cette sinistre promiscuité que de rester parmi les Allemands. Rien plus ne semblait étonner leur regard sombre et fiévreux dans cet horrifique milieu de sang et de barbarie.

IX

LE MORT VIVANT.

Si j'appuie inexorablement sur ces tableaux terribles, c'est que je juge salutaire la relation de la vérité intégrale.

Il est nuisible et funeste de laisser ignorer aux nations les atroces réalités du champ de bataille. Guerre à outrance, si l'odieux ennemi met le pied sur la terre française, guerre à coups de couteau, à coups de fourche, à coups de mailloche, mais il faut aussi que désormais un peuple sache bien à quoi il s'engage quand il laisse déclarer la guerre.

Les Prussiens nous ayant certifié qu'il ne restait plus maintenant que des morts, nous repartions bien tristes avec nos voitures surchargées de cadavres pêle-mêle avec les derniers blessés.

N'ayant pu trouver place en dedans, je m'étais juché par un rétablissement à la force du poignet sur le haut, à la place des colis, m'accrochant à la tringle de la galerie pour ne pas dégringoler dans les cahots.

J'étais harassé, je n'en pouvais plus ; tout à coup, après avoir dépassé d'environ deux cents mètres les lignes Allemandes, j'aperçois encore un de nos malheureux soldats sous un pommier, un pauvre petit lignard en pantalon rouge.

Sans mouvement, la face contre terre, il est étendu aussi inerte que tous les morts que je viens de voir.

Mais il vient trop tard ce pauvre cadavre ; il n'y a plus de place, complet, archi-complet...

« Verdis et pourris lentement, héros obscur et abandonné, tu es condamné à servir de pâture aux larves de la *Musca carnaria* et aux sinistres nécrophores, tu viens trop tard, adieu. D'ailleurs je n'aurais plus la force de descendre et de remonter sur la voiture . . . . »

J'ai beau détourner les yeux de ce suggestif pantalon rouge, en dépit de tout, ma conscience s'agite, la voiture en m'emportant emporte aussi un remords, et en dépit de tout raisonnement, mes yeux reviennent instinctivement vers l'abandonné.

Je ne puis me décider à le perdre de vue, mais la voiture s'éloigne toujours.

Tout à coup, est-ce un éblouissement, une hallucination causée par la fatigue ? Il me semble que ce cadavre couché sur le ventre vient de relever la tête, cela n'a pas duré plus d'une seconde, néanmoins, il m'a bien semblé avoir eu l'apparition fugitive d'un visage jeune avec une barbe blonde et un regard vivant. . . . .

Mais j'ai beau frotter mes yeux et regarder avec une fixité éperdue, pas le moindre mouvement ne se reproduit, il n'y a que l'immobilité cadavérique qui persiste.

N'importe, cette fois je veux en avoir le cœur net, je saute de l'omnibus sur la route, je cours aux pommiers, et j'ai l'émouvante joie de constater aussitôt que ce courageux fils de la patrie, oublié sur la zone neutre, entre les deux lignes réciproquement ennemies, est parfaitement vivant, bien que blessé très grièvement.

Il avait une fracture multiple de la cuisse droite, qui ne lui avait permis ni de se traîner ni même de s'asseoir.

Trop affaibli même pour crier, il ne se réveillait d'une syncope que pour retomber dans une autre, absolument épuisé par une vaste hémorrhagie, que je tache de modérer par un pansement provisoire. Ses os fracturés craquent quand je le soulève avec l'aide du dominicain, mais insensibilisé sans doute par l'anéantissement, il se laisse emporter et coucher sur l'inégal et raboteux enchevêtrement des autres blessés et des cadavres, sans pousser une seule plainte.

Il y avait dix heures qu'il était sous le pommier et rougissait l'herbe de son sang.

Le lendemain, il fut enlevé à notre ambulance et transporté à celle du Palais de l'Industrie. Il y subit l'amputation et je crois que, comme tant d'autres, le malheureux mourut des suites de l'opération.

X

DEUX BLESSÉS PRUSSIENS.

Le matin de ce combat du 30 septembre, dont je viens de raconter les épisodes, notre ambulance ramena deux blessés prussiens.

L'un des deux avait été recueilli par moi. Je l'aperçus tout sanglant et tout effaré au milieu de nos premiers blessés et après avoir sommairement visité les régions atteintes, je le pris par le bras et le fis entrer dans une de nos voitures.

Lorsque plus tard il quitta notre ambulance, il me fit cadeau de son ceinturon qui porte le sabre et la giberne. Sur la plaque de cuivre argenté qui sert d'agrafe, il y a, au centre, une couronne royale, et autour en demi-cercle *Gott mit uns*; à l'envers de la ceinture de cuir, grossièrement écrit à l'encre, le mot *Haiduk*, nom du soldat, probablement.

Mon blessé avait reçu quatre balles françaises : deux à la tête, une à la main ; la quatrième n'a fait que traverser, sans égratigner les chairs, sa culotte de drap bleu à la région de la cuisse.

La blessure de la main était très légère, celle de la tête était la plus intéressante et la plus curieuse : deux balles parties de directions différentes, comme l'indiquaient les trous de l'étoffe du béret de ce blessé, étaient venues se rencontrer en faisant une seule et même blessure à la partie postérieure du sommet de la tête.

Ces projectiles avaient labouré le cuir chevelu en l'entamant dans toute son épaisseur; deux travers de doigt plus bas la cervelle était atteinte.

Le second a reçu deux blessures, l'une au petit doigt de la main droite, assez profondément entamé; l'autre, la plus grave, à la paume de la main gauche, dans la région de l'articulation du petit doigt et de l'annulaire; tous deux avaient été à moitié emportés,

Tous les deux dormaient dans une des premières maisons de l'Hay, lorsqu'à cinq heures du matin ils avaient été réveillés par le canon et la fusillade. Ils s'étaient habillés à la hâte, étaient descendus devant la maison, et c'est alors qu'ils avaient été blessés.

Le premier, celui des deux balles à la tête, en outre des quelques mots de français qu'il pouvait comprendre, était de beaucoup le plus communicatif. C'était un gros garçon blond, — œil bleu, lèvres proéminentes, front carré.

Son camarade était plus mince, brun et d'un caractère plus concentré; on n'aurait pas tiré un mot de lui si l'on n'avait eu le secours de l'autre.

La première chose que je demande, c'est s'ils ont des vivres?

Le blond me répond carrément que le matin où il a été blessé, il y avait deux jours qu'il n'avait mangé.

Ils ont du vin, du cognac, du café, mais peu d'aliments solides.

Le vin vient de France, le cognac et le café, ils prétendent qu'ils leur arrivent d'Allemagne.

Pas de pain ; quant à la viande, le peu qu'ils en ont leur arrive, — toujours d'après celui qui est blessé à la tête, — de Londres. Ces arrivages consisteraient en bœufs vivants et en salaisons. Par quels détours arriveraient-ils ? Ce soldat n'a pu me le dire.

Une légende maintenant : leurs généraux leur font croire qu'il leur arrive d'Allemagne d'immenses provisions, — par quelle voie ? Comme on ne devinerait pas, je vais le dire tout de suite ; par la voie de l'air, par ballon !

Tandis que nous, nous écrivions nos lettres sur papier végétal afin de soulager de quelques grammes la tâche de nos ballons-postes, les Allemands auraient trouvé, eux, le moyen de transformer la nacelle aérienne en véritables trains à bestiaux !

Je demandai ensuite à mon Germain si, le jour du combat de l'Hay, nous leur avions tué beaucoup de monde ?

— *Ein venig...* me répondit-il ; un peu. C'était seulement le surlendemain de l'affaire que j'avais le temps de le questionner un peu longuement, mais le matin où je l'avais recueilli tout au commencement du combat il m'avait dit qu'ils avaient déjà perdu une soixantaine des leurs, notamment son officier qui serait mort à côté de lui.

Dans le village de l'Hay, lorsqu'on les attaqua, ils n'étaient qu'un régiment : ce qui, dans leur armée, comporte trois mille hommes.

Les Français avaient refoulé ce régiment et occupaient déjà l'Hay, lorsque trois autres régiments de l'armée allemande, qui n'étaient qu'à un quart d'heure de là, étaient arrivés à la rescousse et avaient réussi à réoccuper l'Hay.

Ainsi, les nôtres qui n'étaient que trois ou quatre mille, auraient eu à combattre quatre régiments ennemis, c'est-à-dire environ douze mille hommes.

Et derrière ces douze mille, — toujours d'après le même blessé — il y en avait environ vingt mille.

Décidément ces Allemands étaient gens de précaution; jamais ils n'osaient s'avancer sans avoir l'avantage du nombre et sans se dissimuler derrière de prudents abris.

Si à nos qualités aventureuses nous pouvions joindre un peu de leur prévoyance, les raisins de nos vignes ne leur auraient certainement jamais fait de mal.

Bien que coiffés de berets bleu-sombre, comme le reste de leur uniforme, ces deux blessés appartenaient au contingent *prussien* de l'armée allemande; ils étaient de la Pologne prussifiée : on leur faisait porter le casque à éteignoir de cuivre ; l'ayant égaré il ne leur restait plus que le béret. Mais, en dépit du casque, ils ne chérissaient que médiocrement la Prusse, ils semblaient très satisfaits d'être aux mains des Français. Lorsqu'on leur parlait de retourner à l'armée prussienne :

— *Nicht!* répondaient-ils énergiquement, *gut Franzozen*, ajoutent-ils, *sehr gut*.

Ils étaient du reste soignés on ne peut mieux, nous leurs donnions du vin, de la viande, du tabac, des cigares, de la limonade de citron ; enfin, de quoi ne pas regretter les arrivages des fameux ballons de leurs généraux.

Nos blessés français étaient pour eux aux petits

soins; ils en avaient fait les personnages intéressants de la salle, les Polonais y mettaient de la modestie, mais néamoins ils se laissaient faire; leur désir personnel était de ne plus revenir dans l'armée allemande.

Tous leurs compatriotes de la Pologne prussienne que nous avons pu voir étaient à peu près dans le même sentiment.

Et pendant la courte campagne de notre ambulance dans les Ardennes, je me rappelle très bien que la nuit, lorsque les Prussiens ne pouvaient les voir, les Polonais venaient nous étreindre les mains et nous faire leurs protestations d'amitié; quelques-uns même, en nous parlant pleuraient sur les malheurs de la France.

XI

PRISONNIERS BAVAROIS. — BAGNEUX CHATILLON. —
ACHARNEMENT DE NOS TIRAILLEURS.

Le 13 octobre, à neuf heures du matin, l'artillerie du fort de Montrouge tonnait contre les villages de Bagneux et de Châtillon pour déblayer le terrain devant les troupes du corps de Vinoy qui avaient reçu l'ordre, paraît-il, de pousser une importante reconnaissance sur Châtillon. De nos fenêtres nous voyions les mobiles de la Côte-d'Or courir bravement sur un terrain découvert, à l'assaut du long mur crenelé du parc de Bagneux.

Après déjeuner, nous partons avec quatre voitures

de l'ambulance et nous nous engageons sur la route de Bagneux.

Bientôt les balles nous contraignent de mettre nos voitures à l'abri. Nous continuons à pied avec nos infirmiers chargés de brancards. Nous nous aventurons jusqu'aux premières maisons de Bagneux en avant de nos troupes de ligne, qui, sous un long mur percé de meurtrières, forment la réserve.

Nous rencontrons une escouade de mobiles de la Côte-d'Or emmenant dix-neuf Bavarois, pris, nous a-t-on dit, dans le clocher de l'église de Châtillon.

Les mobiles étaient tout fiers de leur prise et portaient triomphalement des casques et des fusils ennemis. Sauf deux qui avaient l'air tristes, les prisonniers semblaient enchantés, presque tous souriaient, deux riaient d'une oreille à l'autre. Avec leur grande capote, leur casque en cuir bouilli et à chenille verte, ils avaient un air des plus exotiques. C'étaient des Bavarois. Presque tous étaient de grands diables et formaient un contraste piquant avec les petits mobiles qui les avaient faits prisonniers.

Le jeune lieutenant qui commandait l'escouade était dans un remarquable état d'exaltation, l'animation du combat, l'odeur de la poudre, le danger couru, l'orgueil de cette action d'éclat, tout cela l'avait comme grisé ; « Au large » criait-il violemment à ceux qui s'approchaient pour voir les prisonniers, en faisant de grands gestes avec son sabre nu. Il voulait lui-même les conduire à la place,

Nos troupes occupaient Bagneux, mais hélas pas pour longtemps.

Les mobiles, joignant leurs efforts aux troupes de

ligne du centre et de l'aile droite, tentaient de pénétrer dans Châtillon.

Mais dans ce village, les Prussiens, non contents
de s'abriter derrière les murailles crénelées, avaient
construit des barricades et transformé chaque maison, chaque clos, en autant de postes fortifiés, de
sorte que bien à couvert et plus nombreux, il leur
était facile de prendre une revanche sanglante sur
nos troupes témérairement engagées.

Les balles ennemies arrivaient déjà jusqu'aux
troupes de réserve. Dans la masse, plusieurs soldats
sont blessés, notre ambulance en fait emporter trois
avec ses brancards.

Au même instant survient au galop un officier
d'état-major. il arrête son cheval devant un commandant d'artillerie et lui parle à l'oreille.

Un capitaine d'infanterie courant de son côté,
très ému, très anxieux, demande à haute voix : « Y
a-t-il de la mobile ici ? »

— Oui, capitaine, répond un lieutenant.

— C'est bien, faites mettre les mobiles aux meurtrières et il repart courant comme il est venu

Le commandant d'artillerie fait placer deux batteries de campagne tout à côté de nous, en plein champ,
pour bombarder Bagneux.

Nos soldats, ne pouvant s'y maintenir, ont ordre
de se replier.

Un riz-pain-sel à barbe grise jette un coup d'œil
sur l'ensemble et marmotte entre ses dents : « Il
faut encore f .... le camp. » Et il pique des deux pour
se mettre à l'abri, avant tout le monde.

Mais une grande partie de nos soldats, engagés
bravement, ne voulaient pas se retirer et se battaient

comme des enragés vers la droite, auprès des premières maisons de Châtillon.

En cherchant des blessés, nous arrivons bientôt à l'intersection d'un chemin de culture qui passe de Bagneux à Châtillon et d'un second qui monte dans ce dernier village à travers les vignes où sont éparpillés des tirailleurs du 14ᵉ de marche. Ce point d'intersection où se trouve une maison de marchand de vin et les bâtiments d'une porcherie se nomme le *Pot-crasseux* — un de ces noms, un de ces coins comme il ne s'en rencontre que dans la banlieue de Paris.

Les derniers efforts de l'aile droite se concentrent de plus en plus de ce côté. Mais les Bavarois ont, outre l'avantage du nombre celui, de canarder sans danger, à l'abri des murailles percées de meurtrières ; nos soldats n'ont pour eux que les vignes, et les vignes n'abritent pas contre les balles, néanmoins, ils cherchent encore à tirer le meilleur parti possible de la situation. De temps en temps, à une distance de deux ou trois cents mètres, je voyais s'agiter les feuilles jaunes et les sarments d'une façon qui ne me semblait pas naturelle. A force de regarder, je finissais par reconnaître nos rusés et braves tirailleurs. Ils rampaient, non pas sur les genoux, le corps aurait encore offert trop de relief, mais sur les coudes ou sur les mains, traînant les jambes derrière eux comme des lapins paralysés du train postérieur. La courroie passée dans un bras, le chassepot suivait à côté du corps, le képi rouge trop voyant avait été mis dans la poche.

De temps en temps on en voit un qui relève la tête comme une couleuvre aux aguets, et dès qu'il aperçoit un bout d'Allemand, ramène son fusil, épaule, vise et tire dessus.

Ah ! qu'on nous en a tués ou blessés ce jour-là de ces intrépides. Admirablement secondés par deux de nos infirmiers, intelligents et très courageux, nous pouvons recueillir nos blessés au fur et à mesure qu'il sont atteints.

Ce serait folie de tenter de les approcher avec un brancard, une grêle de balles convergerait aussitôt dessus ; ils vont les chercher un à un, sur leur dos, forcés plusieurs fois de se coucher à terre, à côté de leur fardeau sanglant, en attendant une éclaircie dans la fusillade.

L'un de ces infirmiers se nommait Verhaeghe, un Belge, je crois, il avait été quelque temps au service du peintre Meissonnier ; l'autre était notre nègre, celui que les Prussiens, dans les Ardennes, avaient suspecté comme turco. Il se nommait Bachides Édouard.

Un moment nous eûmes trop de blessés pour nos voitures ; nous en cédâmes trois à un prêtre qui était venu dans un quatre-places jusqu'au Pot-crasseux, avec deux jeunes gens, qui semblaient être ses élèves, mais qui ne semblaient pas être accoutumés au feu.

Ils nous remercièrent de ce tragique cadeau avec effusion et rentrèrent à Paris heureux comme des triomphateurs.

Bientôt une de nos voitures revient, on la remplit encore et on en attendait une autre, qui se compléta aussi.

Mais, si l'endroit regorge de blessés, il devient aussi de plus en plus périlleux ; les balles prussiennes

pleuvent de toutes parts sur la maison du marchand
de vins, les dernières vitres sont brisées avec fracas,
les volets sont percés à jour, les murs sont comme
s'ils étaient ravagés par la petite vérole ; impossible
de mettre le nez à droite de la maison, dans le chemin qui monte aux vignes. Là, la terre humide est
toute zébrée de hachures, que trace coup sur coup
le plomb prussien : Zzeeeee... phtt..., c'est à peu
près le bruit que fait la balle en s'enfonçant
dans la terre ; cet essaie d'harmonie imitative ne
sera apprécié que par ceux qui ont entendu la
chose.

Un orme, au coin de la maison, a les feuilles ha-
chées et son tronc déchiqueté par cette satanée
grêle ; à droite, par une communication allant au
jardin, les projectiles arrivent aussi. De telle sorte
qu'à droite et à gauche notre escouade se trouve
prise à peu près comme si elle avait de chaque côté
une mitrailleuse.

* *
* *

On aura l'explication de cette situation lorsque
l'on saura que le toit, les étages supérieurs et le clos
de derrière étaient garnis de tirailleurs français,
sur lesquels convergeait à ce moment un véritable
feu roulant des Prussiens.

La place n'est plus tenable et pourtant il n'est pas
possible de s'en aller sans marcher à découvert.

Le moment est des plus critiques et cependant,
bien qu'on ne soit pas des soldats, il en coûte quand
même de se replier devant l'ennemi !

Enfin on se décide, et on se défile vers une carrière derrière les moellons de laquelle sont retranchés un groupe de soldats du 14e.

En chemin je rencontre un arbre qui me permet de m'arrêter un instant et de jeter un coup d'œil en arrière. Nos tirailleurs héroïques ne veulent pas se retirer, ils tiennent toujours au Pot-Crasseux. Un officier se colle à l'angle de la maison, enlève son képi qui se voit trop, risque la tête en effaçant le corps, et fait intrépidement le coup de fusil.

Il est déjà trop tard pour se retirer. Que deviennent ces braves entêtés ? Ils furent cernés sans doute, les uns fusillés à bout portant, les survivants emmenés dans quelque horrible forteresse prussienne.

Notre escouade enfin rejoint le gros de l'ambulance, tandis que les balles nous font encore la conduite.

Pendant ce temps, nos batteries de campagne criblent Bagneux et Châtillon,

Les artilleurs pointent, les pièces tonnent, la grosse artillerie des forts de Vanves, de Montrouge et de la redoute des Hautes-Bruyères domine le concert, et ces pauvres villages que nous occupions il n'y a qu'un instant apparaissent de temps en temps sous la fumée, effondrés et ruinés comme par un tremblement de terre.

Malheur aux infortunés retardataires.

Quant aux autres, plusieurs profitent de l'occasion pour ramasser les légumes dont sont encore couverts les champs, qui formaient avant le combat une zone déserte entre les deux armées.

Nous rentrons à l'établissement d'Arcueil pour achever d'installer les blessés et faire les pansements les plus urgents, puis, au bout d'environ une heure, un petit groupe dont je fais partie revient sur le champ de bataille.

Plus de fusillade, plus de canonnade, la soirée est calme et silencieuse comme dans la campagne après une tempête. Nous abordons aussi facilement les lignes prussiennes qu'en temps de paix la frontière. A l'impitoyable rage du combat, la préoccupation des morts et des blessés a fait instantanément succéder de part et d'autre les sentiments d'humanité et de pitié, bien que le terrain soit pour ainsi dire brûlant et l'atmosphère fumante.

Nous nous trouvons bientôt en face d'une douzaine de grands diables d'Allemands, des Saxons, je crois, confortablement vêtus de longues capotes sombres. Presque tous sont blonds et hauts en couleur, ils sont là, graves et sérieux, pour nous surveiller, mais me paraissent plus tôt complaisants que méchants.

Nous les abordons, nous leur parlons, quelques-uns savent le français. Nous leur demandons s'ils ont perdu beaucoup de monde ?

A cette question, ils répondent comme toujours : « Un peu. »

Il s'exhalait de leur barbe blonde une forte odeur de kirch, comme si après le combat on avait pris soin de les reconforter.

L'un de nous qui parlait l'allemand, commit en cette occasion une imprudence des plus graves qui le conduisit à Mazas et compromit toute l'ambulance.

XII

UN ESPION DANS L'AMBULANCE

Une après-midi, au moment où j'arrivais à l'établissement d'Arcueil, un de mes collègues me dit :

« Il y a du nouveau, vous savez, on a découvert un espion dans l'ambulance. »

— Le misérable ! Qui est-ce donc ?

— L'aide-chirurgien Muller. (1)

Il avait remis des papiers à un soldat allemand le jour de l'affaire de Bagneux-Châtillon ; plusieurs personnes l'avaient vu et deux jours après un grand journal de Paris publiait le fait en l'amplifiant, le commentant, le dramatisant. L'on ne nommait pas Muller, mais on désignait carrément notre ambulance comme renfermant des espions et on réclamait prompte et sévère justice.

Bientôt tous les journaux en parlèrent. Notre ambulance, qui jusque-là n'avait reçu que des éloges à cause du poste périlleux qu'elle occupait et de son courage au feu, notre ambulance était soupçonnée tout entière et mise en accusation publiquement.

Et vous savez si à cette époque on était ombrageux sur ce sujet.

L'infamie présumée de Muller retombait sur nous tous. La situation était intolérable.

Le chef fit comparaître l'accusé et, après avoir eu

(1) Je le désignerai ainsi, ne jugeant pas utile de donner le vrai nom.

avec lui un entretien secret, l'envoya, sous la garde d'un ex-chirurgien de marine, à la place de Paris.

Cela semblait à quelques-uns d'entre nous une exagération dramatique de voir un espion dans un de nos collègues ; pour moi, j'avais de la répugnance à y croire. Malheureusement l'accusation reposait sur des faits certains, affirmés et répandus par deux témoins. Muller disait que les papiers étaient tout simplement des lettres insignifiantes qu'il écrivait à des amis en Allemagne, mais, outre que l'on trouvait très suspect qu'à ce moment il eût des relations amicales avec des Allemands, il lui était impossible de prouver que ses lettres étaient innocentes et il était impossible de le faire croire au public.

Ensuite, comme cela arrive toujours en pareil cas, on se rappela des détails défavorables à Muller et qui vinrent se grouper logiquement autour de la terrible accusation.

Aussi fut-on très étonné, pour ne pas dire plus, lorsque le soir on vit revenir Muller tranquillement comme si rien ne s'était passé.

« Il aura enjôlé le camarade, disait-on, et ils ne seront pas allé à la place. »

Le chef, que cette affaire inquiétait, comprit qu'il fallait prendre des mesures plus sérieuses et donna des ordres en conséquence ; en attendant le lendemain, Muller fut consigné prisonnier dans sa chambre, sous la garde d'un gaillard énergique et déterminé, sergent des infirmiers qui, son revolver dans la poche, passa la nuit sur pied avec Muller.

Le lendemain matin, G... vint me réveiller de bonne heure pour me faire une communication qui me fut très désagréable.

« Vous savez, me dit-il, le chef nous a désignés, vous et moi, pour conduire Muller à la Place ; s'il reste un jour de plus parmi nous, l'ambulance est dissoute et cette dissolution ne sauvera pas l'espion.

La situation m'était des plus pénibles.

Muller ne m'avait pas été très sympathique, mais je l'avais vu courageux, actif et je n'avais pas, avant l'affaire des lettres, autre chose à lui reprocher personnellement que des essais de familiarité qui ne me convenaient pas. Dans tous les cas il me répugnait considérablement d'être choisi pour son gendarme.

Comme j'aurais été heureux d'avoir la moindre preuve de son innocence. Mais pas moyen d'en sortir, le fait brutal était là : *On avait vu notre collègue remettre des papiers à l'ennemi et les journaux l'avaient publié.*

Mon camarade G., homme d'abnégation et de devoir, que les malheurs de la patrie affectaient profondément, était intraitable sur cette question.

De plus, il s'était, je l'ai dit, formé entre nous deux dans la vie périlleuse que nous menions une sorte de contrat tacite d'après lequel nous étions convaincus que nous pouvions compter l'un sur l'autre dans les moments critiques.

Je m'habillai donc, je mis ma tunique d'uniforme, pris mes gants d'officier et passai sur mon épaule la courroie de ma gibecière de précaution.

« Ne le perdez pas de vue, nous dit à voix basse le sergent des infirmiers, en nous remettant le prisonnier, il a un aplomb du diable et un courage étonnant. »

Etait-ce parce qu'il était innocent ou parce qu'il était doué des suprêmes qualités de l'espion?

Ce n'était pas le moment de le discuter.

Deux chevaux nous attendaient attelés à une des voitures, à croix rouge de l'ambulance, conduite par un cocher portant le brassard.

Nous fîmes monter Muller avant nous.

« Avez vous votre revolver? me dit G. à l'oreille.

— Oui.

— Chargé?

— Chargé. »

Je ne sais si Muller avait entendu, mais il me sembla qu'il avait pâli en s'asseyant.

J'aurais voulu être à cent pieds sous terre.

Le cocher fouetta, et nous partîmes au grand trot.

Arrivés aux fortifications, tandis que nous parlementions avec les sentinelles du poste pour rentrer dans Paris, nous fûmes abordés par un courrier des ambulances de la Presse qui nous connaissait. Il était au courant de l'affaire, il nous serra amicalement la main et Muller l'ayant salué, il le regarda avec mépris sans lui répondre.

Le malheureux était mis au ban de la société.

Nous avions une lettre du chef pour le général Schmitz, secrétaire du gouverneur de Paris. Notre voiture s'arrête à un guichet du Louvre. Nous faisons descendre Muller entre nous deux et nous montons à l'étage qu'un factionnaire nous indique.

Un soldat de planton nous fait entrer dans une grande salle à peu près nue où il y a deux ou trois chaises et un bureau auprès duquel est assis un officier d'ordonnance. Nous lui donnons la lettre de

notre chef, il va la remettre au général et le prévenir de notre présence.

Aussitôt paraît un officier supérieur de belle pres-
tance, haut en couleur, moustaché militairement, la
poitrine chamarrée de décorations : c'est le général
Schmitz. Il vient à nous en souriant et nous tend
sympathiquement la main en nous félicitant du
pénible devoir que nous accomplissons, en même
temps il jette un regard dur et menaçant sur Muller.

Le moment était cruel. Nous partions laissant là
le malheureux après l'avoir livré, lorsque G. se
tournant vers lui alla lui serrer la main.

L'exécution accomplie, il se faisait une détente,
le sentiment reprenait ses droits.

J'étais surpris de ce brusque revirement, mais cela
me soulagea de faire comme mon collègue.

« Adieu, Muller, lui avait-il dit d'un ton affec-
tueux, ne nous en veuillez pas. »

Muller jusque-là impassible eut une larme au bord
des cils.

Le général ne perdait rien de cette scène. Il nous
fit expier sur-le-champ notre inconséquence.

« J'ai de la peine, messieurs, à m'expliquer votre
attitude, nous dit-il, en nous toisant sévèrement ;
vous me l'amenez comme espion, et vous le traitez
en ami... Qu'est-ce que cela signifie ?

— Nous voulons espérer, mon général, que n otre
ancien camarade se justifiera, répondit G... et c'est
dans cette espérance que nous lui disions au revoir. »

Le général nous congédia d'un geste sec et avec
un air de figure qui semblait indiquer une furieuse
envie de nous faire arrêter aussi.

La réponse de G... n'était qu'une défaite ; il savait

très bien qu'il n'y avait aucune justification possible au sujet des lettres remises entre les mains
de l'ennemi, et, c'était la seule excuse de la mission,
que nous venions d'accomplir.

Muller fut écroué à Mazas où il souffrit horriblement
de la disette du siège, sans parler de l'humiliation
d'être méprisé même de ses co-détenus, car à ce
moment-là il n'y avait pas de plus grand crime que
celui d'être traître à la patrie, ou de passer pour
l'être.

Eh bien ! moi-même, quelques jours après, j'étais
ramené des avant-postes entre bonne garde, accusé
d'être à mon tour un espion des plus dangereux.

J'en ferai le récit à sa date.

XIII

LA GUERRE LA NUIT

Dans la nuit du 21 octobre, les Prussiens, rappor-
taient nos mobiles, avaient tenté une attaque sur
nos travaux de défense allant de la maison Milaud,
sur la route d'Arcueil, au moulin de Cachan, en
avant d'une ligne courbe qui irait du fort de Mont-
Rouge au fort de Bicêtre en passant par la route des
Hautes-Bruyères.

Je ne décrirai pas ce que l'obscurité ne permettait
pas de voir, mais le vacarme que l'on entendait était
effrayant.

De quatre à six heures du soir les canons du fort
de Montrouge avaient, encore plus vigoureusement

que d'habitude, bombardé les positions des batteries que les Prussiens essayaient de fortifier à gauche du clocher de l'Hay.

A peu près chaque jour, du reste, l'artillerie du fort tirait sur les travaux de l'ennemi dès qu'elle les voyait apparaître ; il est certain qu'ils marchaient très lentement et que nos obus les gênaient beaucoup, tandis que notre redoute de Villejuif qu'ils avaient visitée après Châtillon et qu'ils avaient cru définitivement abandonnée s'était armée et relevée rapidement en dépit de leurs efforts réitérés.

De plus, à gauche de la maison Milaud, dans laquelle il y avait naguère un poste prussien, s'élevait une de nos nouvelles batteries assez fortement retranchée.

Enfin le moulin de Cachan, solidement occupé par nous, et autrefois hanté par eux, commençait à se fortifier en avant par une tranchée à gauche du pont de la Bièvre, de telle sorte que nos avant-postes avaient beaucoup gagné sur la zone neutre et refoulé l'ennemi d'autant.

Et peut-être bien que ce furent toutes ces circonstances réunies qui décidèrent les Allemands à risquer une tentative de nuit sur nos lignes de cette région défendues vers la gauche par de nouvelles recrues : les mobiles du Puy-du-Dôme placés aux avant-postes pour la première fois. Quoi qu'il en soit, vers neuf heures et demie du soir, lorsque tout était calme et silencieux dans la campagne, lorsque nos derniers feux étaient éteints et que l'on était alourdi par le premier sommeil, éclate subitement de ce côté une orageuse fusillade.

Rien ne peut rendre l'impression sinistre d'un combat nocturne.

Toutes les horreurs de la bataille en plein jour sont décuplées par les épouvantables appréhensions de la lutte pendant la nuit.

On ne voit pas l'ennemi, on peut penser qu'il est partout ; à chaque pas on peut croire que va se dresser la mort. Nous-mêmes, qui étions au centre pour ainsi dire de ce drame émouvant, quoique à l'abri, nous frémissions en songeant que nos jeunes troupes pouvaient se massacrer entre elles ; nous voyions en imagination ces figures noircies de poudre, les coups de feu et les armes brillant de temps en temps dans l'obscurité, et nous songions avec angoisse aux morts et aux blessés qui pouvaient tomber ainsi au milieu de l'effrayante nuit.

Le ciel était assombri de nuages noirs ; la lune, au disque monstrueux et rouge, s'élevait lourdement à l'horizon, tandis que les éclairs de la fusillade faisaient leur trou dans l'ombre.

A ces éclairs dispersés succédaient rapidement des lignes de feu plus longues qui venaient encore accroître de loin en loin l'éclat plus large des feux de peloton.

Dans les intervalles de ces détonations formidables par leur nombre, nous entendions le commandement de nos officiers.

Ah ! quel moment d'angoisse ! Nos jeunes mobiles, qui en sont à leurs premières armes, résisteront-ils à cette épreuve ?

Bientôt nous apercevons comme les lueurs de gros éclairs avant l'orage, puis l'imposante détonation du canon. C'est Montrouge qui, ayant pointé ses pièces pendant le jour, bombarde de ses coups successifs les positions de l'ennemi.

Bicêtre se joint à Montrouge, et la fusillade, qui jusque-là s'était soutenue, faiblit tout à coup dans les points les plus éloignés de nous.

. A dix heures et demie, elle cessait.

A peine si l'on entendait encore de loin en loin le coup de fusil isolé de quelque grand'garde et le strident sillage des derniers obus de Montrouge qui passent par-dessus notre tête.

A onze heures, quand tout paraît être retombé dans le calme, nous apercevons la flamme d'un incendie. La fumée s'élève lentement comme une trombe au-dessus d'un vaste brasier. C'est dans le village de l'Hay, à l'endroit même où, dans le jour, les canons de Montrouge avaient lancé leurs projectiles.

L'incendie est si considérable qu'il nous permet de voir le clocher même de l'Hay.

Pendant ce temps-là nous entendons rire et chanter nos braves *moblots* du Puy-de-Dôme.

. . . .

Pendant que les moblots chantent et que l'Hay brûle, un ruban de lumière électrique glisse comme un météore sur l'aqueduc d'Arcueil, sans doute pour qu'on puisse voir si les Prussiens décidément se sont allés coucher.

Pourtant ce n'était pas encore fini ; vers trois heures du matin nouvelle fusillade, cette fois du côté des travaux de la maison Milaud. Est-ce que les Allemands voudraient la reprendre ? Leur barricade de Bourg-la-Reine envoie quelques obus dans ce qui reste des bâtiments, mais sans aucun résultat, tandis

que quelques-uns de leurs tirailleurs, rampant derrière des carrières à droite de la route, seraient arrivés, m'a-t-on, dit à cinquante pas de la maison
Milaud. Reçus par une vigoureuse fusillade des
mobiles bretons qui étaient là depuis deux ou trois
jours, les Prussiens se seraient hâtés de décamper.

En somme, si de notre côté il y avait eu un peu
de trouble, un peu de désordre et surtout plus de
fusillades que peut-être l'affaire n'en comportait, il
y en avait eu au moins autant du côté des Prussiens, car de l'intérieur de l'Hay, au lieu de tirer sur
nos mobiles, ils avaient tiré sur les murs des maisons
qui étaient devant eux ; j'en ai eu la preuve plus
tard en visitant le village dans les premiers jours de
l'armistice : les murs du côté opposé à nos lignes
étaient comme criblés de la petite vérole.

De part et d'autre, il y avait eu plus de bruit que de
besogne, de notre côté pas un mort, pas un blessé :
cela doit être souvent ainsi dans l'obscurité. La nuit
suivante il n'en fut pas de même, comme on va le
voir.

XIV

MORTS ET BLESSÉS.

Le lendemain soir, vers dix heures, les Prussiens
attaquent, sur la gauche de notre ligne, le moulin de
Cachan, et sur la droite le poste le plus avancé de
la position Milaud.

Cette fois ce sont les mobiles de l'Ain qui occupent

le moulin de Cachan; ils sont une petite troupe dans le jardin, un peu en avant des bâtiments.

Bien que protégés par le mur du jardin et le parapet du petit pont sur la Bièvre, dont les eaux en cet endroit-là alimentent le moulin, les mobiles de l'Ain sont encore trop à découvert; ils reçoivent la fusillade ennemie par une vive rispote, puis se replient dans le moulin même.

Nous n'avions eu, de ce côté-là, que deux mobiles blessés très légèrement, et encore l'un des deux, Riche Petrus, du 2e bataillon, avait-il probablement été blessé par son propre fusil; il n'avait, du reste, qu'une plaie contuse de la main droite.

Le second, également du 2e bataillon de l'Ain, avait une fracture du médius de la main gauche. Les mobiles du Puy-de-Dôme sont accourus aussitôt pour soutenir leurs camarades.

L'attaque, qui avait été dirigée presque en même temps sur le poste le plus avancé de la position Milaud, avait été pour nous plus meurtrière.

L'ennemi, arrivant de Bourg-la-Reine, se coulant sur la voie ferrée, rampant sur le sol à l'abri de la haie qui borde le chemin de fer, entre la station de Cachan et de Bourg-la-Reine, avait dirigé une fusillade des plus nourries contre une masure qui, à deux cents mètres environ en avant de la maison Milaud, occupait l'autre côté de la voie.

Cette masure, — qui devait auparavant être la maison d'un maréchal-ferrant, car elle avait sur un de ses murs un fer à cheval peint en noir, — cette masure avait été encore plus criblée que le moulin de Cachan; les bois qui restaient de ses fenêtres, car il y a beau temps qu'il n'y avait plus une seule

vitre, avaient été déchiquetés par la grêle de balles
et au-dessous de la muraille nous en avions nous
même ramassé, sans beaucoup chercher, deux douzaines environ, toutes excessivement aplat es et dé-
formées, ce qui prouverait qu'elles ne venaient pas
de loin.

Parmi elles, et semblant venues tout à fait de la
même direction, nous avions trouvé quelques balles
de chassepot.

Étaient-ce des Français qui, dans l'obscurité de la
nuit, avaient tiré sur les leurs postés dans la masure ?
Cela n'est pas probable, car je l'aurais su le lendemain.

Ce qui est de beaucoup plus certain c'est que la
capitulation de Sedan avait livré à l'ennemi beaucoup de nos chassepots et de nos munitions, et que,
faisant comme nos soldats lorsque ceux-ci leur pre-
naient des fusils prussiens et des cartouchières, ils
se servaient contre nous de nos propres armes.

Outre les balles ennemies qui s'étaient aplaties
contre la maison au fer à cheval, nous en avions recueilli d'autres qui étaient allées jusqu'à la maison
Milaud.

Il y en avait aussi le long de la route, jusqu'à la
tranchée fortifiée derrière laquelle se construisait en
cet endroit une petite redoute.

C'étaient les mobiles bretons qui occupaient cet
avant-poste ; ils s'étaient conduits intrépidement.
La haie du chemin de fer, de leur côté, était littéralement hachée de coups de fusil.

Six de ces braves Bretons avaient été atteints :

Queyen (Jacques), du 2° bataillon du Finistère,
blessé à la main droite.

Le Galle (Sébastien), 4ᵉ bataillon, avait eu l'intérieur de la cuisse contourné par une balle, qui heureusement, n'avait produit aucune fracture.

Le Bihan (Jean-Marie), 2ᵉ bataillon, épaule gauche trouée superficiellement.

Salaün (Jean-Marie), 2ᵉ bataillon, blessé au menton et à l'épaule gauche.

Enfin deux morts également du Finistère :

Moudin (François), apporté à onze heures de la nuit encore vivant à l'ambulance, était mort d'hémorragie après avoir eu le thorax traversé d'un côté à l'autre. Il était décédé dans la matinée. Il était pâle et raide sur son drap blanc, mais on aurait dit qu'il avait le sourire aux lèvres.

Le second mort, J.-F. Gohas, s'était battu comme un héros ; à l'attaque des Prussiens, il était monté tout debout sur le talus de terre au-dessus et en avant de la tranchée ; de là, les voyant mieux, il ne perdait pas un coup de fusil, mais aussi il servait trop facilement de point de mire et bientôt il avait roulé du talus dans la tranchée ; une balle lui avait traversé le cœur.

XV

UN AMI DE LA FRANCE.

C'était le 4 novembre. Quatre soldats du 11ᵉ de ligne portaient un brancard.

Deux francs-tireurs ayant en bandoulière la carabine Snider et vêtus du sévère uniforme marron, à brandebours noirs de la Légion des *Amis de la France*, accompagnent le brancard, ainsi qu'un jeune sergent de la mobile.

Sur ce brancard, est étendu un franc-tireur de la même légion que les deux premiers. Il est tête nue, sa moustache et ses cheveux noirs, tout en accentuant la pâleur de son visage marqué de petite vérole, font ressortir une physionomie intelligente et énergique, couronnée d'un beau et large front. Sa chemise blanche, ouverte au cou et sur la poitrine, est tachée de sang ; il y a aussi du sang sur sa main gauche. C'est un jeune homme de vingt-cinq à vingt-huit ans.

* *

Vous vous en souvenez de ces *Amis de la France*, ces généreux étrangers, qui tandis que l'Europe nous a laissés seuls en face des hordes germaines, partaient joyeusement des boulevards comme pour défendre leur propre patrie. Alors en les voyant passer, le cœur battait d'enthousiasme et d'espérance ; maintenant, en face de ce brancard portant ce blessé pâle, nous apparaît le côté lugubre du tableau.

Ils étaient partis à quatre, comme pour une excursion de chasse, et avaient dépassé les avant-postes de Cachan.

Nous connaissions l'endroit, nous-même nous y avions été la veille et l'avant-veille. On passait le pont en avant du moulin de Cachan, à portée des balles prussiennes et à découvert; on suivait le chemin qui monte de l'Hay; on se dissimulait à droite derrière un premier bouquet d'arbres; on

traversait une vigne et on allait se poster derrière
le tronc d'un orme.

* *
*

C'est derrière cet abri plus qu'insuffisant qu'avec
un de ses compagnons était posté le franc-tireur
lorsqu'il avait été blessé.

De là, ils inquiétaient les Prussiens, lorsque ceux-
ci relevaient leurs gardes. Il n'en pouvait pas passer
un sans qu'on lui fît la conduite à coups de carabine, Snider, et, il n'est pas sans intérêt de dire que
cette arme porte à douze cents mètres.

Mais les Prussiens, de leur côté, toujours prudents, se cachaient derrière leurs tranchées pour
monter leur garde vers la gauche, tandis que sur la
droite, nombre d'entre eux, à couvert dans une maison percée de meurtrières, pouvaient sans grand
danger canarder nos francs-tireurs.

Ceux-ci n'avaient donc pour eux que le moment
où l'ennemi relevait les sentinelles, et de temps en
temps, un bout de tête qui dépassait derrière l'épaulement de la tranchée.

* *
*

Eh bien, même dans ces circonstances, on ne
peut plus défavorables, nos quatre braves francs-
tireurs des *Amis de la France*, auxquels s'était joint
le sergent de mobiles, avaient couché plusieurs
Prussiens par terre, tandis qu'eux n'avaient encore
aucun mal.

C'est seulement vers quatre heures que le courageux franc-tireur a été atteint.

La balle prussienne avait effleuré l'oreille de

celui de ses camarades qui se trouvait tout contre
le tronc d'arbre tandis que lui venait en second.
Comme il était un peu courbé en avant, le projectile était entré par le cou et ressorti dans la région
du dos.

La blessure du cou était à gauche, un peu au-
dessus de la clavicule. On aurait dit une simple
coupure ; mais d'après l'état du pauvre blessé, il
était facile de comprendre que la balle devait avoir
profondément intéressé des troncs nerveux de la
dernière importance, et même la moelle épinière.

Les membres inférieurs étaient glacés et à peu
près paralysés ; les bras aussi sans mouvement et
très endoloris, surtout la main gauche que nous ne
pouvions frôler du bout des doigts sans que le blessé
manifestât de vives douleurs.

*
* *

Il était dévoré d'une soif ardente, avait les lèvres
sèches comme du parchemin et se plaignait d'avoir
les mains insupportablement brûlantes, ce que nous
avions du reste constaté en les touchant.

*
* *

A part ces indications qu'il donnait parce qu'on
les lui demandait, le courageux franc-tireur ne se
plaignait pas. Point de récriminations, point de gémissements, point de larmoyants regrets ! Il avait
fait intrépidement son devoir et il en avait accepté
d'avance toutes les conséquence. En un mot, c'était
un brave. Le poste dangereux jusqu'auquel il s'était
avancé, la résignation patiente avec laquelle il
supportait sa terrible blessure suffisaient largement

à le prouver. Il était d'origine polonaise, se nommait Frièse Maxime et demeurait à Paris, 14, rue Saint-Lazare.

Il était devenu doublement Français par sa blessure, et Paris ne pouvait que s'enorgueillir de le compter au nombre de ses enfants.

Le surlendemain, me trouvant à Paris, où nous savions que l'intéressant blessé avait été transporté, nous allâmes demander de ses nouvelles, 14, rue Saint-Lazare. Il est mort, nous répondit sa famille en larmes.

Déjà la veille, tandis que nous étions à la redouté des Hautes Bruyères, les mobiles et les autres soldats de ces avant-postes nous avaient dit, eux aussi : Frièse est mort ! Mais bien que nous eussions nous-mêmes connaissance de la gravité mortelle de la blessure, nous voulions douter que la terminaison fatale eût été si prompte, et c'était encore avec je ne sais quelle lueur d'espoir que nous venions prendre des informations nous-mêmes.

Mais, hélas ! la fatale nouvelle n'était que trop vraie !

Il avait fini de vivre dimanche vers deux heures.

Son courage et sa fatale blessure, dès le jour même où ils le virent tomber sous la balle prusienne, l'avaient rendu populaire aux avant-postes.

Tout le monde en parlait dans la redoute, autour de nous, et ces braves gens, quelque accoutumés qu'ils fussent à voir à ce poste avancé tomber presque chaque jour un frère d'armes, admiraient le courage de Frièse et déploraient avec une vraie tristesse d'ami la blessure mortelle sous laquelle il avait succombé.

Pas un cependant ne l'avait connu intimement, mais ils l'avaient vu aller au-devant des Prussiens avec trois de ses braves compagnons d'armes; ils l'avaient vu se poster derrière l'arbre fatal où d'autres déjà avaient été tués; ils l'avaient vu frappé lui-même. C'en était assez pour qu'on lui fût devenu sympathique et qu'on eût appris et retenu son nom.

Ce n'était pas la première fois que cet intrépide jeune homme donnait des preuves de sa valeur. Il avait été de l'héroïque affaire du Bourget où il s'était battu comme un lion.

Sa bravoure n'était pas la bravoure ordinaire, aveugle, sanguine et inconsciente du danger. C'était, comme le disait son frère qui était chirurgien-major, et par conséquent s'y connaissait, une bravoure froide, une audace raisonnée, bien qu'elle ne lui coûtât aucun effort.

Il se plantait à deux ou trois cents pas devant l'ennemi, sa carabine Snider en bandoulière, et narguait la mort par son regard et son attitude.

Après la défense du Bourget, le lendemain, il était resté dans un fossé avec un de ses compagnons d'armes, tombé subitement malade et qu'il ne voulait pas abandonner. Les sentinelles prussiennes n'étaient qu'à deux cents mètres.

On se traînait, on rampait comme on pouvait, et l'on s'arrêtait souvent, le malade s'affaissant à chaque pas.

Tout à coup, Frièse voit les Prussiens s'avancer d'abord deux, puis trois, puis enfin un groupe nombreux : impossible d'échapper.

Frièse n'hésite pas ; les mains dans les poches, le

fusil en bandoulière, il marche droit au groupe. On le vise, mais heureusement on ne tire pas ; il demande un officier qui sache parler le français, et il lui explique que son ami est malade et que lui ne veut pas l'abandonner.

L'officier, admirant tant de sang-froid et de dévouement intrépide, donne aux deux frères d'armes tout le temps pour se retirer, avec ordre de ne pas les inquiéter.

Maxime Frièse, de l'ambulance d'Arcueil, avait été transporté le samedi matin à l'ambulance du *Grand Hôtel*, où il était plus à proximité des soins de son frère et de sa famille ; le transport s'était effectué sans accident, et même le dimanche matin, l'infortuné jeune homme, qui d'abord ne s'était fait aucune illusion sur l'extrême gravité de sa blessure, avait repris beaucoup d'espoir. Il se sentait mieux, il ne souffrait plus, il pouvait remuer les bras, *il se mouchait*, et ses pauvres jambes ne lui semblaient plus aussi insensibles qu'au premier soir.

Le docteur Nélaton lui-même, après l'avoir condamné, commençait à revenir à quelque espérance, mais hélas ! ce n'était qu'une tromperie de la mort qui semblait avoir voulu jouer avec sa proie. Vers deux heures du même dimanche, Maxime Frièse, l'héroïque franc-tireur des *Amis de la France*, avait cessé d'exister.

XVI·

COURBET AUX AVANT-POSTES

J'ai connu Courbet assez familièrement, j'ai quelquefois pratiqué avec lui le *noctambulat* et bu, offert par lui, dans quelque brasserie clandestinement rouverte, le petit verre de liqueur de gentiane qu'il jugeait hygiénique d'entonner par-dessus la bière, mais je l'ai surtout fréquenté pendant le siége, à la fameuse pension de la rue des Poitevins, chez le père Laveur.

L'épisode de la vie du peintre que je vais raconter et dont non seulement j'ai été le témoin mais à propos duquel je pourrais dire : *Quorum pars magna fui*, est complètement inédit. Il se place chronologiquement peu de temps après la fameuse conférence de l'artiste intitulée : *Lettre aux Prussiens*.

Courbet, jusque-là, depuis le bombardement de Paris, n'avait pas encore dépassé les fortifications, il ne connaissait de cette affreuse invasion que le pain noir du siége, la viande de cheval et le bruit lointain de la canonnade.

Le soir, quittant la tranchée et déposant la trousse après avoir ramassé et pansé les blessés, je rentrais dans Paris où j'insérais dans un journal des plus lus pendant le siége, les faits émouvants auxquels j'avais été mêlé dans la journée.

Souvent aussi, après dîner, je racontais ; Courbet,

la pipe aux dents, écoutait mes récits; habitué comme le paysan à cacher ses impressions, impassible en apparence comme le bœuf qui rumine, il me regardait de son bel œil sagace et intelligent comme celui de l'éléphant.

Parfois, il clignait de la paupière d'un air de doute, puis, il se mettait à rabâcher et à divaguer sur quelque vieille discussion politique avec son bienveillant compatriote Considérant.

Un soir de combat meurtrier, il me vit entrer sombre, affamé, harassé, exténué, avec des bottes jaunes tachées de sang; depuis ce jour-là il m'écouta sans jamais plus cligner de la paupière.

« Voyons, Courbet, lui dis-je une après-dîner, venez donc avec nous aux avant-postes... Cela mérite d'être vu, il y a là plus d'un tableau et des plus empoignants. »

Courbet ne répondit ni oui ni non; comme l'artiste qui ne se met en travail que lorsqu'il est directement impressionné, il ne voyait pas le tableau et ne semblait pas se soucier de le voir. Il se contenta de tirer silencieusement de majestueuses bouffées de sa pipe de racine de bruyère.

Je ne me tins pas pour battu, je revins plusieurs fois à la charge, mais Courbet n'était décidément pas facile à remuer et tout au plus en arrivai-je à lui arracher un « je ne dis pas non, j'irai avec vous un de ces jours. » Mais ce jour-là ne venait jamais. J'eus une pensée irrévérencieuse pour le maître peintre, je finis par supposer que Courbet avait peur des balles et des obus, mais je gardai pour moi ma pensée.

*.
* *

Un beau soir, sans la moindre insinuation de ma part, quelqu'un mit les pieds dans le plat (il est vrai que c'était le plus joli petit pied du monde), et une voix féminine, jeune, moqueuse, argentine, fûtée osa dire au maître, avec un franc éclat de rire, devant toute la galerie : « Vous avez peur, monsieur Courbet... Vous avez peur, voilà pourquoi vous n'y allez pas aux avant-postes. Eh bien ! moi j'y suis allée, j'ai entendu de près siffler les balles et les obus, j'ai vu des Prussiens au bout de ma lorgnette, et je voudrais y retourner. »

Celle qui parlait ainsi était une ravissante jeune femme, adorablement mignonne et jolie, que l'œil d'éléphant lorgnait artistiquement depuis longtemps et dont il nous eût laissé quelque portrait exquis, si la guerre civile et l'exil n'eussent pas foudroyé l'artiste. Car, à l'encontre de ce que l'on croit en général, par don génial, Courbet aimait le beau pourvu qu'il fût bien nature, il le savourait de son œil fin aux belles paupières, mais son système, comme un faux-nez, empêchait souvent cet œil si bien doué d'y voir clair.

Courbet, au lieu de se fâcher, enleva galamment la pipe de ses grosses lèvres rouges, sourit et dit plaisamment : « Puisque les femmes s'en mêlent, il n'y a plus de gloire, eh bien ! j'irai tout de même. »

Peut-être aussi la promesse que j'avais faite d'une omelette au lard, avec de vrais œufs et du vrai lard, ne fut-elle pas étrangère à cette détermination. J'avais même ajouté, avec intention, que ce plat de luxe serait arrosé d'excellent Chablis, car je savais

que Courbet avait un faible pour le bon vin blanc ;
souvent, chez Laveur, je lui en avais vu boire plus
que sa bouteille en déjeunant et parfois pencher le
nez sur la nappe lorsque la chaleur était excessive.

Quoi qu'il en soit, un matin, un peu avant l'heure
du déjeuner, nous vîmes arriver Courbet à notre
quartier général, à l'école d'Albert-le-Grand, chez
les dominicains, dont quelques-uns nous accompa-
gnaient très crânement sur le champ de bataille.

La situation de notre ambulance était, je l'ai dit,
très aventureuse : à notre droite, nous avions les
batteries prussiennes de Bagneux et de Châtillon,
en face les batteries de Bourg-la-Reine, à gauche
les batteries de l'Hay dont nous avions vu quelquefois les grand'gardes à l'œil nu.

Pendant le déjeuner, où j'avais Courbet à ma
droite, quelques coups de fusil éclatèrent, une balle
perdue vint même fracasser un carreau de vitre du
réfectoire ; un de nos aides chirurgiens pâlit mais le
maître-peintre ne perdait pas un coup de dent,
peut-être ne s'était-il pas exactement rendu compte
de l'incident.

Pendant ce repas, Courbet fut obligé de sortir
deux fois ; hélas ! le bruit des balles n'y était pour
rien : le pauvre artiste me confessa (peut-être un
médecin peut-il le dire) qu'il souffrait d'une infir-
mité sujette à hémorragie et qui ne lui permettait
pas de rester longtemps assis particulièrement sur
un banc de bois, comme ceux du réfectoire que
nous occupions.

On lui parla du succès de sa conférence dont le
bénéfice avait été destiné à acquérir un canon pour
la défense.

Tout autre que Courbet eût pris cela pour une amère ironie ; le succès de *sa* conférence !... Non seulement, ce n'était pas lui qui l'avait écrite (1), mais quand il fallut la lire, il eut beau mettre binocle sur bésicles, il n'y put parvenir. On mit cela sur le compte du mauvais éclairage ; le fait est qu'à ce moment Paris n'y voyait goutte, il n'y avait plus de gaz.

Autant qu'il m'en souvienne, ce fut un ami qui lut la conférence de Courbet qui n'était pas de Courbet, ce qui ne l'empêchait pas de dire emphatiquement « *Ma conférence.* »

Néanmoins, j'en suis convaincu, il y a dans cet opuscule des passages pleins de rondeur humouristique et de bonhomie narquoise qui sont bien dans la note de l'artiste franc-comtois, et que très certainement il avait dû inspirer.

Il en avait quelques-unes dans ses poches, de ces brochures, et en dégustant son café, il nous en donna un exemplaire qu'il signa de son nom ; je la garde précieusement, d'abord à cause de la signature autographe, et puis parce que cette plaquette ne se trouve plus en librairie.

« J'ai une idée... s'écria-t-il tout à coup en frappant vigoureusement la table de son gros poing rouge. »

Tout le monde fit silence et allongea la tête vers le maître-peintre pour recueillir religieusement l'idée.

Mais Courbet, en possession d'un effet, faisait durer le plaisir, il marqua un temps, et fourrageant de ses gros doigts dans une vessie de cochon, il bourra lentement sa pipe.

---

(1) On disait que c'était son ami Castagnary.

On aurait entendu voler une mouche.

Sa pipe bourrée méthodiquement : « Voici... » nous fit-il. Mais avant d'aller plus loin, « sommes-nous tout près des Prussiens? » demanda-t-il.

— Oui... lui répondit-on, nous allons vous en montrer tout à l'heure.

Courbet marque un second temps, allume sa pipe en tournant le fourneau de côté, souffle l'allumette et la jette avec prudence.

— Eh bien ! reprend-il avec un geste olympien, il faut porter ma brochure aux Prussiens... Au silence religieux succède un formidable éclat de rire.

Courbet ne riait pas, lui, il ne se doutait nullement de l'infranchissable et impitoyable ligne de mort qui nous séparait des Allemands. Mais il n'était pas homme à se laisser démonter pour si peu, et il ajouta avec son air madré de Franc-Comtois : — Je n'ai pas dit que c'est moi qui la leur porterais.

* *
*

Après le café, le peintre semblait croire qu'il était venu seulement pour déjeuner. Nous lui rappelâmes que les jours étaient courts et qu'il était temps s'il voulait voir l'ennemi.

Il prit sa canne et son chapeau, tandis que nous prenions notre trousse et notre revolver et, sans se faire tirer l'oreille, sans dire un mot, il nous suivit au moulin de Cachan. Dans le moulin même, il y avait un dernier poste de mobiles. On y connaissait notre ambulance, on me connaissait pour me voir journellement, non seulement on nous laissa passer, mais on nous détacha un mobile pour nous accompagner.

Nous traversons des murailles éventrées par des trous de sapes, nous arrivons près du petit pont sur la Bièvre, en avant du moulin, c'est là l'extrême limite, nos grand'gardes ne vont pas plus loin, c'est de là que l'on tire sur les Prussiens, c'est là que trop souvent les balles ennemies font chez nous des victimes.

Il y avait devant nous une terre de culture peu favorable pour dissimuler quelque surprise, mais à droite, une ligne de vieux saules bordait une prairie. Plusieurs de ces arbres n'étaient qu'à une portée de fusil, et souvent derrière leur tronc, nous avions vu à l'œil nu des bérets allemands, ou des casques à pointe, mais on n'en voyait pas tous les jours.

La fortune favorise les audacieux; le mobile qui nous accompagnait nous signale une de ces sentinelles avancées, derrière le saule le plus près de nous.

A la guerre, c'est comme à la chasse, il faut avoir l'habitude pour voir ; Courbet ne voyait pas. Je fus plus heureux, je finis par apercevoir sur l'un des côtés de l'arbre le scintillement métallique d'une extrémité de fusil, puis un coude, puis une main.

Un capitaine d'infanterie, avec une joviale face de bon vivant, était venu derrière nous en amateur ; on lui montre l'arbre, il prend le chassepot du mobile, ajuste savamment et tire sur ce qu'il peut apercevoir de vivant ; mais le gros saule a juste le diamètre nécessaire pour protéger la largeur d'un homme, bien juste, cependant, puisque l'on voit de temps à autre quelque minime partie du corps. Le capitaine est excellent tireur, à chaque coup de fusil on voit voler des éclats d'écorce et apparaître le blanc de la couche ligneuse.

Quelle chose atroce que la guerre en détail! On rit, on plaisante, tandis que le pauvre diable, plus mort que vif, se fait petit, se ratatine derrière son frêle abri, se colle à l'écorce comme un écureuil qui voit le chasseur. De temps en temps, la peur lui fait faire des oscillations, et chaque fois que l'on perçoit le bruit mat de la balle entrant dans le bois, il est agité d'un soubresaut et montre un bout de coude, ou d'épaule.

C'était un spectacle des plus cruels et des plus émouvants; peut-être le vieux saule était-il creux et les balles pourraient-elles finir par le traverser? Dans quelles transes mortelles devait être ce Germain mélancolique!

S'il avait riposté, probablement il tuait quelqu'un dans notre groupe imprudemment découvert, mais il ne pouvait tirer sans se découvrir lui-même.

Quelle situation? Par principe et aussi par entraînement, on eût applaudi avec une joie sauvage si la sentinelle fût tombée. Ç'eût été un ennemi de moins et un exemple pour les camarades.

Je ne sais quelles étaient les impressions de Courbet, il ne disait rien. Pour moi, je ne pouvais m'empêcher d'avoir pitié de cette cible vivante; en voyant osciller tantôt l'épaule, tantôt le coude, il me semblait que je sentais fracasser mes propres os.

Mais le saule avait beau éclater sous les balles, le Prussien ne tombait décidément pas. De guerre lasse, le capitaine désarma.

11.

Derrière un autre saule, un peu plus loin, confiant dans l'armistice du moment, un second Allemand se montra, je le vis s'avancer vers le premier, aussi prudemment que possible, lui parler avec une attitude indiquant la sollicitude. Il lui demandait apparemment s'il n'était pas blessé. L'autre lui répondit par un signe de tête négatif, se détira, s'essuya le front en se décoiffant... Dieu! qu'il avait eu chaud!...

Heureusement pour eux, le capitaine était parti et il était très sévèrement interdit aux mobiles de tirer sans un ordre exprès.

* *
*

Il fallait une très bonne vue et de l'habitude pour suivre les détails de cette scène; je n'affirmerai pas que Courbet eût bien vu, mais il n'en avait pas moins assisté au drame, qu'il avait pu suivre par nos paroles, nos exclamations et surtout par les coups de fusil.

On avait tiré aussi vers la gauche, dans la direction d'un petit bosquet; nous fîmes asseoir Courbet derrière un mur, dans un fauteuil de velours d'Utrecht — tout effaré de se trouver là, et nous allâmes voir s'il n'y avait pas de blessés.

Il avait eu un mort que l'on venait de transporter à l'ambulance dans sa couverture marron sur quatre fusils disposés en civière.

Lorsque nous revînmes, Courbet nous revit avec une satisfaction non déguisée.

— Je commençais à me faire vieux ici, nous dit-il. Ils ont tiré, ajouta-t-il en étendant le bras vers les Prussiens, j'ai entendu siffler les balles.

— Vous vous serez découvert, lui répondis-je.

— Je me suis levé pour voir... Cela faisait ziit... tap, contre le mur du moulin de ce côté.

— Alors, nous trouverons des balles, venez par ici.

Pour quelqu'un qui n'avait pas l'habitude du feu, Courbet, il faut le reconnaître, avait en somme une attitude très calme ; il n'eût pas fallu le pousser beaucoup pour qu'il plaisantât, il n'avait pas même laissé éteindre sa pipe.

Effectivement, les Prussiens avaient tiré, pas bien loin de Courbet, mais un peu plus à droite, sur un de nos camarades qui nourrissait un lapin — une provision vivante d'au moins soixante francs à cette période du siège — et qui tous les soirs risquait d'attraper des balles pour aller dans un champ en vue des Prussiens déterrer une betterave pour son lapin.

Nous allons vers les murs du moulin, il était comme criblé de la petite vérole, mais pas de ce jour-là, et, nous avions beau chercher avec Courbet, nous ne trouvions rien. Ça lui aurait fait tant de plaisir, pourtant, de ramasser *sa* balle.

Pendant qu'il soufflait comme un phoque en fléchissant sur le ventre pour écarter les mauvaises herbes au pied de la muraille, je me relevai et lui remis une balle, puis, au bout d'une minute une autre balle. C'était bel et bien des balles ennemies, de vraies balles Dreyse aplaties comme des boutons de plomb.

Courbet les prend dans sa main, les examine, les soupèse, et son œil d'éléphant les caresse avec sollicitude. L'aventure était complète, Courbet en emportait les preuves palpables.

Ce soir-là, retenu par mon service, je ne pus aller chez Laveur et n'eus pas la joie d'entendre le maître-peintre raconter son expédition.

Cela valut peut-être mieux, car je n'aurais probablement pas pu m'empêcher de sourire : les balles que j'avais remises à Courbet étaient bien effectivement des balles tirées par de vrais Prussiens, mais pas tirées ce jour-là, j'en avais une provision et, au bon moment, j'avais sorti ces deux de ma poche.

Que l'ombre du grand artiste me pardonne en faveur de mon admiration pour ses belles œuvres, mon but n'était pas de le mystifier, mais uniquement de lui faire plaisir.

XVII

DEUXIÈME COMBAT DE L'HAY

Vers huit heures du matin, 29 novembre, nous franchissons le pont-levis de la porte d'Orléans et nous suivons la route qui mène d'Arcueil à Bourg-la-Reine.

L'action était déjà engagée depuis six heures du matin, d'abord par nos tirailleurs partis des hauteurs de la redoute des Hautes-Bruyères et du moulin de Cachan, sans parler de l'artillerie des forts et de la redoute qui, de minuit à une heure, et ensuite beaucoup plus avant dans la nuit, n'avait pas cessé de tirer des bordées contre l'Hay et Bourg-la-Reine.

Au moment où notre voiture arrive à l'endroit

appelé *Croix d'Arcueil*, la canonnade redouble d'intensité.

Il n'est pas très facile de se rendre compte d'une façon précise de chaque point d'où partent les coups de canon.

A notre droite, à notre gauche, en face de nous, partout des nuages de fumée et des détonations pressées et formidables.

*
* *

Déjà nous avons vu passer des voitures avec des blessés ; les bras sont soutenus par des écharpes, les têtes entourées de bandes à pansement, et çà et là, sur le linge blanc, de larges taches du sang qui coule.

L'eussions-nous voulu, impossible de choisir dans cette excursion dangereuse une direction plus ou moins périlleuse : de toutes parts, au-dessus de nos têtes, nous entendons le sifflement des obus labourant l'air de leur strident sillage. Parfois même on croirait entendre une sorte de rire sifflant et sardonique sur le trajet de ces projectiles sinistres qui vous apportent une mort affreuse sans qu'on la voie.

*
* *

D'Arcueil nous descendons à Cachan, d'où nous vient le bruit de la fusillade.

Chemin faisant les blessés deviennent plus nombreux, étendus sur des brancards, la face pâle, la chemise ensanglantée ; ils sont portés par des infirmiers d'ambulance.

Nous franchissons la barricade et nous arrivons

bientôt derrière le moulin de Cachan, où nous rencontrons nos mobiles de Seine-et-Oise fusils aux créneaux.

Ils sont là placés en réserve, impatients eux aussi de marcher et de faire le coup de feu.

Avant le moulin de Cachan, nous avions traversé les colonnes de nos braves gardes nationaux, qui, bien qu'ils ne fussent pas ostensiblement au premier rang, ont eu plusieurs des leurs atteints par des obus prussiens tandis qu'ils observaient les mouvements que l'ennemi faisait dans Bourg-la-Reine.

Sur un brancard nous remarquons notamment un jeune officier de la garde nationale mortellement blessé et qui supporte on ne peut plus héroïquement la souffrance d'une très grave blessure dans la région de l'abdomen.

*
* *

Les mobiles de Seine-et-Oise, auxquels nous revenons, étaient arrivés les premiers au poste du moulin de Cachan.

Les uns occupent courageusement le pont en avant du moulin, tout à fait en plein de la route qui mène aux Prussiens ; les autres sont derrière le long mur d'un enclos qui fait également face aux Prussiens, mais dont ceux-ci parviennent à enfiler presque toute la longueur en tirant des hauteurs qu'ils occupent sur la gauche.

Les balles nous arrivent de tous côtés en sifflant, et de temps en temps nous les entendons s'aplatir tout près de nous sur les murs.

Devant nous, derrière le pont, sur le flanc de la

culée de gauche, un mort est étendu les bras en croix, la tête baignée dans le sang. C'est un Breton, de ceux des mobiles qui ont été envoyés avec nos soldats de ligne à l'attaque de l'Hay.

A côté du cadavre est précisément un de ces soldats de ligne : il regarde d'un œil son frère d'armes étendu là à ses pieds, et de l'autre il surveille les Prussiens, campé courageusement, tout debout, impatient de trouver le moment favorable· pour venger la mort du mobile.

*
* *

Tandis qu'à notre droite nous apercevons des Prussiens encore en observation sur les toits de Bourg-la-Reine, tandis que devant nous, des tranchées de l'Hay, l'ennemi envoie quelques derniers coups de fusil, nous franchissons nos avant-postes du moulin de Cachan et nous allons avec notre ambulance pour ramasser nos braves qui sont allés jusqu'à l'Hay et qui y ont été blessés.

Au moment où l'ambulance traverse une prairie, à gauche du moulin et de l'autre côté du pont, pour aller relever un malheureux soldat de ligne du 10ᵉ de marche, nous sommes accueillis à coups de fusil.

L'ambulance avait cependant deux drapeaux et parfaitement en vue : eh bien, elle a essuyé pour le moins une douzaine de coups de feu.

Les Prussiens ne peuvent pas dire qu'il y a eu méprise, ils n'étaient qu'à deux cents pas de nous et voyaient parfaitement que nous n'étions pas des militaires.

Mais ce n'est pas tout : un chirurgien militaire,

M. Mercadier, du 172e, a été saisi à côté de nous sans motif plausible et emmené prisonnier. Les Prussiens se sont montrés à l'affaire de l'Hay véritablement intraitables vis-à-vis de nous.

* *

Des Bavarois avaient permis à un de mes camarade et à moi de pousser jusqu'à leurs tranchées, en nous indiquant eux-mêmes nos blessés, quand tout à coup arrive un officier supérieur prussien, casque à pointe de cuivre.

Il nous dit sans plus d'explication que nous serons prisonniers si jamais nous venons de nouveau à leurs avant-postes « Allez fus en, tut de suite et tute droite » nous fait-il, et il nous désigne vertement la direction qu'il lui plaît de nous assigner, sans même nous donner le temps d'emmener avec nous les pauvres blessés que nous venions de rassembler à grand'peine pour les faire transporter.

Lorsque nous voulûmes lui faire quelques observations, il nous menaça de nous faire répondre à coups de fusil.

La vérité me force à dire que peut-être nous nous étions avancés un peu prématurément sur le champ de bataille.

Je regrettai beaucoup, parmi nos blessés, un pauvre petit lignard que quatre complaisants Bavarois nous apportaient sur un sommier à raies bleues et blanches, perché sur leurs épaules. Le malheureux, redevenu enfant par l'excès de la douleur, criait : Maman… maman… en se tordant de souffrance, tandis que les ressorts du sommier oscillaient par l'impulsion du pas des porteurs militairement cadencé, et menaçait à chaque instant de jeter le pauvre petit blessé par terre.

XVIII

VITRY. — FUSILLADE AUX AVANT-POSTES.

Certains dissentiments s'étant élevés entre le chef de notre ambulance et les dominicains, nous dûmes quitter leur établissement.

Le jour de la bataille de Champigny, nous étions à Vitry, à portée de Choisy où, disait-on, il y allait avoir un combat. Il n'y en eut pas, et soit par malentendu, soit par quelque autre motif, l'ambulance resta à se ronger les poings, tandis que toute l'affaire se passait du côté de Champigny.

Comme je ne raconte que ce que j'ai vu, je ne puis parler de cet important événement, je reviens à mes épisodes d'avant-postes.

Un peu en avant du fort d'Ivry que nous laissons à gauche, nous suivons la route qui traverse Vitry dans toute sa longueur et qui va aboutir à Choisy occupé par les Allemands.

Cette route, au point où nous la prenons, se nomme boulevard Lamouroux et le quartier faubourg Bacchus ; un nom qui par ses allusions au plaisir fait un dur contraste.

Au bout de ce boulevard Lamouroux, tout à l'extrémité de Vitry, à l'endroit où les dernières maisons de cette localité donnaient la main, avant l'investissement, aux premières maisons de Choisy, nous rencontrons deux barricades.

D'abord une première occupée par des soldats de la ligne, puis à six ou sept cent mètres de celle-là, une seconde défendue par des soldats du 122ᵉ de marche.

Quelque temps auparavant, alors que notre ambulance n'était pas encore installée à Vitry, nous en avions vu une autre barricade, encore plus près de l'ennemi et gardée par des francs-tireurs qui, ce jour-là, je le confesse, nous avaient semblé de vrais maraudeurs. Ils nous parurent sales, crottés, hâlés, quelques-uns emportant des sacs de pomme de terre, nul service organisé, nulle discipline. On les voyait allant et venant dans les maisons tout auprès des sentinelles allemandes, cherchant, furetant ou bien faisant leur cueillette de légumes dans les jardins, aussi insouciants de l'ennemi que le seraient des maraîchers en pleine paix. Il y en a un jeune qui arrive mangeant quelque chose de noirâtre; je le guette, je me rapproche et je finis par découvrir qu'il mord à pleine bouche dans un vieux rayon de miel qu'il vient de chaparder dans une ruche. A mon approche il est pris de quelque honte et s'enfile dans une maison, un camarade l'y suit et demande sa part du gâteau.

Cela me rappelle les petits Bavarois de Raucourt et la confiture de groseille.

Mais nos mangeurs de miel y mettent moins de cynisme, ils se cachent et pourtant ils ne font tort à aucune pauvre vieille, et si ce rayon n'avait pas été pris par eux, il était perdu pour tout le monde, et puis eux sont des irréguliers qui n'ont pour le moment ni solde ni d'autres vivres que ceux qu'ils peuvent se procurer.

Irrégulière comme eux, leur barricade était faite sans règle, sans méthode. Ils avaient mis quelques fascines en tas, jeté quelques moellons dessus et les Prussiens pouvaient les tuer là derrière tout aussi bien qu'en plein champ. Il aurait fallu creuser une tranchée derrière les fascines et mettre la terre par-dessus pour faire épaulement.

« Que voulez-vous, nous répondit le capitaine qui avait pourtant une tête des plus énergiques, ces pauvres diables crèvent de faim et ne sont pas outillés, on ne peut leur demander autre chose que ce qu'ils veulent faire de bonne volonté. »

En outre, cette barricade par trop fantaisiste était beaucoup trop près de l'ennemi dont on aperçoit à l'œil nu les sentinelles se dissimuler derrière les gros arbres de l'avenue.

Nos irréguliers avaient tué deux de ces sentinelles et nous montrèrent deux casques comme preuve à l'appui. Mais eux aussi avaient perdu des camarades ; l'un d'eux avait été atteint d'une façon des plus singulières : au moment où il se courbait pour ramasser devant l'ennemi un de ses compagnons d'armes qui venait de tomber blessé, lui-même recevait une balle Dreyse. Ce projectile avait suivi un trajet extraordinaire mais pourtant conforme à la position qu'avait l'intrépide franc-tireur à l'instant où il avait été frappé. Elle était entrée par le crâne, ressortie sous le menton, puis pénétrant une seconde fois, traversait la poitrine, l'abdomen et ressortait enfin par la région périnéale, faisant ainsi sur ce corps humain quatre orifices.

Le malheureux tomba raide mort et son cadavre s'effondra sur le blessé.

A la suite de quelques autres incidents tragiques, on avait fait brûler par ordre cette funeste barricade.

De sorte que la seconde, gardée en ce moment par les soldats du 112ᵉ de marche, se trouvait maintenant être la dernière.

★
★ ★

Tandis que nous causons avec eux à voix basse et qu'ils regardent, ainsi que nous, à travers les trous ménagés entre les fascines pour placer le canon du chassepot, tout à coup, à notre droite, au sommet d'une vigne, à la distance d'une portée de fusil, nous apercevons on ne peut plus distinctement un groupe de Prussiens qui se détachent en silhouettes sombres sur l'horizon brumeux.

Il y en a trois notamment que nous voyons jusqu'à mi-corps ; l'un d'eux même se lève un instant de toute sa hauteur. Il est vrai que le plus grand nombre rampent et se cachent de façon à ne laisser entrevoir qu'un bout de couvre-chef.

Impatients de tirer, nos soldats lèvent la tête par-dessus les fascines ; ils glissent la cartouche dans la culasse, ils arment, ils mettent en joue, mais... la consigne est de ne pas tirer.

Le sergent n'y peut tenir : c'est un beau et grand garçon à moustache frisée, à sang vif, et qui grille de démonter son homme. *Mille nom de nom !* cela ne peut se passer ainsi. Il parle à son capitaine qui heureusement se trouve là ; il dit que les trois qui se mettent le plus en vue ont l'air d'être des officiers.

Le fait est que nous-mêmes, qui avons une certaine habitude pour reconnaître les couvre-chefs de l'ennemi, nous distinguons parfaitement la casquette plate à visière de l'officier prussien.

*
* *

Le sergent tire : les trois adversaires saluent les balles en baissant la tête. La réponse ne se fait pas attendre, et au même instant nous entendons siffler à notre oreille une balle Dreyse. Du côté de l'ennemi, on avait sans doute aussi reconnu le capitaine auprès duquel nous nous trouvions à ce moment.

Le sergent ayant tiré, d'autres soldats de la barricade font de même ; mais, tout en saluant nos balles, les trois officiers prussiens n'en continuaient pas moins leurs observations, surtout celui qui par moments se montrait encore tout debout.

Le sergent brûle une seconde cartouche ; cette fois nous voyons distinctement disparaître l'un des trois bustes à casquette plate, tandis qu'un autre agite le bras et la main droite, comme pour dire : Il y a un blessé... Suspendez le feu.

*
* *

Naturellement nos soldats ne sont pas arrêtés ; du reste, d'un autre point, nos adversaires tiraient eux-mêmes.

Nous nous dirigeons vers une maison à gauche de la barricade et dont le perron élevé nous permettait encore de mieux voir, lorsque le sergent nous dit : « Dépêchez-vous d'entrer, ne restez pas sur la porte : ce matin, à cette même place où vous êtes, un de nos officiers a été démoli. »

*
* *

En même temps, à quelques pas de nous, contre la muraille d'une maisonnette blanche, viennent s'aplatir, en faisant voler le plâtre, deux ou trois autres balles Dreyse envoyées par des tirailleurs ennemis qui, ceux-là, sont cachés à notre gauche, les uns derrière les murs d'une grande usine à toit rouge, les plus avancés dans des pépinières touffues qui n'ont rien de très rassurant pour nous.

Dans cette maisonnette blanche nous avons appris qu'il y avait quatre ou cinq de nos audacieux francs-tireurs ; les Prussiens avaient visé dans les fenêtres, mais ils n'avaient réussi qu'à perdre leurs balles sur la muraille.

XIX

AVENTURE DE FRANC-TIREUR (1)

La scène va se passer entre notre tranchée en avant et à gauche du fort de Montrouge et le mur du parc de Bagneux derrière lequel sont embusqués les Allemands.

C'était le 15 décembre, il pouvait être deux heures de l'après-midi. Je venais d'entendre des

(1) Bien que le siège officiel de notre ambulance fût maintenant à Vitry, je revenais parfois visiter notre ancienne région où la guerre d'avant-poste était plus sanglante.

coups de fusils et arrivais par la gauche de la tranchée occupée par un bataillon de marche. Un sergent de francs-tireurs appuyé, à une petite distance, par cinq ou six tirailleurs du même corps, avait eu l'idée folle de venir en plein jour, à découvert, narguer l'ennemi protégé par la longue muraille du parc percée de meurtrières et d'embrasures.

D'abord, il avait, en avant de la tranchée, fouillé quelques carrières hantées, disait-on, par les Allemands, puis les premières maisons de Bagneux, sans brûler, paraît-il, une cartouche. Cela ne faisait pas son compte, il s'était rabattu sur le parc où il était sûr de trouver du monde. Il rampait jusqu'à la muraille, mettait indiscrètement le nez dans les meurtrières, surprenait quelque Prussien tout ahuri d'une telle visite et le fusillait à bout portant en semant la panique dans le cœur des autres. Ensuite il s'aplatissait contre le pied du mur, rechargeait, allait à une autre ouverture et recommençait.

Stratégiquement, c'était insensé, mais c'étaient ces héroïques témérités, non prévues par la tactique allemande, qui étaient pour eux des causes d'épouvante. Cette sorte de stupéfiante chasse aux rats, un peu plus tôt, un peu plus tard, devait finir mal ; eh bien, sans un malheureux hasard, peut-être les Allemands ne seraient-ils pas venus à bout de cet endiablé sergent. Tout à coup, comme il veut tirer, son chassepot rate. L'aiguille qui s'est encrassée et tordue, ne peut plus percuter le fulminate de la cartouche.

Sa vie tient en ce moment à cette pointe d'aiguille. Il se retire de quelque pas pour essayer de la redresser ; mais c'est en plein champ, pas d'abri. Il

n'y a qu'un arbre hélas pas plus gros que la jambe,
c'est derrière cette protection illusoire que, faute de
mieux, il se met à travailler son fusil.

Les Allemands, s'apercevant alors qu'il ne peut
plus riposter, tirent sur cet homme seul, en conver-
geant de plusieurs points à la fois, et ce brave finit
par tomber.

C'est à ce moment que j'arrivais.

On me montre l'arbre, et je puis bientôt distinguer, aplatie au pied, une forme humaine.

Les uns disaient : Il est mort ; d'autres : Il vient
de remuer, il n'est que blessé.

— S'il est blessé, dis-je, il faut lui porter secours ;
s'il est mort, il mérite que l'on enlève son corps aux
Prussiens.

— Ne sortez pas de la tranchée, me disaient les plus
nombreux, vous allez vous faire casser la tête.

— On ne peut pourtant pas le laisser agoniser
dans la boue comme un chien, ripostait un brave
petit sergent de garde-national.

J'avais ma trousse et dans mon petit havre-sac de
cuir qui ne me quittait jamais, un flacon contenant
un cordial, une poignée de charpie, une bande de
toile, des fils à ligature, et enfin dans un autre flacon
une solution de perchlorure de fer.

— Qui est-ce qui vient avec moi? demandai-je.

— On ne peut quitter la tranchée sans ordre, m'est-
il répondu.

— Eh bien, dis-je, j'y vais tout seul.

Le brave homme de petit garde-national me regardait avec sympathie et je crois bien que, sans la
consigne, il m'aurait demandé de m'accompagner.

Je me hisse sur l'épaulement, j'enjambe et me

voilà de l'autre côté, dans la zone des balles. Je me dirige carrément vers l'arbre.

Il est évident que je commettais une imprudence, car, dans ces conditions, si irrégulières, l'ennemi n'avait pas à se gêner pour tirer sur un fantaisiste.

Mais le danger allait être en réalité bien autrement terrible que je ne le supposais, et j'étais loin de soupçonner les complications dramatiques dans lesquelles j'allais donner tête baissée.

Tout seul dans cette grande terre boueuse où j'avançais péniblement, je commençais à trouver le trajet un peu long, lorsque j'entendis tout à coup des appels derrière moi, dans la tranchée. Je me retourne et je distingue des képis agités à bout de bras m'indiquant par leur direction qu'il se passe quelque chose vers ma droite.

Je m'arrête, je regarde et je vois arrivant du fort de Montrouge en droite ligne quatre hommes s'avançant avec le drapeau blanc marqué de la croix rouge.

Du fort, avec des lunettes de marine, on avait suivi toutes les péripéties du drame depuis le commencement. Non seulement on avait vu tomber l'intrépide sergent, mais on s'inquiétait aussi de ses courageux compagnons. On les avait vus d'abord rampant en tirailleurs sur la gauche à quelque distance de leur chef, puis on les avait perdus de vue dans le voisinage d'un grand bâtiment carré, sombre par le bas et à jour en grande partie par en haut, recouvert par une toiture seulement soutenue aux quatre coins par des piliers de maçonnerie, probablement une ancienne blanchisserie avec étendage. Ce bâtiment d'aspect sinistre et bien fait pour cacher quelque embuche, beaucoup plus près d'eux que de nous, était hanté par les envahisseurs; dans ce voisinage si dangereux qu'étaient devenus les camarades du brave sergent?

La petite escouade qui venait du fort avait pour mission avérée de recueillir le franc-tireur tombé et, je ne le sus que plus tard, pour mission secrète et bien plus périlleuse d'essayer de dégager ses compagnons. Que voulaient dire les képis agités et les rappels à mon intention? Je ne sais, quoi qu'il en soit je ne voulais pas rétrograder.

Dans tous les cas, pour être fortuite, ma présence n'en était pas moins utile, car j'étais le seul médecin de l'expédition. Un marin portait le drapeau, il était suivi de l'aumônier du fort et de deux gardes-nationaux dont l'un boitait et avait sur sa tunique de simple fusilier le ruban de la Légion d'honneur. Par un de ces hasards qui ne sont pas rares en temps de guerre, il se trouva que je connaissais ce décoré : c'était M. F. avec lequel je m'étais rencontré souvent à dîner chez M. W... parfois en compagnie de MM. Rochefort et Blum.

Nous échangeâmes un silencieux serrement de main qui empruntait quelque chose de profondément grave aux circonstances dans lesquelles nous nous retrouvions.

Nous cheminions tristement vers ce corps aplati au pied de l'arbre, suivis par tous les yeux de la tranchée, par toutes les lunettes du fort, et surveillés par les Prussiens en garde derrière les embrasures.

Chemin faisant, nous en voyons deux se glisser en dehors d'une brèche du mur et ramper dans notre direction comme deux reptiles vers le franc-tireur.

Que veulent-ils ?

Peut-être voir s'il n'a pas une montre ou un porte-monnaie, ou constater s'il ne fait pas le mort par ruse de guerre pour que l'ambulance le tire de ce mauvais pas.

Nous avancions toujours et moi, qui ne me doutais pas de la mission secrète, je trouvais que M. F... était plus anxieux, plus angoissé que ne me semblaient le comporter les circonstances, si tristes qu'elles fussent.

Seul le marin souriait de l'air entendu de quelqu'un qui va faire un bon tour et portait le drapeau avec une joie qu'il avait peine à contenir. Il était on ne peut plus ravi de se trouver en pareille aventure ; sans l'aumônier il aurait esquissé une gigue.

Maintenant nous voyons très distinctement le corps au pied de l'arbre. Hélas! pas un mouvement qui trahisse la vie.

Des têtes prussiennes coiffées du casque nous regardent approcher à travers les brèches de la muraille, mais nous ne nous préoccupons pas de leur surveillance.

Vers le blessé se concentre notre attention. Il est étendu tout de son long, absolument immobile, les bras en croix, les jambes écartées, le visage regardant le ciel, la tête dans une mare de sang, sur la terre boueuse et noirâtre.

Je me mets à genoux devant lui, j'écarte les vêtements sur la poitrine, j'ausculte : pas le plus petit battement de cœur, pas le plus léger souffle de respiration, le corps est encore chaud mais les mains sont froides.

La région supérieure du crâne a été fracassée par plusieurs balles, les os craquent au toucher comme des coquilles de noix.

C'est un homme dans toute la force de l'âge, large d'épaules, bien bâti, à physionomie intelligente et hardie avec une moustache blonde. Son képi, traversé par les projectiles, gît à côté de lui. C'est un pauvre képi de pacotille, sans chiffre ni insigne, véritable couvre-chef d'irrégulier. La vareuse ressemble à une vareuse de garde-national; par-dessus un pantalon de drap, il a une cotte bleue rentrée dans des bottes de forme tudesque, conquises selon toute apparence sur l'ennemi. Sa cartouchière, entrebaillée, laisse tomber les munitions, et le long de son côté gauche est couché de travers son chassepot, la culasse ouverte, et c'est ainsi que nous voyons l'aiguille tordue et encrassée.

Tandis que l'aumônier marmotte quelques mots de latin, nous cherchons comment nous ferons pour emporter le cadavre.

On s'aperçoit seulement alors que l'on est venu sans brancard, ce qui est une grande faute. On ne se figure pas combien cela pèse, un mort que l'on ménage encore instinctivement comme si les chocs devaient le faire souffrir.

Tout en cherchant, mes yeux se portent sur les branches de l'arbre derrière lequel ce brave est tombé et j'aperçois, placé hors de portée de la main, un livre à tranche sang-de-bœuf, à couverture de veau, imprimé en gros caractères rouges et noirs. Cela a l'air d'une ancienne bible. Elle est ouverte, face sur Paris, sans doute à quelque passage qui nous menace de ruine comme Babylone. Évidemment elle avait été disposée de telle sorte par quelque luthérien fatidique.

Les branches de l'arbre sont trop faibles pour faire brancard. Nous finissons par trouver à quelque distance, dans des débris de clôture, des pieux, des échalas et nous pouvons enfin emporter le cadavre dont la tête et les jambres ballottent de façon sinistre. On a enroulé sa ceinture bleue autour de la tête pour cacher les grimaçants tiraillements de son visage blême.

Jusque-là tout semblait aller assez facilement, mais voici où cela va se compliquer : maintenant nous avions le fort de Montrouge à notre gauche et, pour être correct, il fallait s'en retourner tout droit par le chemin d'où était venue l'escouade portant le drapeau, c'est-à-dire vers le fort par le chemin le plus court. Au lieu de cela nous décrivons une oblique vers la droite comme pour aller vers la blanchisserie suspecte.

Il me semblait inopportun d'allonger la promenade, inutilement selon moi, et d'abuser de la patience de l'ennemi.

Mais le chevalier de la Légion d'honneur me répondit par un expressif clignement d'yeux, les autres me parurent d'accord avec lui Je n'insistai pas, mais j'étais très intrigué et je me disais : Sûrement il va nous arriver quelque histoire. Tout à coup, tandis que nous allions côtoyer le pied de la blanchisserie nous entendons un bruit sec et métallique comme celui d'un apprêt d'armes et au même instant, une voix gutturale et brusque nous crie, impérieusement, avec un rude accent germanique : « *Halt!* »

On s'arrête net comme des coupables et en cherchant d'où vient la voix, j'aperçois dans le haut de la blanchisserie, vers l'espace découvert entre le mur et le toit, une douzaine de grands diables noirs en casque ; ce sont des Allemands vêtus de capotes bleu sombre ; ils se sont par précaution noirci le visage pour n'offrir aucune couleur claire à viser.

A peine sommes-nous arrêtés que, presque sous nos pieds, comme des lièvres gîtés, semblent sortir de terre trois des compagnons de notre malheureux franc-tireur. Ils déboulent avec une vitesse de gibier, mais d'en haut les Allemands les surveillent ; nous voyons briller et s'abaisser les canons de fusil et aussitôt, nous avons les oreilles cinglées d'une fusillade ; les trois malheureux culbutent la face contre terre, comme foudroyés.

Non, rien ne peut donner une idée de l'impression qui vous secoue la moelle, qui vous étreint le cœur dans ces terribles chasses à l'homme vues de si près. C'était comme si ces coups de fusil nous avaient troué le cœur.

Les figures noires se penchent sous le toit pour s'assurer que l'œuvre sinistre est accomplie. Ils n'aperçoivent pas un ressaut, pas un mouvement ; ils se détendent et nous laissent libres, n'osant nous empêcher d'aller ramasser nos morts. O pauvre vie humaine, si horriblement sacrifiée au monstre hideux de la guerre !

Mais à peine avons-nous fait trois pas dans leur direction que, tout à coup, deux de nos morts, à notre grandissime surprise, bondissent devant nous, déboulant comme des lapins.

Les Allemands sont si stupéfaits de cette résurtion inattendue que, sans aucun ensemble, cinq ou six coups de feu seulement retentissent.

Les deux compagnons retombent encore à plat, toujours comme s'ils venaient d'être atteints, mais cette fois nous sommes à peu près rassurés, nous avons compris que ces culbutes voulues et répétées sont du répertoire de l'école des tirailleurs.

Mais le troisième, toujours étendu tout de son long, n'a pas fait le moindre mouvement depuis la première décharge, et, bien que maintenant nous soyons au courant de la ruse, il s'est effondré de telle façon qu'il nous a semblé avoir été tué raide.

Cependant, le voilà tout à coup qui relève la tête petit à petit, et se ramasse péniblement. C'est pitié de le voir faire, il parvient enfin à se traîner ; il n'est que blessé, pensons-nous, mais blessé bien grièvement.

Les Prussiens qui l'ont vu se remuer tirent dessus ; lui tout à coup s'élance d'un bond de côté comme un chevreuil, et pas plus blessé que les autres, met entre les balles et lui quelques moellons qui bordent une carrière.

Se dissimulant derrière le moindre pli de terrain, rampant dans les fossés, se faisant petit pour se ramasser derrière le moindre tertre, tous trois, malgré la conduite que leur font les balles, réussissent à s'échapper sains et saufs.

Pour nous, nous finissons par éclater de rire en emportant joyeusement, cette fois, notre mort et nous défilons à la barbe des Prussiens si penauds qu'ils n'osent même pas nous inquiéter.

Il est certain que nous les avions gênés dans leur

tir et que notre intervention avait bien réussi à nos francs-tireurs.

C'était une compensation pour les jours où ils tiraient sans motif sur les ambulances.

La fiction a besoin d'être laborieusement étagée sur la vraisemblance, la vérité s'affirme simplement, c'est ce que je fais pour cet épisode, qui du reste a eu de nombreux témoins, dont beaucoup sont encore vivants.

XX

NOTE BIOGRAPHIQUE SUR L'HÉROIQUE FRANC-TIREUR

Le mort avait été transporté à Arcueil, à l'ambulance qui nous avait remplacés. Nous avions appris qu'il se nommait Noël et habitait Paris, rue Baudricourt, 67. Il avait d'abord habité Villejuif et connaissait admirablement la région sur laquelle il opérait avec tant d'audace.

Le lendemain, vers trois heures de l'après-midi, ses compagnons d'armes, parmi lesquels plusieurs officiers, venaient avec une voiture enlever le corps pour lui rendre à Paris les derniers devoirs. Nous eûmes le plaisir de serrer la main de ces braves qui pratiquaient si courageusement l'école du tirailleur; tous s'étaient échappés sans une égratignure.

Ils étaient tristes et très vivement affectés devant ce cadavre aux épaules carrées, à la poitrine large, qui avait devant lui bien des années d'une santé vigoureuse, — il n'avait encore que 35 ans, — si les balles prussiennes ne l'avaient prématurément couché sur le sol de la patrie qu'il défendait si héroïquement.

C'était à qui vanterait sa bravoure.

Lui qui n'avait pas été militaire, qui n'était qu'un pacifique ouvrier pépiniériste, d'abord garde national au 177ᵉ bataillon, il s'engagea des premiers dans les volontaires ; puis les bataillons de marche s'étant formés, il était entré au 5ᵉ. Ce n'était pas assez pour Noël : son courage bouillant avait besoin de plus d'activité, il s'engagea alors dans les francs-tireurs, éclaireurs de la compagnie Coignet, et de jour comme de nuit, disaient ses camarades, il faisait aux Allemands une terrible chasse.

Marcheur infatigable, rapide comme un fauve, dur comme un chêne, il avait bientôt attiré l'attention de ses chefs et l'admiration de ses camarades.

Le jour même où il avait eu la tête fracassée, il allait recevoir la ratification officielle du grade de sergent, fonctions que du reste, il remplissait de fait, car c'était lui qui conduisait l'escouade des éclaireurs qui s'étaient portés sur Bagneux.

Noël laissait une jeune veuve et deux fillettes, l'une de neuf ans, l'autre en nourrice à Château-Thierry. Pauvre femme, pauvres enfants.

XXI

SAINT-DENIS. — LE 135me. — LE BOURGET. — BAT-
TERIE DU DRANCY. — CHEVAUX DISSÉQUÉS. — CHASSE
A L'OBUS. — BELLE NUIT.

Après avoir abandonné le Bourget on voulait le
reprendre, le 21 décembre. On voulait aussi essayer
d'attirer l'ennemi dans la plaine Saint-Denis. Trochu
espérait, disait-on, que l'armée de Paris aurait
plus de chance de bénéficier de ses qualités sur de
grands espaces découverts qu'en terrain accidenté.

Dès le matin, guidé par le canon, je me rendis à
Saint-Denis avec un autre ambulancier. Chemin
faisant nous rencontrons dans une tapissière deux
officiers de mobiles blessés légèrement et pas fâchés
à ce qu'il nous parut d'en être quittes à si bon
marché.

Plus loin nous voyons d'autres blessés plus nombreux et beaucoup plus gravement atteints venant
de la Double-Couronne. Les vêtements et les brancards sont imprégnés de larges taches sanglantes, il
y a des membres broyés, des têtes livides, les
pauvres diables grelottent de souffrance, de froid
et d'épuisement.

Nous déjeunons à l'*Hôtel du Grand-Cerf* avec un
bifteck de cheval ; un jeune mobile, qui a accompagné des blessés, mange à côté de nous. Il nous
dit que devant Stains d'où il vient, nous avons

perdu beaucoup de monde, de la ligne et de la mobile, et que de ce côté nous sommes repoussés.

Après déjeuner, l'hôtelier nous conduit avec sa voiture dans la direction du Bourget, jusqu'à ce que nous rencontrons sur notre route une de nos batteries bombardant ce fatal village. Pas de fossé, pas d'épaulement. Cette batterie est en rase campagne. Les coups se succèdent rapidement, deux à deux.

Ces grands artilleurs, avec leurs longs manteaux sombres, envoyant tranquillement au loin la dévastation et la mort, ont quelque chose de fantastique. Ici plus de ces mines effarées ou enragées comme nous en avons vu souvent dans l'action, aucun désordre, aucune fantasia, tout se fait méthodiquement avec ensemble, ils sont calmes, sérieux, muets.

On n'entend que ce seul mot : « Envoyez, » et le servant de droite tire — parfois en souriant comme pour un jeu, — la ficelle correspondant à la détente. Le bronze tonne, l'obus siffle, éventre des toits et des murs et va réduire en bouillie sanglante des corps humains.

Les forts de l'Est et de la Double-Couronne appuyent cette batterie.

Le cheval de notre aubergiste n'a pas l'oreille impassible du cheval d'artillerie ; il se cabre, rue et menace de tout démolir. Nous continuons à pied en avant et un peu à gauche, où, nous a-t-on dit, est le 135° de ligne dont nous connaissons le commandant. Les soldats sont déployés en tirailleurs et couchés dans des champs de choux, d'oignons et de poireaux.

Quelques-uns ne peuvent résister à la tentation,

et au lieu de rester à leur poste, font une récolte et
retournent en arrière pour la mettre en sûreté ou
pour la vendre. Les officiers ferment les yeux, ils
savent qu'on manque de vivres et quelques-uns ne
seraient pas fâchés de voir quelques légumes autour
du trop classique morceau de cheval.

Et puis à quoi bon faire montre d'une rigueur
inopportune en ce moment! S'ils ne le disent pas, ils
le pensent probablement.

L'opération a manqué de ce côté, nous dit le commandant (ce que nous avait déjà appris le mobile),
les soldats sont là depuis la nuit sans avoir mangé
ni dormi, sous une température de plusieurs degrés
au-dessous de zéro. Ils ne demandent qu'à se replier ;
c'est ce qui se fait, après pourtant qu'on a laissé une
ligne de tirailleurs. Nous quittons le 135e en nous
dirigeant toujours vers la droite.

Nous rencontrons des ébauches de tranchées,
mais la terre est trop gelée, on n'a pu la creuser
que de quelques centimètres.

Nous arrivons à quelques centaines de mètres du
Bourget qui nous apparaît à travers des nuages de
fumée.

Lorsque nous pouvons voir, nous ne voyons que
ruines, pans de murs festonnés et ajourés comme
de la dentelle, maisons aux parois perforées comme
des planches à bouteilles, toits crevés ou écroulés
en entonnoir : il y en a un qui s'est effondré tout
d'une pièce, totalement chauve de ses tuiles, montrant à nu sa charpente semblable à l'ossature
de quelque gigantesque cétacé disséqué par des
bêtes de proie. On aperçoit en noir les massifs du
parc dissimulant le château, devenu un dangereux

nid à Prussiens. A gauche du village, sur le paillis
d'un fumier, j'aperçois un de nos soldats ; il est immobile et sans armes ; je crois que c'est un blessé,
je m'avance pour le secourir : c'est un cadavre.

Sur le revers d'un talus, encore plus près des
maisons, je distingue une ligne de pantalons rouges,
immobiles également. J'ai le cœur serré, est-ce que
ce sont aussi des cadavres ?

Sur le flanc droit du Bourget d'autres soldats, des
marins, se replient vers nos lignes en rampant et en
se dissimulant du mieux qu'ils peuvent. Ils avaient
réussi à occuper un bout du village, mais ils n'ont
pu débusquer définitivement les Allemands qui occupent l'autre.

Voyant que l'on ne réussira pas à reprendre cette
position, le général Trochu avait donné l'ordre de la
bombarder après avoir fait demander s'il n'y restait
plus de nos soldats.

On lui avait répondu à tort qu'il n'y en avait plus
et nos obus y allaient bon train.

D'abord, nos malheureux soldats avaient cru que
c'étaient des obus allemands et cela leur semblait
tout naturel, c'est seulement lorsque nous les vîmes
se replier qu'ils avaient reconnu le feu des batteries
françaises.

Les pantalons rouges, heureusement, n'étaient pas
morts, ils firent comme les marins, ils se replièrent.

Que de malheurs étaient occasionnés par des
méprises et des maladresses ! Le matin même, un
soldat du .135ᵉ ayant fait un prisonnier prussien,
s'empara du fusil de ce dernier et voulut le déchar-
ger, il s'y prit de telle façon, que le coup partit à
l'improviste.

La balle traversa presqu'à bout portant la poitrine d'un de ses camarades et la tête d'un autre. Les malheureux étaient tombés morts sur le coup.

Il ne nous était donc pas possible d'entrer au Bour_get. Nous poussons à droite vers le grand Drancy, village au-devant duquel est braquée une autre de nos batteries. Comme les premiers, nos pauvres canons sont presque en rase campagne, à peine abrités par un revers de fossé et écrasés par deux batteries ennemies. Un infortuné capitaine d'artillerie vient d'être tué tout à l'heure en surveillant le tir, un éclat d'obus lui a traversé la poitrine en dedans de la région de l'épaule et est ressorti par le dos en faisant les plus horribles ravages. On transporte le cadavre dans l'église.

Trois de nos chevaux sont tués derrière la même batterie : deux blancs et un gris pommelé. L'une de ces malheureuses bêtes a été littéralement coupée en deux. Au moment où nous arrivons, leur sang fume encore,

Sur la terre et sur les troncs des peupliers, au pied desquels on avait cherché à les abriter, on voit plaqués en bouillie des lambeaux de chair mélangés de crins ensanglantés.

L'artillerie allemande redouble de rage ; notre batterie est démontée et réduite au silence, la place n'est pas tenable.

Mais la tempête de fer a beau gronder et siffler, quelques soldats zélés pour le *fricheti* s'abattent comme des oiseaux de proie sur les cadavres des chevaux, les dépiautent, les débitent, les dépècent avec leur couteau de poche ; je vois encore un lignard tout petit qui, habilement, activement, élève une haute pyramide de biftecks dans son képi posé à terre à côté de lui. Deux grands artilleurs, l'épaule appuyée contre un arbre, impassibles et dignes, regardent de haut cette poignée de fourmis dévorantes en pantalon rouge.

C'est en vain que les projectiles allemands sifflent dans les peupliers et cassent les branches au ras des têtes, aucun de ces courageux affamés ne se dérange de sa besogne avide.

Vingt minutes après nous repassâmes, il ne restait plus des chevaux que les squelettes raclés et blancs comme les pièces ostéologiques du Muséum.

Nous aussi, nous subissions l'influence néfaste de la guerre. Comme il faisait de plus en plus froid, nous entrâmes, mon compagnon et moi, dans une maison du Drancy où des artilleurs faisaient des flambées pour se dégourdir.

Le Drancy, se trouvant encore la veille entre nos avant-postes et les avant-postes ennemis avait, un certain temps, bénéficié d'une neutralité relative que j'ai déjà appelée la neutralité de la zone des balles, et il était resté des meubles dans les maisons. C'est de leur bois que l'on se chauffait. Mon compagnon plus âgé que moi, propriétaire et père de famille, avait souvent maudit nos soldats et surtout nos mobiles en voyant les ravages qu'ils commettaient parfois dans les habitations abandonnées. Il allait se donner un philosophique démenti. La flambée finissait tandis que nous entrions et nous en étions désappointés, mais il restait encore un dernier meuble à plusieurs tiroirs, une jolie chiffonnière, en acajou, autant qu'il m'en souvienne. Mon compagnon la contemplait silencieusement avec quelque chose de paternel et en même temps d'amer, comme Ugolin sans doute avant de manger ses enfants, puis à regret, lentement, un à un il tira les gentils tiroirs et se mit à les briser successivement à coups de talon de botte.

A la façon chagrine dont procédait cette botte, on voyait bien qu'elle n'avait pas le tempérament démolisseur. Je le regardais faire, avec un sourire non exempt peut-être de quelque malignité.

« Eh bien, lui dis-je, vous voyez que nous faisons nous-mêmes comme les mobiles.

— C'est vrai, me répondit-il mélancoliquement, mais le premier qui serait entré ici aurait fait ce que je viens de faire. »

Et, les yeux baissés, toujours contrit, il rejeta au feu pour le raviver ces pauvres petits tiroirs tous disjoints et tous fracturés.

Que voulez-vous, voilà la guerre.

Un peu réchauffés, nous sortons et nous recommençons notre excursion.

A gauche et en avant du Drancy, la tranchée a été creusée plus profondément, mais pas assez pour protéger efficacement ; dans cette tranchée même, un jeune soldat, sans doute un engagé volontaire, car il est à peine âgé de vingt ans, vient d'être frappé d'un éclat d'obus en pleine figure.

Ses camarades l'on transporté un peu en arrière et couché du mieux qu'ils ont pu sur le gazon. Ils l'entourent, l'épient pour voir s'il lui reste encore un souffle de vie et aussi par je ne sais quelle mystérieuse attraction pour la mort.

J'examine la blessure, j'ausculte le cœur, c'est

bien fini, il n'en peut revenir, ses membres sont déjà raidis par le froid.

Son chassepot est à côté de lui, brisé en deux entre la crosse et la culasse.

Nous franchissons la tranchée, nous parcourons la vaste plaine qui s'étend en avant du Drancey et se prolonge jusque par de là la ligne du chemin de fer que nos troupes avaient, paraît-il, dépassé le matin mais qu'ensuite elles ont été forcées d'abandonner. Le sol, à nos pieds, est labouré et défoncé par les obus. La lutte a été inégale ; nous n'avions pas assez d'artillerie pour riposter.

L'ennemi ne se contente pas d'avoir repoussé nos soldats jusqu'au Drancey, il s'acharne à complètement nettoyer la plaine ; il n'y a plus que des ambulanciers comme nous ou des brancardiers qui la parcourent à la recherche de quelque blessé oublié.

Une tête blanche, à face colorée et joviale, arpente la plaine à côté de nous, c'est le brave docteur Demarquay, accompagné de ses brancardiers de l'ordre des Frères.

Je ne sais si les Allemands nous prennent pour des soldats, toujours est-il qu'ils nous font l'honneur d'une grêle d'obus à jet continu.

D'abord, les chers frères, ne comprenant pas le danger, ont poussé de l'avant quand même, mais dès qu'ils s'en sont rendus compte, ils rebroussent en arrière et s'enfuient à toutes jambes, comme chassés par une rafale.

A chaque obus qui tombe, ils s'étalent sur le sol, puis repartent jusqu'à ce qu'il en tombe un autre ; nous courons comme les robes noires, seulement nous ne nous arrêtons pas à baisser la tête, il n'y a

pas de temps à perdre, les obus nous poursuivent
avec une véritable rage. L'air sec, la terre gelée
vibrent d'une façon terrifiante, il vous entre dans
les oreilles des *viou vioouu* vous enveloppant de
gauche, de droite, d'en haut, d'en bas, et pas un
trou, pas un tertre pour se garer et reprendre
haleine. On dirait que ces satanées batteries courent
à notre poursuite. Jamais je n'ai vu chasse pareille.
Bientôt les obus nous dépassent, ils tombent en
avant de nous.

L'instant est critique; heureusement le Drancey
n'est pas loin, nous obliquons à droite en décrivant
un rapide crochet et nous nous mettons à l'abri derrière les maisons. A l'abri, cela veut dire que l'on
est un peu moins exposé qu'en plaine, mais l'ennemi
tient à tout prix à déloger nos troupes de la position. Jamais encore je n'avais vu l'artillerie allemande s'acharner ainsi. Il est nuit qu'elle tonne
encore avec furie contre le village.

Sous les étoiles scintillantes de ce ciel impitoyable et glacé, les maisons ruinées et effondrées
revêtaient les aspects les plus fantastiques. Les
obus s'engouffrent là-dedans, éclatant maintenant
avec des bruits sourds dans ces ruines réduites par
place en amas de poussiéreuses miettes.

De temps en temps, une cheminée restée en l'air
par quelque prodige d'équilibre, s'écroule tout à
coup avec un fracas de démolition. Et, de loin en
loin, rasant ce qui restait de murs, quelques isolés
courbés et silencieux comme des ombres errantes
s'enfuient sans savoir où trouver un abri.

Quelle nuit pour nos malheureux soldats ! Quelle
terrible nuit ! Beaucoup résistèrent néanmoins dans

leur moitié de tranchée, mais le lendemain, on constatait 900 cas de congélation.

XXII

UN PRUSSIEN FARCEUR

Le 22 décembre, dans l'après-midi, nous faisons une excursion aux avant-postes de Bourg-la-Reine.

Nous laissons à notre droite la Grange-Ory, et nous suivons la route qui mène à Bourg-la-Reine.

Nous franchissons la barricade, qui est appuyée du côté gauche à la maison Milaud, et nous nous disposons à nous avancer jusqu'au pont du chemin de fer, où sont nos derniers grand'gardes.

Au moment où nous venions de passer la première barricade, et comme nous disions justement à un de nos collègues d'ambulance de se méfier, car il y a quelques jours, à cet endroit même, on nous avait tiré dessus avec un fusil de rempart, nous entendons tout près de nous un sifflement significatif, puis, sur le pavé, le choc du plomb qui ricoche. C'est précisément une balle prussienne qui arrive on ne peut plus à point pour justifier notre dire.

Nous courons après la balle croyant la ramasser toute chaude sur place, mais en ricochant elle est allée s'enfoncer jusque dans l'épaulement de la barricade, heureusement sans blesser la sentinelle qui était de garde sur ce point-là.

**
* *

Ce début promet; nous n'en poussons pas moins vers le pont de Bourg-la-Reine, où est de ce côté notre poste le plus avancé.

Nous apercevons, accroupie comme un braconnier à l'affût, une sentinelle qui est à gauche du second pont du chemin de fer, à droite de Bourg-la-Reine, non loin d'une maison blanche à toit de briques rouges.

Ce second pont n'a pas eu autant de chance que le premier, qui est en avant de Bourg-la-Reine: il a été totalement détruit par l'ennemi, la voûte est tout à fait à jour, les deux culées seules sont restées debout.

C'est tout près de la culée de droite, derrière le remblai de la voie ferrée, que se tient le poste prussien dont on aperçoit de temps en temps, à ras de terre, les bérets bleu-sombre, et parfois un bout de canon de fusil.

En avant de la dernière barricade où nous sommes, nous voyons, à moins de trois cents mètres, une tranchée ennemie qui coupe la route, puis derrière cette tranchée, entre les premières lignes des maisons de Bourg-la-Reine, une véritable barricade avec épaulements, gabions et embrasures.

Aux deux maisons qui, l'une à droite, l'autre à gauche, appuient cette barricade, nous distinguons parfaitement deux sentinelles qui s'abritent sur le pas de la porte de ces maisons; de moment en moment on voit apparaître tout le corps, mais la plupart du temps on n'aperçoit que la moitié de l'homme ou même seulement le bout du coude qui dépasse.

***

Mais ce n'est pas là le plus intéressant ; tandis que nous demandions aux officiers de grand'garde s'il n'y avait ni blessés ni malades, tout à coup en avant de la tranchée prussienne — celle qui n'est pas à plus de trois cents mètres de nous — nous voyons sur le côté droit de la route un grand gaillard de Prussien qui s'avance d'arbre en arbre sans trop se dissimuler et qui, au contraire, agite son béret au bout de son bras comme s'il voulait échanger avec nous des politesses. Un second, pendant ce temps, se glisse derrière le premier ; peut-être chaque arbre a-t-il le sien.

Un officier nous apprend à ce moment qu'il y a dans une maisonnette à gauche de la route, à cent pas en avant du poste, à deux cents pas de la tranchée prussienne, un lieutenant de mobiles avec deux hommes.

Sans doute l'ennemi les a aperçus et veut tenter de les prendre ; la soi-disant politesse du soldat au béret n'est probablement qu'un essai de ruse.

« Ne répondez pas à ce farceur, dit l'officier à ses mobiles, mais visez-le bien et tirez dessus. »

A peine l'officier avait-il parlé qu'un coup de feu de chassepot forçait le Prussien à disparaître tout entier derrière un gros arbre.

« Il en tient, disait un jeune mobile... Mais la fumée du coup tiré était à peine dissipée que le même Prussien reparaissait se montrant de toute sa hauteur et agitant son béret.

« Je la connais, disait l'officier, il n'est pas le premier qui nous *la* fait ; si on donnait-là dedans,

ils viendraient chaque jour nous canarder jusque
dans nos tranchées.

* *

Chaque fois que le Prussien se montrait, un coup
de chassepot lui répondait ; lorsque le coup partait,
il rentrait aussitôt derrière son arbre, puis de nouveau agitait son béret.

« Il a le diable au corps, cet animal-là, » disaient
les mobiles, tout en surveillant si derrière cet Allemand, qui faisait le malin, les autres ne profitaient
pas de la diversion pour se glisser sans qu'on les
vît du côté de la maisonnette où étaient toujours le
lieutenant et les deux hommes.

Mais la ruse étant éventée, l'ennemi dut abandonner son plan de surprise, les chassepots en éveil
les forcèrent de garder une respectueuse distance.

Quant au farceur qu'à plusieurs reprises nos
tireurs n'avaient pu toucher, son jeu était des plus
simples, et il n'était pas aussi intrépide qu'au premier abord on aurait pu croire.

Ne pouvant être vu que des mobiles qui occupaient la barricade, il n'avait qu'à surveiller ce
point-là, et, dès qu'il apercevait la fumée d'un coup
de feu, il avait le temps de se réfugier derrière son
arbre. Le tour n'était pas plus malin que ça.

Néanmoins, soit qu'il n'osât pas continuer son
jeu, soit que peut-être une balle l'eût frisée de trop
près, il finit par se blottir derrière un arbre coupé
et couché en travers de la route et dont le tronc
était encore renforcé par un amas de moellons dans
lequel était ménagée une meurtrière.

XXIII

ÉVACUATION DU PLATEAU D'AVRON

Nous sommes au 29 décembre, les Allemands ont mis en position leur artillerie de siège. Un épouvantable bombardement va commencer. Le canon tonne pour le deuxième jour du côté du fort de Rosny, et, en avant du fort, les obus prussiens éclatent sur le plateau d'Avron. Il y a un mois, l'amiral Saisset s'était emparé de cette bonne position et y avait placé, paraît-il, 74 pièces de marine à longue portée.

Il est environ trois heures ; nous nous engageons, en contournant la gauche du fort, dans la grande rue qui traverse presque tout le village de Rosny en passant devant l'église.

A peine avons-nous dépassé le fort que nous rencontrons, dès nos premiers pas, à gauche et surtout à droite de la chaussée, des trous oblongs tachant en noir le tapis frileux de neige blanche.

C'est là que viennent de tomber des obus prussiens trop courts pour aller jusqu'au fort. D'autres en ce moment même éclatent dans des clos et des maisons sur notre gauche avec le sifflement multiple de leurs pesants éclats et la fumée épaisse qui s'élève en nuage cotonneux à la place même où éclate le projectile.

*
* *

De la grande rue qui nous mène dans Rosny, tandis que nous découvrons au loin devant nous, et un peu sur la gauche, les masses boisées de l'ancien parc du Raincy, d'où nous viennent ces obus en ce moment, un train composé d'un certain nombre de voitures débouche sous nos yeux dans le vallon, sur la partie de la voie ferrée qui est justement sous le feu des batteries allemandes.

Moment d'émotion ! Le train file bravement avec son panache de fumée : il est évident que les Prussiens vont le voir et voudront tirer dessus.

Une lourde angoisse nous oppresse. S'ils l'atteignent, ce sera terrible car il doit y avoir du monde, dans ce convoi, et au ravage des obus s'ajouteraient les horreurs d'un déraillement des plus compliqués.

Nous avions à peine esquissé ces réflexions que de deux batteries ennemies partent aussitôt deux éclairs rouges suivis bientôt de deux formidables détonations ; puis, pas bien loin de nous, la détonation plus faible de l'obus volant en morceaux.

Manqué ! le train marche toujours...

Deux autres obus nous arrivent de la même direction.

Le train marche toujours...

Les quatre projectiles ont porté trop loin, presque tous les quatre à trois cents mètres au moins, au delà du convoi, qui continue tranquillement sa route.

Le tir au vol et même à la course doit évidemment être très difficile avec de grosses pièces d'artillerie.

Mais, hélas, il y a de malheureux hasards. Tandis que nous continuons à descendre la chaussée dans la direction de Rosny, nous rencontrons sur le trottoir de gauche une large mare de sang encore fumant.

Puis, à quelques pas de là, un coupé, dont la caisse vernie de bleu est toute défoncée. La roue de droite est brisée aux rayons et à la circonférence ; le brancard du même côté est fracturé ; les glaces ont volé en mille éclats ; il y a encore une couverture dans le coupé, et, sur le devant, le drapeau tricolore et le drapeau blanc à croix rouge. C'est une voiture des *Ambulances de la Presse.*

Il y avait dans cette voiture deux personnes, et, sur le siège, le cocher. On nous dit qu'il n'y a pas eu de blessure ; ou du moins le cocher, lui seul, a eu une contusion et une éraflure près de la tempe.

Quant au cheval, c'est de lui que provient la mare de sang ; il a eu une jambe fracturée. L'obus qui a causé ce ravage est tombé sur le trottoir de gauche, — côté des numéros pairs ; — il a brisé les vitres et entamé les murailles et les boiseries des maisons en face, entre les numéros 19 et 21.

*
* *

Deux ou trois pas plus loin, seconde mare de sang. Hélas ! il y a eu là un bien autre malheur !

Le second obus prussien a frappé sur les maisons du côté droit de la rue, à la hauteur des numéros 15 et 17, sur le pilier d'une porte de remise dont il a fortement brisé l'angle ; puis les éclats sont venus frapper, sur le trottoir de gauche, un brave capitaine du 112ᵉ de marche de la garde nationale et un soldat, me dit-on, qui se trouvait près de lui.

L'infortuné capitaine est frappé mortellement ; l'éclat du lourd projectile l'a profondément atteint dans les reins.

*
* *

Tandis qu'on nous raconte ce déplorable incident, nous voyons défiler des francs-tireurs en chapeau tyrolien ; ce sont les Enfants perdus de la Villette, suivis du 114ᵉ de marche de la garde nationale.

Il y a dix-huit ou vingt jours qu'ils tiennent la campagne dans ces parages. Tous ont bon air ; ils semblent franchement aguerris et faits maintenant à toutes les fatigues, sans parler du feu, soit de la mousqueterie, soit de l'artillerie, qu'ils connaissent pour l'avoir vu de près.

Nous passons devant l'église : nous y entrons et nous y voyons des blessés de la journée, — une vingtaine environ, — dont le malheureux capitaine du 112ᵉ, qui souffre des douleurs horribles, et dont la face pâle se contracte par moments, sans pourtant qu'il fasse entendre une seule plainte.

Tous n'ont pas cette force d'âme et l'on voudrait se boucher les oreilles pour ne pas entendre les gémissements d'autres blessés et les soupirs lamentables des agonisants. J'ai vu peu de tableaux plus dramatiques que celui de cette église de village, transformée par les hasards de la guerre en une cruelle salle d'ambulance. Les dalles sont recouvertes d'une couche de paille où gisent toutes sortes de lits improvisés, depuis l'élémentaire brancard de toile jusqu'au simple matelas avec un drap. Sur ces lits recouverts d'uniformes variés, aux couleurs tranchantes ou sombres illuminées çà et là d'un galon d'or ou de l'éclair d'une arme, gémissent et se tordent des mutilés et des mourants blêmes, affreusement blêmes de souffrance. Les uns ont de rudes visages de grognards, d'autres des figures de recrues ayant ce je ne sais quoi de féminin qu'a la touchante adolescence.

Par place, le sang fait de grandes taches sur le linge, et d'un lit à l'autre, circulent les chirurgiens silencieux et les douces ambulancières avec le brassard blanc à croix rouge.

Une lumière crue, claire et froide comme la neige, tombe indifféremment des vitraux sur les pitoyables souffrances humaines.

Cette église m'a laissé un émouvant souvenir des cruautés de la guerre, je voudrais que le peintre de *la dernière cartouche* se fût trouvé là et que de cette nef sanglante il eût fait quelque impressionnante étude d'après nature — une de ces *réalités* qui font saigner le cœur et y restent comme un fer de flèche.

*
* *

Dans cette longue rue de Rosny, dont le commencement et le milieu sont hantés à chaque instant par les obus prussiens, nos soldats, nos francs-tireurs, nos gardes-nationaux, nos zouaves surtout, ne perdent rien de leur gaieté.

Les cantinières des régiments de marche ne sourcillent pas le moins du monde aux passages signalés dangereux; et nombre de femmes et de jeunes filles, assises auprès de petites cantines en plein vent, vendent du tabac, du café et du cognac, sur le trajet des projectiles ennemis, aussi tranquillement que si elles étaient assises au milieu de Paris, au comptoir de quelque buvette.

Plus d'un pourtant, de cette foule insouciante et même bruyante, avait porté ou avait vu porter des blessés et des mourants dans l'église. Mais bah, tout ce monde-là, depuis le volontaire adolescent jusqu'à la jeune marchande de café est déjà fait à la guerre.

Quelle étonnante influence exercent les circonstances et les milieux sur la pâte humaine !

*
* *

En face de nous se dresse ce fameux plateau d'Avron que les gros canons Krupp, depuis deux jours, nous disputent avec acharnement.

Dès que nous abordons la crête du plateau, nous nous rendons parfaitement compte de l'intérêt de la situation.

A gauche, les batteries prussiennes du parc du Raincy, à droite, celles de Gagny, croyons-nous. La brume nous empêche de recueillir des indications très précises et très détaillées. Quoi qu'il en soit, nous distinguons les éclairs rouges des batteries du Raincy, puis les feux des batteries à gauche, et enfin ceux d'une troisième batterie, au centre, sans pouvoir nommer les localités.

De ces trois points, les Allemands font des feux croisés, tantôt sur le fort de Rosny, tantôt sur le plateau d'Avron lui-même, et enfin sur les versants qu'ils voudraient aussi balayer; car hélas, sur le plateau, lui-même, nous ne voyons plus un seul de nos soldats.

*
* *

Cette plaine blanche d'où, malgré le crépuscule, on distingue encore vaguement le paysage environnant, a en ce moment un aspect du plus grand effet.

Partout les trous oblongs des obus sillonnent en noir la neige, et à chaque instant notre pied rencontre des éclats de ces massifs projectiles des pièces de 24. Ils sont encore tous noirs de poudre et ont fondu la neige autour d'eux.

Nous ne rencontrons aucune tranchée, aucun épaulement, aucun abri, seulement un assez vaste emplacement recouvert de paille et d'autres débris d'un campement en rase campagne.

Depuis un mois que nous occupions la position nous n'y avions donc pas fait de travaux ?

Comment alors aurions-nous pu la conserver. La position n'était pas tenable. Les Allemands tenaient à la nettoyer jusqu'au dernier homme et dès qu'ils aperçoivent mes compagnons et moi, nous détachant en noir sur la neige, ils s'acharnent avec une rageuse opiniâtreté contre nous.

A peine avançons-nous de cinquante à soixante pas, que nous voyons la fumée d'un projectile à la place que nous venons d'occuper et que nous entendons siffler les morceaux non loin de nous.

*
* *

Comme devant le Bourget, c'est une vraie chasse à coups de canon. Malheureusement on ne tire pas que sur nous. Ces obus éclatent aussi sur le versant de droite où sont cantonnés un restant de troupes et tout à coup nous entendons des cris de douleur et des plaintes s'élever du pied du versant de droite.

Plusieurs de nos malheureux soldats ont été atteints. Rien de sinistre comme ces cris de souffrance humaine, retentissant dans la pénombre de la nuit tombante. Nous voulons pousser de ce côté mais l'obscurité nous en empêche et quelque chassepot surpris pourrait nous prendre pour des ennemis.

Ces fatales méprises ne sont pas rares et puis, malgré l'obscurité, la grêle des obus nous suit, enfin nous voulions rentrer dans Paris avant la fermeture des portes. Bref nous n'eûmes ce soir-là ni le courage ni l'énergie d'arriver jusqu'aux blessés du versant, et je confesse qu'il m'en est resté quelque remords.

XXIV

DU FORT DE ROSNY

Vers trois heures de l'après-midi, le lendemain, nous débouchons de Montreuil devant le fort de Rosny.

Nous rencontrons nombre de voitures d'ambulance avec ambulanciers et plusieurs soldats, parmi lesquels quelques officiers.

On est là au coin de la route qui descend dans le

village de Rosny avec embranchement à droite con-
duisant au fort qui n'est plus qu'à cent mètres.

On regarde curieusement les obus qui pleuvent à
droite, à gauche et devant. On se gare derrière un
bout de muraille, abri tout à fait insuffisant et complètement illusoire ; il est vrai que tous ceux qui
sont arrivés jusque-là ne sont pas peureux.

A soixante ou cinquante pas à droite, dans le terrain en plaine qui est devant l'entrée du fort, nous
voyons en noir sur la neige les trous oblongs dont
nous avons déjà maintes fois parlé.

Beaucoup trop souvent, les projectiles tombent
dans le fort.

Parmi ceux que nous remarquons, il y en a un
qui atteint juste au-dessus du couronnement du
pont-levis ; la terre, tassée en grande épaisseur,
amortit le coup.

Devant ce pont-levis, tout dernièrement, un obus
avait traversé un fiacre où se trouvait un commandant, sans blesser ni l'officier ni le cocher ; cette
entrée-là est pour les projectiles ennemis un véritable endroit de prédilection.

Certainement les Allemands ont un plan détaillé
de toutes nos positions fortifiées, et comme ils savent
qu'il y a toujours un va-et-vient à l'entrée, c'est sur
ces points qu'ils tirent le plus souvent.

Nous avançons vers ce pont-levis.

A gauche, quatre ou cinq marins sont tranquillement en faction, entendant, de minute en minute,
siffler les obus au ras de leur tête.

Nous faisons là une petite station, nous constatons
le trou d'un projectile qui a frappé l'embrasure d'une
fenêtre du poste qui se trouve à droite ; à gauche,

dans un amas d'énormes madriers réunis en parc-
bombe devant une autre fenêtre, la trace de deux
autres projectiles qui sont entrés dans le logement
de l'adjudant du fort.

Nous pénétrons dans ce logement sentant encore
la fumée et la poudre et assombri par un nuage de
poussière ; celles des parois qui ne sont pas trouées
sont nues comme la main, le pauvre adjudant est là
comme effaré, mais ni effrayé ni endommagé. On
dirait qu'il cherche à recoller son mobilier.

Au premier obus qui a traversé le parc-bombe, le
bonhomme croit à un malheureux hasard et il se
remet philosophiquement à réparer autant que
possible l'affreux désordre. Tandis que, monté sur
une chaise, il cherche à raccrocher un rideau, arrive
un second obus qui entre en lui passant sous le
bras.

Le canon qui faisait ces dégâts était certainement
pointé avec intention, et d'une minute à l'autre, il
pouvait arriver d'autres obus. Nous quittons donc
l'adjudant qui nous semble toujours préoccupé de
recoller son papier, et, bien que la situation ne s'y
prête guère, nous sommes pris de folles envies de
rire au souvenir de ce mélange de flegme et de stupéfaction que trahissaient si comiquement son visage et son attitude.

Nous pénétrons dans le cœur même de la place,
au moment où la canonnade tonne avec le plus
d'intensité. On nous dit qu'il y a quelques blessés.

Nous sommes là en pays perdu, ne connaissant
nullement les êtres ; nous contournons un bâtiment
à gauche : les vitres sont brisées, des tonneaux pleins

de terre, empilés les uns aux autres, pour servir de protection, viennent d'être éventrés à l'instant. Nous ramassons sur place des éclats d'obus qui nous réchauffent les doigts.

Tandis que nous nous livrons à cette cueillette de collectionneur, nous entendons au-dessus de nos têtes le sifflement carastéristique ; nous entrons dans une porte ouverte, et là, en passant la tête, nous voyons sur la terre du rempart, tout près de nous, la fumée des projectiles qui jaillissent en faisant artichaut.

Un courageux marin traverse le vestibule où nous sommes ; nous lui demandons où se trouve en ce moment un officier que nous devons voir.

« Il est dans la casemate, à l'extrémité du fort, nous dit le marin avec un accent méridional assez prononcé.

— Voulez-vous nous conduire ?

— Avé plaisi ; mais ze vous préviens que ça tombe dru et qu'il faut traverser toute la cour, nous dit notre Méridional en souriant.

Nous y allons.

Au départ : — Ne faites pas de bruit, nous dit notre gai conducteur en marchant presque sur la pointe du pied, bien qu'il n'y eût pas le moins du monde à douter de son courage.

— Quand on *marce* doucement, ajoute-t-il, ça fait qu'on entend siffler l'obus, et sitôt que vous l'entendrez, vous vous *coucerez*.

★ ✳

Il nous faisait ces petites recommandations toujours en souriant et montrant ses dents blanches.

Vraie physionomie de gai matelot, ouverte, franche, avec de beaux yeux et de robustes favoris bruns.

Il n'a pas fini de parler, que tout à coup le sifflement se fait entendre : passant par-dessus le toit, l'obus vient encore tomber devant nous.

Nous saluons et nous reprenons notre marche vers la casemate où le matelot nous conduit.

Partout des débris et des démolitions, les bâtiment des casernes sont percés à jour comme des écumoires.

Nous entrons enfin dans la casemate. L'officier que nous avions à voir nous apprend qu'il y a eu quatre morts et six blessés.

Ces derniers ont été évacués sur l'ambulance militaire avant notre arrivée.

Malgré la fureur de la canonnade ennemie, c'étaient les seules pertes que l'on eût à regretter dans le fort.

Au moment même où nous nous apprêtions à sortir de la casemate, nous sentons comme un ébranlement sourd qui fait trembler les épaisses murailles comme si elles allaient s'écarter. C'est encore un projectile qui vient de tomber juste au-dessus de nous, mais qui s'est heureusement enterré sans éclater.

Les officiers sont silencieux et mornes. Jamais ils n'ont assisté à de tels ravages, jamais ils n'ont entendu hourvari pareil.

Ce n'est que le troisième jour du bombardement et déjà on ne voit dans le fort que ruines et désolation. Pour nous ce n'est qu'un moment critique à passer, mais pour eux qui son rivés là, de jour et de nuit, quelle vie d'enfer!

Nous ressortons seuls, maintenant que nous connaissons le chemin, faisant de temps en temps l'école buissonnière pour ramasser tout frais quelques-uns de ces gros éclats de fonte, et nous revenons sur la route du pont-levis toujours accompagnés de quelques sifflements.

Nous nous arrêtons de nouveau quelques instants à côté des quatre ou cinq marins de l'entrée, puis nous traversons la petite plaine et nous arrivons au point de la route d'où nous étions partis.

Au moment juste où nous nous retournions pour regarder encore du côté du fort, nous voyons deux projectiles tomber à la place même où nous nous trouvions il y a cinq minutes.

Mais ce n'est rien, un troisième succède aussitôt et ce dernier juste à l'entrée de la voûte du pont-levis où il y a un instant nous causions avec les marins.

Ils viennent de se blottir tout contre la muraille, se garantissant instinctivement avec leur manteau devant la figure.

Sont-ils blessés, les malheureux?.

Nous sommes anxieux...

Heureusement, et pour ainsi dire par miracle, aucun d'eux n'est touché.

Nous avons remarqué que plusieurs de ces obus n'ont pas éclaté.

C'est égal, depuis ce jour, l'artillerie allemande nous apparut comme une puissance destructive formidable.

XXV

RECONNAISSANCE DE NUIT. — JOSEPH RENARD.

Dans les premiers jours de janvier, une poignée de braves de la 2ᵉ du 5ᵉ du 13ᵉ Régiment de mobiles de Sâone-et-Loire accomplirent, en avant du poste périlleux du moulin du Cachan, un intéressant fait d'armes qui fut remarqué.

Nous connaissions le capitaine de cette compagnie, c'était un compatriote de mon camarade G.., un ancien officier de l'armée active, brun, maigre, grand, un peu voûté, un peu criard, un peu soudard, parlant toujours de couper quelque chose aux Prussiens, très brave d'ailleurs, ce qui ne l'empêchait pas d'être très bon homme et fort aimé de ses soldats pour lesquels il était du reste une sorte de père de famille. G*** l'avait invité une ou deux fois à dîner avec nous à l'ambulance, ensuite nous nous rencontrâmes de loin en loin dans la tranchée, enfin ce fut des homme de sa compagnie que j'eus les détails qu'on va lire.

Une après-midi, le général Corréard, visitant les avant-postes de Cachan, aperçut quelques Allemands qui se montraient au-dessus de leurs tranchées en avant de l'Hay. — A quelle distance sont ces Prussiens, dit le général au capitaine de la 2ᵉ? — A cinq ou six cents mètres, général.

— Avez-vous de bons tireurs ?

— Oui, général, notre compagnie n'en manque pas. Et le capitaine fait avancer — retenez ces deux noms — le sergent Chardinier et un simple mobile du nom de Joseph Renard. Ceux-ci visent dans la direction indiquée, et, ils tirent.

Sous les deux coups de chassepot, un des deux Prussiens visés s'abat comme un capucin de carte.

« Il doit en tenir, » font les aides de camp du général qui suivaient l'épisode avec leur lorgnette.

Les Prussiens ainsi rappelés à la prudence, le capitaine indique au général, à droite de la route qui mène du moulin de Cachan à l'Hay, un point où la terre semble fraîchement remuée.

On soupçonne là un bout de tranchée destinée à relier les tranchées ennemies de la gauche du coteau des vignes de l'Hay aux tranchées de droite, creusées depuis longtemps en avant d'un enclos d'une grande ferme à toiture de briques rouges qui est en avant et à droite du village dans un terrain bas.

Le bout de la tranchée que l'on soupçonne se trouve à peu près en face d'une maisonnette blanche à toit de zinc dont j'ai déjà parlé, à gauche de la route, et dans laquelle les Prussiens postent d'habitude deux sentinelles.

Le général est d'avis qu'il faut savoir à quoi s'en tenir sur ces nouveaux travaux, et qu'il est nécessaire et urgent de pousser une reconnaissance sur ce point.

*
* *

Le capitaine accepte avec empressement ; sûr de ses mobiles, sans donner d'ordres, il demande simplement quels sont ceux qui veulent le suivre pour aller faire une petite visite de nuit dans la maison blanche, à toit de zinc, et dans la tranchée à droite de la maison.

Il s'en présente trente, quarante, cinquante, de ces braves mobiles de la 2ᵉ du 5ᵉ, c'est à qui veut en être.

Le courageux capitaine en prend vingt-sept. Il va sans dire que le sergent Chardinier et Joseph Renard sont des premiers.

Vers six heures environ, l'audacieuse petite troupe se met en marche. Il fait nuit, mais la lune et la neige rendent très difficile une dissimulation complète. N'importe, le capitaine organise son petit plan.

Au lieu de suivre directement la route du moulin à l'Hay, il sort par la gauche, traverse un bout de prairie, et gagne avec ses vingt-sept hommes déterminés — et qui savent très bien qu'à gauche, à droite et devant eux il y a un **demi-cercle de fusils** Dreyse, — un sentier caché par une bordure d'arbres.

On s'avance à pas de loup, d'arbre en arbre, selon la méthode prussienne, et à cent pas environ de la maison à toiture de zinc, on laisse dix hommes destinés à servir de soutien.

La neige est blanche, la lune peut trahir, mais il n'y a pas de danger que l'on s'arrête en si beau chemin.

Le capitaine, avec son sergent et les autres mobiles, s'avance droit sur la maison à travers des ceps de vigne qui s'embarrassent dans les bottes et l'on ne s'arrête que dessous les murs.

*
* *

Là, le brave officier fait entourer le nid à Prussiens, espérant qu'ils n'auront peut-être pas encore retiré les deux sentinelles et que l'on pourra les prendre vivantes.

Les hommes postés, le capitaine entre dans la maison. Il tâtonne, il trébuche, il cherche à voir, mais il ne voit que ruines et décombres, les étages se sont effondrés sur le rez-de-chaussée, il semble à chaque pas que ce qui reste de la toiture va s'écrouler sur sa tête.

Pas de chance; les deux sentinelles ne sont pas ce soir-là à leur poste.

L'officier intrépide sort de la maison. Cette première partie du programme étant remplie, il doit maintenant explorer la tranchée.

Il faut que les Prussiens aient l'oreille bien dure et qu'ils aient aussi leurs heures de négligence, car nos mobiles les entendaient parler, tandis que les grand-gardes ennemis n'avaient pas encore éventé nos soldats.

Le capitaine, le sergent Chardinier, le mobile Renard, traversent la route blanche pour aller sur la droite mettre les pieds dans le plat, c'est-à-dire dans la nouvelle tranchée.

Tout à coup, en avançant, on s'embarrasse les jambes dans des fils de fer.

C'est l'habitude des Prussiens de faire ainsi à leurs tranchées des bordures de treillis métalliques.

Ça ne fait rien, on avance encore; mais cette fois on entend, à quatre pas, sortir d'un trou le qui-vive caractéristique de la sentinelle allemande :

— *Wer da ?...*

C'est le sergent Chardinier qui vient de mettre le pied sur la tranchée même.

Sans se troubler, l'audacieux sergent répond à

l'Allemand la classique réponse de Cambronne ; cette fois ce sont les fusils Dreyse qui ripostent sur toute la ligne des tranchées comme une traînée de poudre, et les balles sifflent aux oreilles, notamment à celles de l'officier.

*
* *

La reconnaissance a atteint le but indiqué par le général Corréard. Les instructions reçues par le courageux capitaine étaient de ne pas tirer, de ne pas engager ses hommes, et de se replier immédiatement une fois la reconnaissance opérée. La petite troupe se replie donc.

Rentré à la barricade du moulin de Cachan, le capitaine fait l'appel pour reconnaître son monde.

Il en manque un... Joseph Renard, l'habile et intrépide tireur, le plus populaire, et un des plus aimés du bataillon.

Un mobile dit qu'il a cru, au moment de la fusillade, entendre dire par quelqu'un de la petite troupe : *Je suis blessé.*

Le sergent Chardinier et deux hommes solides retournent à cent pas des Prussiens, en appelant doucement leur camarade. Pas de réponse.

Ces braves camarades répètent trois ou quatre fois leur recherche dangereuse. Mais rien, toujours rien.

Et, cependant, Joseph Renard n'était pas mort.

L'intrépide capitaine, lui aussi, s'était avancé à plusieurs reprises du côté de l'ennemi, appelant : Renard !... Renard !... mais avec précaution, pour n'être pas entendu des grand'gardes de l'ennemi. Après avoir appelé, il collait son oreille sur la terre dure et glacée, bonne en ce moment pour conduire admirablement le moindre bruit.

Mais rien, rien, pas une réponse, pas un soupir, pas la moindre trace du malheureux mobile, et l'on s'en revenait aux avant-postes du moulin de Cachan découragé de ces vaines et périlleuses tentatives.

Le capitaine, dans sa sollicitude prévoyante, avait fait immédiatement avertir les soldats de la ligne qui occupaient les tranchées de gauche, en disant de prendre garde, si l'on voyait un homme venir en rampant du côté de nos tranchées, d'attendre qu'il se rapprochât et de parlementer pour reconnaître, avant de tirer dessus.

La même recommandation, avait été faite aux mobiles qui occupaient les tranchées de gauche.

*
* *

Que faisait pendant ce temps-là Joseph Renard ?
C'était effectivement lui que l'on avait entendu :
Je suis blessé !

La balle destinée au capitaine, — dont on avait vu briller les galons du képi au clair de lune, — avait atteint le mobile au bras gauche, qu'elle avait traversé de part en part.

Une seconde balle l'avait blessé à la jambe droite et avait aussi traversé.

Renard, tombé sur le terrain à quatre pas de la tranchée prussienne, malgré la souffrance, s'abstint de pousser ni une plainte, ni un gémissement.

— Si les Prussiens m'entendent, se dit-il, ils vont me faire prisonnier ; j'aime mieux, coûte que coûte, revenir parmi les camarades.

Il prend donc ses dimensions et précautions, et

revient en se traînant sur le ventre jusqu'à la maison blanche à toit de zinc, sur la gauche de la route, afin de mettre la maison entre lui et les Prussiens, de façon à être protégé par elle et à n'être point vu.

*
* *

Une fois là, c'était déjà quelque chose ; mais Renard se dit judicieusement que, s'il reste étendu seulement quelques heures sur cette terre glacée, il sera gelé.

Malgré la douleur, malgré la faiblesse produite par l'hémorragie de ses deux blessures, il essaye de se lever debout ; il y parvient avec mille douleurs ; mais sans pouvoir faire un seul pas, il retombe, et cette fois évanoui.

Combien dura la syncope ? Il ne put le dire ; mais il faut croire qu'elle dura assez longtemps. C'est à cause de cela que Renard n'avait pas entendu Chardinier ni son capitaine, qui étaient venus le chercher et l'appeler, ainsi que nous l'avons dit à plusieurs reprises.

Enfin, Joseph Renard se réveille de son évanouissement. Cette fois il ne tente plus de se relever, il se traîne péniblement sur les coudes et sur le ventre. Déjà le froid a envahi les deux jambes, il ne les sent plus ; il ne serait pas blessé qu'il ne pourrait plus se tenir debout.

Mais qu'il avance péniblement, le malheureux !

Il nous a dit plus tard lui-même qu'il avait toutes les peines du monde à faire *par heure environ* cinquante mètres.

Et la distance de la maison blanche à la barricade est de plusieurs centaines de mètres.

Il fait, toujours sur les coudes et le ventre, à peu près les deux tiers du chemin ; puis, n'en pouvant plus, il se décide à appeler avec précaution les camarades, non sans songer, lui aussi, qu'on peut le prendre pour un Prussien et lui tirer dessus.

* * *

Enfin, les mobiles de grand'garde, distinguant quelque bruit, vont prévenir le capitaine, qui était dans une chambre du moulin de Cachan.

Le capitaine franchit la barricade, écoute, appelle et enfin, avec l'aide du brave sergent Chardinier, finit par trouver le blessé ; quatre ou cinq *pays* sont venus aussi, les mobiles Lardet, Desbois, Cormont et d'autres dont nous ne pouvons nous rappeler les noms.

On rapporte le malheureux mobile, et le brave et bon capitaine l'installe dans sa propre chambre et lui fait donner les soins les plus urgents ; le chirurgien du bataillon avait été averti d'avance.

Il était une heure du matin ; la fusillade contre la reconnaissance avait eu lieu vers six heures et demie, cela faisait donc près de sept heures que l'énergique blessé était resté exposé au froid sibérien de cette rude nuit d'hiver.

Les deux pieds étaient congelés, le malheureux ne les sentait plus, le tibia de la jambe droite était fracturé un peu au-dessous du genou, et le bras gauche, comme nous l'avons dit, était traversé de part en part, et probablement aussi il y avait fracture.

On fut obligé de couper les bottes pour les retirer. Le sang avait filtré dans la chaussure de la jambe blessée, et ce sang ne formait plus qu'un glaçon rouge dans lequel était comme incrusté tout le pied droit.

* *
*

Les premiers soins ayant été donnés, on envoya chercher un brancard à l'ambulance d'Arcueil, et vers deux heures, un chirurgien explorait et pansait définitivement les blessures et les extrémités congelées de l'énergique mobile.

Le lendemain, le général Corréard, accompagné de deux aides de camp, au courant de la courageuse conduite de Joseph Renard, lui faisait une visite à l'ambulance, avec promesse qu'on se souviendrait de son courage.

XXVI

BLESSÉ SILÉSIEN

A la fin de la première semaine de janvier, une nuit, on rapporta à notre ambulance un blessé ennemi, recueilli à nos avant-postes devant Choisy. Voici dans quelles circonstances : dans ces derniers jours, nos tranchées de Vitry avaient été reliées à celle du Moulin Saquet, à droite.

Les Allemands inquiets, paraît-il, de ces nouveaux travaux, poussèrent une reconnaissance nocturne dans cette région.

Profitant d'un moment où la lune était voilée, ils s'avancèrent une trentaine d'hommes avec trois officiers, à ce que l'on sut plus tard, et à la faveur de l'obscurité, ils arrivèrent en rampant jusqu'à nos tranchées.

Les mobiles de l'Indre, qui étaient de grand'garde, avaient la consigne de ne pas tirer la nuit, néanmoins un Prussien s'étant approché trop près d'une sentinelle, celle-ci fit feu et le tua raide.

Alerte dans la tranchée, prise d'armes. La mèche étant éventée, les Allemands essayent de payer d'audace et se précipitent sur les nôtres en hurlant comme des sauvages en même temps qu'ils tirent des coups de feu, nous tuent un homme, en blessent deux autres.

Les surprises de nuit sont effrayantes, surtout lorsque l'on n'est qu'un jeune mobile et que l'on n'est pas bronzé à toutes les aventures de la guerre. Mais on n'est pas long à se secouer lorsqu'il s'agit de sa peau, nos mobiles ripostent énergiquement et trois ou quatre Allemands tombent tandis que le reste s'enfuit à la débandade.

On ne trouve cependant qu'un mort et un blessé laissés par l'ennemi, ils ont réussi sans doute à enlever les autres.

Nos mobiles ne s'occupent pas du mort mais recueillent le blessé qui se plaignait et gémissait comme un enfant. On le relève avec précaution et on l'apporte à notre ambulance de Vitry,

Il était couvert de sang et atteint très grièvement, une balle lui avait traversé la cuisse droite à la hauteur de la tête du fémur.

En palpant et sondant la plaie, on sentit plusieurs fragments, il y avait une fracture communicative du grand trochanter. Enfin la blessure était telle que le pronostic ne pouvait qu'être funeste.

Je le vis seulement deux jours après son entrée ; on me dit que lorsqu'on l'avait recueilli, on avait trouvé dans son bissac un mauvais morceau de pain noir, une tranche de lard, la classique bande à pansement qui était dans tous les sacs allemands et enfin une pipe fantaisiste devenue bientôt légendaire: il paraîtrait que pour tuyau, elle avait un tube en caoutchouc et un bout en os tout à fait semblables à ceux d'un irrigateur.

Interrogé sur la provenance de ce tube hygiénique, le Germain naïf aurait avoué que cela avait été pris dans une boutique d'herboriste.

Après avoir d'abord fait la sourde oreille lorsque des envoyés de l'état-major lui avaient demandé s'il n'avait pas de lettres, pas de journal, il avait fini par donner communication d'une lettre de Breslau datée du 26 décembre, cette lettre était de sa mère. Elle lui écrivait que l'on commençait à perdre courage, que cette guerre était bien plus longue qu'on ne l'avait supposé et que l'on avait bien peur que cela finît mal.

Enfin la pauvre femme n'avait plus d'espoir et ne comptait plus revoir son fils.

Hélas ! en ce qui le concernait, les pressentiments de cette mère infortunée ne la trompaient pas.

Il était intéressant après tout ce pauvre diable ; c'était un Silésien tout jeune et d'une physionomie agréable, il était blond châtain, et, avait autour du visage un collier frisotté de barbe naissante.

Il paraissait très doux, et était très reconnaissant des soins que l'on avait pour lui.

Mais l'état de sa blessure empirait et chaque fois que je le voyais avec sa figure douce et mélancoli-

que dans cette ambulance étrangère qui ne le comprenait pas, je pensais à la pauvre femme de Breslau qui l'attendait et qui ne le verrait plus.

Et je pensais aux soldats français souffrant comme
celui-ci loin de leur foyer, tristes, solitaires, sur
une dure et indifférente terre ennemie.

Et je pensais aux mères françaises, qui attendaient,
elles aussi, vainement et ne reverraient plus leurs
fils.

Lorsque, à la conclusion de la paix, les Allemands
victorieux entrèrent dans Vitry, notre ambulance
rentra dans Paris ; on emmena le jeune Silésien
dans une de nos voitures à croix rouge et on le trans-
porta au palais de l'Industrie où l'on ne put le
sauver.

De son lit de mort, il entendit les musiques militaires allemandes faisant retentir les Champs-
Elysées de leurs joyeuses fanfares de victoire. S'il
aimait la Prusse, ce fut une consolation.

Ceux de nos prisonniers qui moururent en Allemagne trépassèrent encore plus tristement, car eux,
dans leur agonie, s'ils entendirent une musique
victorieuse, ce fut celle de leurs ennemis.

XXVII

LA BELLE CANTINIÈRE. — LES GUÉRILLAS. — JE SUIS PRIS COMME ESPION

Après l'escarmouche de nuit, je voulus revoir les
avant-postes que je n'avais pas visités depuis que
j'y avais rencontré les mangeurs de miel.

D'autres francs-tireurs les avaient remplacés, les

guérillas de l'Ile-de-France, plus nombreux, mieux organisés, mieux disciplinés. Un soir, tandis que je rentrais à l'ambulance, j'avais rencontré un de leurs adjudants avec lequel j'avais lié conversation et qui m'avait offert de me faire monter un jour au *belvédère*.

Ce que l'on appelait ainsi, c'était, à droite de la route de Choisy, une maison de trois étages où il n'y avait plus de toiture, plus de paroi du côté de son rectangle qui nous regardait et d'où l'on planait sur les avant-postes prussiens. En somme, un commode et intéressant observatoire, bien que très susceptible de s'effondrer.

Il fallait monter par une longue échelle pour y arriver, mais l'ascension ne manquait pas d'amateurs et, un jour que nous avions vu passer la cantinière des guérillas, quelques minutes après, je l'aperçus de loin tout en haut de l'échelle. C'était une vraie luronne, grande, brune, bien bâtie, bien cambrée, du cheveu, de la dent et de grands yeux noirs. De plus, courageuse et patriote, ce qui ne l'empêchait pas de porter à ravir son coquet costume de cantinière. Avec tout cela, sachant se faire respecter et ayant comme pendant à son petit tonneau un mignon revolver dont il lui démangeait de se servir.

Je devais la revoir plus tard.

Pour le moment, je cherchais l'occasion de monter moi aussi au belvédère. Mais à Vitry, je n'étais plus chez moi comme aux avant-postes des environs d'Arcueil où j'étais connu.

Et puis je n'avais pas de chance, chaque fois maintenant que je voulais m'approcher de ces avant-postes, bien mieux gardés qu'à ma première excursion, je rencontrais un diable de commandant de mobiles, ancien officier de la marine, disait-on, tout à fait intraitable sur la discipline.

Il ne permettait pas de visiter les avant-postes, et, entre nous, il avait joliment raison, j'allais en faire l'expérience à mes dépens.

Mais il n'était pas toujours là le commandant, et le 12 ou le 13 janvier dans la matinée, — ce devait être un treize, je parvins à franchir une première barricade et à arriver jusqu'à la maison du *belvédère*.

C'étaient les mobiles de l'Indre qui faisaient le service à la tranchée.

Je n'aperçois pas de guérillas, je demande aux mobiles ce qu'ils sont devenus; ils me répondent que ces hardis francs-tireurs ont depuis quelques jours dépassé nos lignes ; ils se sont emparés de plusieurs maisons tout près de Choisy, situation dangereuse qu'ils veulent conserver bien que, à droite et à gauche, ils soient pour ainsi dire enclavés dans les grand-gardes ennemis.

Je ne sais quelle folle envie d'aventure me poussait; je voulais m'avancer jusqu'aux guérillas.

La dernière barricade défendue par les mobiles était fermée. Néanmoins, je vis que je pouvais la tourner par un trou de sape taillé dans le flanc d'une maison à droite. Mais ce passage était gardé par une sentinelle.

« On ne passe pas, » fit-elle en me barrant le chemin avec son fusil.

C'était un jeune mobile qui paraissait fraîchement grelé et qui était très laid, le pauvre diable, ce qui lui constituait certainement une sorte d'infériorité et lui enlevait de son assurance.

— Chirurgien. Service d'avant-poste, lui répondis-je en lui montrant mes insignes.

— Passez, major, me dit-il alors, avec déférence.

Après lui, plus une seule sentinelle. A travers les brèches des murailles et des maisons ravagées, je traverse des jardins, des cours, d'abord au hasard, mais je ne tarde pas à m'apercevoir que dans ces décombres, il y a des ouvertures systématiques dans une direction voulue, et je me faufile.

Je m'arrêtais de temps en temps dans ces ruines désolées, dans ces maisons lugubrement solitaires, dans ces habitations mortes, trouées d'énormes blessures. Je regardais autour de moi, je prêtais l'oreille.

Tout à coup, en approchant d'un grand bâtiment qui n'est pas éventré, j'entends des voix.

Il y avait une porte devant moi, je me colle à cette porte, je découvre un trou, je regarde et j'entrevois un poste d'une dizaine d'hommes. Ils sont coiffés de képis, vêtus de vareuses qui les font ressembler à des gardes nationaux en petite tenue; ils en diffèrent par un pantalon en velours brun orné d'une bande. Je reconnais l'uniforme de guérillas.

A leurs risques et périls ils occupent ce poste, complètement en dehors des lignes stratégiques.

Je pousse la porte, et, pour me faire une entrée, demande s'il n'y a pas de blessés.

On est un peu interloqué de mon intrusion.

Un officier blond, sec, avec une moustache à la Sambre-et-Meuse et des lunettes qui lui donnent un certain air de polytechnicien, vient me regarder sous le nez.

Mon assurance lui en impose et nous causons.

Il m'invite même à m'approcher du feu. Dans ce vaste bâtiment qui devait être une remise, ils avaient trouvé moyen d'établir une sorte de cheminée.

Quand on se chauffe ensemble, la glace fond ; j'en profite pour dire que lorsqu'il y aura des blessés à recueillir ou à transporter on n'a qu'à s'adresser à Vitry, à notre ambulance.

Puis, je demande à quelle distance on est des grand-gardes ennemis.

« Vous désirez les voir ? Tenez, sortez par là et regardez derrière les arbres et les tas de pierre, vous en verrez sûrement. »

Il entrebâille lui-même un des battants de la grande porte de remise qui ouvre sur la grand'-route de Choisy, puis rentre et referme derrière lui, en me plantant là nettement, comme un homme qui se dit : Puisque tu tiens à y aller, vas-y, mais prends garde à ta peau, moi je m'en f...

Il faisait un temps clair et froid, la grande route s'étendait devant moi toute blanche et solitaire. A perte de vue pas une âme, pas un chien, pas une poule, comme si quelque fléau formidable avait fait du pays une nécropole.

J'avance avec précaution, collé aux murailles, tendant l'oreille, fouillant du regard autour de moi, mais je n'entends rien, je ne perçois rien, les arbres sont gros, les tas de cailloux nombreux et ce silence perfide peuplé d'embûches de part et d'autres, fait battre le cœur bien plus que la plus vigoureuse canonnade.

Je rampe vers un tas de cailloux et je reste un instant aplati là en observation.

A force d'écouter, il me semble que j'entends un

léger bruit, en arrière de moi, dans le haut d'une maison voisine, Je prête l'oreille avec une extrême attention ; ce sont des pas réguliers allant et venant sur un plancher, évidemment le pas d'une sentinelle.

Est-ce que je serais aux avant-postes prussiens?

Je rétrograde, je me rapproche de la maison, et en regardant dans la direction du bruit des pas, je finis pas distinguer tout en haut par une. fenêtre démontée un képi, puis une vareuse semblable à celle des guérillas. C'était une sentinelle perdue.

Je rentre dans la maison, je trouve encore des ouvertures de sape ménagées exprès et je monte vers mon guérillas.

— Qui vive ? crie-t-il en m'entendant.

— Ami! répondis-je en apparaissant, et je me trouve en face d'un jeune homme d'une vingtaine d'années que ma visite surprend extraordinairement.

Je lui dis que j'avais l'autorisation de l'officier.

C'était véritablement une sentinelle perdue, car elle était beaucoup trop éloignée du poste.

Comme je venais d'arriver, nous vîmes des Allemands traverser en courant la route de droite à gauche, tandis qu'on leur tirait dessus de la barricade française d'où nous étions bien plus loin que de l'ennemi.

Nous aperçûmes aussi un grand-garde prussien derrière un arbre ; on voyait seulement un bout du fusil et de temps en temps une pointe de coude. Il se tenait collé à l'écorce comme l'écureuil en présence du chasseur.

Tandis que nous regardons par la fenêtre, pan...

pan... deux coups de fusil, et le bruit mat du plomb frappant la muraille.

— C'est pour nous, dit en riant le guérilla.

— Vous croyez ?

— C'est comme cela toutes les fois que l'on met le nez à cette fenêtre... tenez, regardez cette poutre au-dessus de notre tête, elle est médaillée.

Il y avait en effet une demi-douzaine de balles allemandes incrustées dans le bois et ayant plus ou moins l'apparence de médailles de plomb.

Je souhaitai bonne chance à mon insouciant guérilla et je descendis de son poste dangereux en me disant qu'il serait bien facile à une escouade ennemie de le cerner, de le prendre dans son galetas, puis de surprendre le poste de la remise avant même qu'il pût tirer un coup de fusil.

Je remarquai quelque chose d'insolite dans la dévastation d'une maison voisine que je visitai ; c'était loin de la nudité complète des habitations que l'ennemi avait pu piller et ruiner tout à son aise. La situation périlleuse entre les deux adversaires lui avait constitué une sorte de neutralité — celle de la zone des balles.

Elle était à peu de chose près telle qu'avaient dû la laisser les habitants dans une fuite précipitée. Il y avait des meubles vidés à la hâte et laissés béants, du linge et des bonnets de femme tout blancs dans un tiroir de commode abandonné sur le plancher. Plus loin, un trousseau pour bébé et dont les brassières festonnées et mignonnes contrastaient avec ces tableaux de ruine et de désolation.

Dans une autre chambre, auprès d'un bureau, des factures sur papier rose, éparses ; j'en pris quelques-unes comme souvenir, voici l'en tête :

PLATRIÈRES DE VITRY-SUR-SEINE

MICHEL

MAITRE PLATRIER

Rue de la Barre, 36, VITRY, Route de Paris à Choisy.

Content de mon expédition, je revenais par les trous de sape, cherchant mon chemin dans ces démolitions. Un moment j'eus peur de m'être égaré dans ce dédale, et cela me causa une émotion, mais bientôt, je retrouve la porte de la remise. Je l'ouvre, j'entre. Tableau...

Le poste manifeste la plus vive stupéfaction, quelques guérillas se jettent à la hâte sur leurs fusils.

D'où vient-il? D'où sort-il? se demandent-ils en me dévisageant.

Un Prussien en casque ne les surprendrait pas davantage.

Qu'est-ce que cela veut dire? Mais si eux ne me reconnaissent pas, j'ai beau regarder ces hommes qui m'entourent d'un cercle menaçant, je n'en reconnais, moi-même, pas un seul.

Enfin voici l'officier ; mais il n'est pas blond, n'a pas de lunettes ni de moustaches Sambre-et-Meuse; c'est un brun trapu, très foncé, avec une figure commune et rébarbative.

Une lueur me traverse le cerveau, je comprends :
On avait dû relever le poste pendant que je faisais
l'école buissonnière.

Je sens la gravité de la situation, je veux m'expliquer, l'officier rébarbatif ne m'en donne pas le
temps.

J'ai beau avoir mon passe-port, ma carte de chirurgien d'ambulance, il ne veut pas seulement y
jeter un coup d'œil.

— Des papiers!... ils en ont tous, les espions, répond-il en me regardant de travers.

— Mais enfin je n'ai pas l'allure allemande.

— Vous n'en êtes que plus dangereux.

Son siège est fait ; il ne veut voir qu'une chose,
c'est que je viens des lignes prussiennes.

— Emmenez-le-moi à la Place, fait-il à deux de ses
hommes, vous en répondez, et vous ne le quitterez
que contre un reçu de sa personne.

— Prenez vos armes, ajoute-t-il en me regardant
avec menace.

C'est complet. Me voilà emmené entre deux fusils,
moi qui avais été un des gendarmes de Muller. . . .

Muller... Schmitz... Mazas... mon imagination me
fait voir tout cela en un tournoiement rapide.

Le général Schmitz qui se rappellera en me
voyant que j'ai serré la main de l'autre! Mon ambulance décriée, déshonorée cette fois, définitivement par ma faute...

J'avais bien besoin d'aller m'aventurer si absur-
dement? A qui ferai-je croire que je me suis laissé
entraîner par une impulsion que je ne puis moi-
même pas clairement définir.

N'importe, je ne m'abandonne pas

Nous voici à la barricade des mobiles; la sentinelle grêlée, si elle n'a pas été changée, va me reconnaître.

C'est bien la même, mais en me voyant entre deux fusils, elle sent qu'elle a fait une faute grave en manquant à la consigne en ma faveur. Elle ouvre démesurément la bouche et les yeux d'un air tout ahuri, elle balbutie des sons inarticulés et je ne puis rien lui arracher de plus. Avec cela mes deux cerbères ne sont pas d'humeur à attendre, ils me pousseraient plutôt à coups de crosse.

Et puis ce pauvre diable eût-il voulu me reconnaître, pouvait-il certifier que je n'avais pas communiqué avec les Prussiens?

Voilà ce que je ne pouvais prouver à personne, voilà le terrible nœud de ma situation.

En passant au milieu des mobiles, j'affectais un air dégagé et je m'efforçais de tenir la tête haute sous les regards malveillants, mais, malgré mon innocence, je ne pouvais surmonter une certaine honte, la honte de l'homme ostensiblement conduit entre les gendarmes.

Nous marchions toujours.

Chemin faisant mes deux gardiens m'observaient, me dévisageaient avec un sans-façon et une absence de ménagements qui démontraient la sincérité de leur conviction, *j'étais un espion,* c'était toisé et pesé, il n'y avait pas à y revenir.

L'un était âgé, il me regardait d'un air intraitable, le plus jeune comme une bête curieuse, mais dont il fallait se méfier.

Nous passons devant le chemin qui mène à notre ambulance, installée sur la droite, à une certaine distance, au château de Vitry, je demande à y être conduit.

Le jeune regarde le vieux. Ce dernier répond vivement : « Nous avons ordre de vous conduire à la Place ».

Puis aussitôt il ajoute en regardant son camarade :

— Ton fusil est-il armé ?

— Non, répond celui-ci, et en même temps il met son fusil en main et fait jouer le mécanisme.

Cela me rappelait G. me demandant : « Votre revolver est-il chargé? » lorsque nous conduisions Muller.

J'affectais toujours un air dégagé. Nous passions sur la place de Vitry, elle est pleine de mobiles, tout le monde me dévisage avec malveillance. Je me sentais très mal à l'aise, lorsque je reconnais tout à coup un beau lieutenant blond, M. de X... qui fait manœuvrer ses hommes, et qui l'avant-veille, étant venu à notre ambulance, m'avait ramené à Paris dans sa voiture. Il est vrai que nous n'avions pas sympathisé sur le terrain politique.

J'étais un peu loin de lui, mais on se raccroche à tout dans ces moments-là.

— Bonjour, mon lieutenant, lui dis-je d'une voix forte, comment allez-vous depuis avant-hier ?

Le lieutenant me toise d'un air sévère et demande aux deux guérillas :

— Qu'est-ce que c'est que ce monsieur ? »

— Mon lieutenant, c'est un espion qui vient des lignes prussiennes.

— Pardon, lieutenant, c'est une absurde méprise, dis-je en m'efforçant de rire, et je sentais moi-même combien mon rire était faux.

— Vous connais pas, entendez-vous, interrompit sèchement l'officier et vous défends de m'adresser un mot de plus. »

Son ton était si dur, si méprisant dans son laconisme et je le sentais si bien appuyé par les impressions de son entourage que je perdis cette fois contenance comme un malheureux qu'une flétrissure indélébile jette tout à coup au-dessous de la société.

Allons, c'était fini, il n'y avait plus qu'à baisser la tête et à se résigner franchement dans le silence. D'ailleurs cette affectation d'assurance me faisait souffrir, elle n'allait pas avec la franchise habituelle de mes allures, je sentais que je jouais faux.

Mais j'ai au fond une ténacité de tempérament qui m'a souvent tiré des plus mauvais pas, et tant qu'il me reste le plus minime enjeu je ne jette pas les cartes.

Tout en marchant je ne cessais pas de réfléchir.

Tandis que je m'accommodais très bien du silence, mes gardes s'en fatiguaient. Ils dirent qu'avant d'aller à la place ils voulaient passer au quartier.

Le quartier ? D'abord cela ne me dit rien, mais puis je songeai que l'adjudant qui avait voulu me montrer le belvédère y serait peut-être au quartier.

Voudrait-il me reconnaître ? Ne ferait-il pas comme les autres celui-là aussi et même, avec toute la bonne volonté du monde, pourrait-il certifier que je n'avais pas communiqué avec l'ennemi ?

Mais je ne me souvenais pas de son nom, et sans doute il y avait plusieurs adjudants.

Ah ! la mémoire des noms ! elle peut quelquefois vous sauver la vie.

Mais j'aurais dû être fusillé sur-le-champ que je ne le retrouvais pas, ce nom-là.

Je ne me décourageai pas, j'essayai de me représenter les circonstances dans lesquelles j'avais rencontré l'adjudant; je reconstituai notre conversation, et d'association en association il me sembla qu'il devait se nommer Vincent.

Etait-ce bien sûr? Si ce n'était pas cela, cette fausse manœuvre pourrait achever de me perdre.

J'hésitais à jouer cette dernière carte et nous approchions du quartier.

Enfin je me décide à parler :

— Est-ce que ce n'est pas chez vous qu'il y a un adjudant du nom de *Vincent ?*

— Si, me répond le plus jeune et tous les deux se regardent.

— Mais je le connais Vincent, c'est lui qui m'a engagé à visiter les avant-postes, je veux le voir.

— S'il est là ? répond le vieux avec une restriction sournoise.

Nous entrons au quartier des officiers, c'est une villa au fond d'un jardin.

Je passe dans un bureau, je tombe sur l'officier blond en lunette, à moustache Sambre-et-Meuse, celui-là même qui m'a ouvert la porte de la remise.

— Ah! sapristi, mon lieutenant, vous allez bien me reconnaître vous, lui dis-je en me campant délibérément devant lui.

Le lieutenant, me voyant entre les deux fusils, comprend lui aussi qu'il a gravement manqué à la consigne; il me lance un regard furieux et s'échappe en me criant :

— Allez-vous-en au diable, je ne vous connais pas.

Allons c'était bien un parti pris, je n'arriverais pas à me faire entendre.

Décidément en ces temps de défaites et de méfiances, il eut mieux valu être accusé d'être un assassin que de passer pour espion.

Contre un assassin il faut des preuves, contre un espion il n'en faut pas, le soupçon et la rumeur publique suffisent.

Tout à coup, j'aperçois Vincent. Je fais un violent effort pour reprendre une figure sereine et je vais lui serrer la main.

— Vous m'avez engagé à visiter les avant-postes, lui dis-je, j'y suis allé et voilà comment on me ramène, dis-je à l'adjudant d'un léger ton de reproche en lui montrant mes gardes :

— Mais oui, c'est moi qui y ai engagé le major; c'est *mon ami*, ajouta-t-il en me reprenant la main.

Complaisant Vincent ! Providentiel Vincent !!

Mes deux cerbères commencent à se regarder tout penauds, et ils se contentent de demander le reçu de ma personne.

Nous passons au bureau; lorsqu'il faut écrire, *mon ami* Vincent hésite, se gratte le front et me regarde avec embarras, il ne sait pas mon nom.

Je crois deviner !

— Avez-vous besoin de mes prénoms lui dis-je ? et en les déclinant j'y ajoute mon nom en ayant l'air de l'ajouter machinalement.

Les autres empochent leur reçu et me laissent libre. Et c'est ainsi que se dénoua tout simplement cette situation atroce. Pour comprendre ma joie, il faudrait avoir passé par mes transes.

— Il est probable que l'on ira prendre des renseignements à votre ambulance, me dit mon bon adjudant; si l'on vous demande où m'avez connu, vous direz chez Nachet l'opticien. J'y travaille pour les microscopes et j'y ai vu beaucoup de médecins et d'étudiants.

XXVIII

ARTICLE NÉCROLOGIQUE A LA CANTINE

En temps normal, j'aurais volontiers invité à déjeuner mon ami Vincent mais alors on ne mangeait pas, je me contentai de lui offrir une consommation quelconque. Il me conduisit à la cantine des guérillas et c'est là que je revis la superbe cantinière.

Cette fois elle était en négligé, mais elle n'avait quitté ni ses dents blanches, ni ses cheveux noirs, ni ses beaux yeux. Ce n'était pas de trop pour faire passer les liquides de son commerce, car elle nous versa je ne sais quelle mixture qui était loin d'avoir le velouté et le chaud rayonnement de son regard.

Ce n'était pas sa faute après tout, si elle ne pouvait nous verser ni fine champagne, ni curaçao de Hollande.

Je m'aperçus que mon adjudant était triste, je lui en demandai la cause.

Son frère, sergent dans les guerillas aussi, venait d'être tué, me dit-il, tout récemment, à quelques pas

de la maison de la sentinelle perdue que je venais
de visiter.

J'oublie aussitôt les émotions par lesquelles je viens
de passer et, heureux de faire quelque chose d'agréable pour mon adjudant, d'après les détails que je
lui demande, j'écris séance tenante sur un coin de
table de la cantine un notice nécrologique sur son
frère, et l'article paraissait le lendemain.

Voici comment il avait été frappé à mort : il y
avait trois jours, vers midi, ce brave sergent s'était
porté en avant du poste de la remise pour veiller au
salut de ses hommes qui, s'avançant d'arbre en arbre,
s'approchaient jusqu'à une centaine de mètres des
sentinelles prussiennes pour essayer d'en démonter.

Lui, s'aventura encore plus loin pour aller reconnaître la tranchée ennemie tout en faisant le coup
de feu.

Il avait opéré sans accident sa petite reconnaissance et il revenait avec tous ses hommes sains et
saufs, lorsque tout à coup de la tranchée ennemie de
droite qui dominait la route partit un coup de fusil,
et le malheureux sergent tombait raide mort frappé
à la tête.

La balle avait traversé le crâne d'arrière en avant,
et était ressortie par le front avec un orifice de sortie
affreux à voir : les os craquaient, la cervelle sortait avec le sang.

On prévient aussitôt l'adjudant du malheur qui
vient d'arriver, et aussitôt il accourt, mais il n'a
même pas la consolation de recueillir le dernier
soupir de son frère infortuné.

C'est avec beaucoup de peine qu'il parvint à arracher le cadavre à l'ennemi.

Dès que les Prussiens voyaient que l'on tentait de s'avancer vers le guérillas tombé, ils tiraient sans nulle pitié.

Si seulement deux ambulanciers s'étaient trouvés là avec un drapeau à croix rouge, ils auraient pu éviter à l'adjudant d'exposer sa vie, en allant eux-mêmes, sans probablement affronter des coups de fusil, relever le mort, car je l'ai montré, l'ennemi ne tirait pas toujours sur les ambulances.

Enfin, avec trois hommes courageux de la compagnie, en se traînant et en rampant, le brave adjudant parvient malgré les balles à enlever le corps de son pauvre frère.

Gustave Vincent était seulement âgé de quarante-deux ans. Il laissait une femme et un jeune enfant.

Pour venir au secours de la veuve et de l'orphelin, les gardes nationaux campés à Vitry, notamment le 14e de marche, avaient aussitôt ouvert une souscription.

Après son récit, l'adjudant me laissa un instant, puis revint tenant à la main un képi percé en arrière d'un trou rond au niveau de la région occipitale ; en avant il n'y avait pas d'orifice, la balle étant ressortie au-dessous de la visière. L'étoffe était çà et là raidie et maculée de taches brunâtres.

En me présentant ce tragique souvenir, le brave adjudant ne put se contenir, c'est avec une voix étranglée par l'émotion qu'il me dit : « C'est le képi de mon pauvre frère » et une grosse larme roula entre ces cils. Crainte d'éclater, il n'ajouta pas un mot de plus.

Cette larme et cette voix tremblante chez une de

ces rudes natures de risque-tout vous entraient au cœur.

On a trop médit des francs-tireurs ; avant, on aurait dû faire le calcul de ceux qui sont morts héroïquement à l'ennemi et on aurait vu que chez eux la mort a fauché avec une sanglante prédilection.

Il y en avait de mal organisés, ça ne leur fut malheureusement pas particulier, mais je tiens pour démontré que les corps francs étaient, pour nous envahis, une bonne chose puisque les envahisseurs en ont dit tant de mal.

XXIX

CASEMATES DÉFONCÉES. — PILLARDS IVRES.

C'était le 18 janvier. Dans Paris, le bombardement de la ville ne produisait pas l'effet qu'en attendait Monsieur de Bismarck, mais dans les forts, les ravages en étaient épouvantables. Je me rendis au fort d'Issy, en compagnie d'un courrier des ambulances de la Presse ; ce qui me désespéra encore plus que les ravages produits par les obus, ce fut de rencontrer chemin faisant des gardes nationaux ivres.

D'abord, au premier que j'aperçois, je me dis : Fermons les yeux, le pauvre diable aura bu, n'ayant pas à manger, ou bien, n'étant pas très courageux, il a voulu se monter la tête.

Mais j'en vis plus d'un, plus de deux, plus de trois, il y en avait qui étaient dans un tel état qu'ils insultaient les passants.

Malgré toute ma bonne volonté, je ne pouvais pas à tous leur appliquer le bénéfice de la même excuse.

Parmi les mobiles et les soldats de la ligne, nous n'en rencontrâmes, je le remarquai avec bonheur, pas un seul dans le même cas.

Le spectacle était assez navrant, sans que l'alcoolisme vînt y ajouter sa note écœurante.

Dans Issy et sur le chemin qui mène au fort, partout des tableaux de désolation, partout des maisons et des murailles éventrées par les obus.

En haut de la côte, à gauche, un de ces projectiles a moulé sa forme dans la terre qu'il a charbonnée; on dirait un berceau d'enfant calciné. A chaque pas des éclats tout frais. Ces prolégomènes faisaient pressentir toute la vigueur du bombardement dirigé sur le fort.

Le chemin en était même fort dangereux, car à chaque instant de nouveaux projectiles arrivaient produisant de nouvelles brèches dans les bicoques légères qui avoisinent le village.

Nous entrons au fort.

Un piquet de mobiles est à gauche de l'entrée; l'un d'eux nous conduit au corps de garde, à droite, où ceux qui ne sont pas de faction font tranquillement leur partie de cartes.

C'est à grand'peine que le sergent peut en déranger un qui grogne de quitter le jeu pour le simple plaisir de nous accompagner, car il fallait traverser l'enceinte où en ce moment pleuvaient les obus, en faisant artichaut, pour nous mener tout au fond du fort, à la casemate où se trouve, nous a-t-on dit, le capitaine que nous voulons voir.

Nous passons devant l'ouvrage en terre qui protège l'entrée du fort et qu'on appelle le *masque*, endroit fort périlleux ou deux soldats viennent d'être blessés à l'instant même. Nous traversons — à droite —derrière une caserne minée, une tranchée boueuse que notre guide suit au pas de course bien qu'on enfonce jusqu'à la cheville, et après avoir circulé derrière des abris en planche et des pare-bombes nous arrivons à l'entrée de la casemate.

Jusque-là, nous avions visité des casemates éclairées par leurs fenêtres, même au fort de Rosny, mais ici toutes les vitres ont été brisées depuis longtemps; on a bouché les ouvertures par des sacs à terre, et, nuit et jour, on est forcé d'entretenir de la lumière.

D'abord, je ne distingue pas autre chose que deux files de petites tables, l'une à gauche, l'autre à droite, couvertes de papiers et éclairées tant bien que mal de bouts de bougies, puis à ces tables, j'aperçois des militaires qui écrivent: ce sont des officiers.

Ces deux files de tables sont plus élevées que le sol avec lequel elles communiquent par deux ou trois marches de planches à peine dégrossies.

Dans le bas, sont d'autres soldats, sous-officiers ou non gradés qui semblent attendre les ordres.

On cherche, on appelle le capitaine, enfin il vient à nous, c'est bien un capitaine mais ce n'est pas le nôtre.

Le quiproquo s'explique et il se trouve que le capitaine est justement le frère de celui que nous cherchons.

Tout d'abord, peut-être comme les officiers du

fort de Rosny, prenait-il notre visite pour suspecte, car il avait l'air aussi stupéfait que si nous lui tombions du ciel.

Bien que la situation se soit expliquée, et que notre langage et notre attitude indiquent clairement que nous ne sommes nullement des émissaires de Messieurs les Prussiens, il ne peut revenir de sa surprise de nous voir dans cet endroit où plus d'un bien certainement ne voudrait pas être à cette heure. Bientôt, sa défiance fait place à une sympathique estime. C'est une franche et bonne figure d'officier homme du monde, empreinte d'une résignation solide et douce en même temps ; il ne pense pas aux dangers qu'il court lui-même ; ce qui l'affige le plus c'est que, pendant le siège, il a eu la douleur de perdre sa jeune femme de la petite vérole.

En nous montrant le fond de la casemate, il nous dit à voix basse que le fort est déjà défoncé.

Jusqu'à ce moment, j'avais cru comme bien d'autres que l'artillerie allemande dont j'avais vu les effets terribles seulement sur les maisons et les casernes de Rosny n'arriverait pas, n'arriverait jamais à trouer nos vrais remparts de défense. Cette fois, devant la déchirante évidence, la confiance que j'avais eue jusque-là en nos forts s'écroula tout d'une pièce, et je me disais avec une douleur poignante qu'avec deux ou trois jours d'un tel bombardement, avec des pièces telles que le canon Krup, nos forts du Sud, sans parler des autres, ne seraient plus que des amas de ruines que nos malheureux soldats seraient forcés d'abandonner à moins de s'y ensevelir vivants.

Sur les côtés sud-est et sud-ouest, les murs étaient

endommagés partout, les moellons du rempart étaient
déjà brisés et déchaussés, les obus mordaient maintenant à chaque coup ; quelques jours encore et ils
seraient percés à jour.

Quant au côté sud qui était battu par Châtillon, il
était dès ce jour totalement défoncé; deux casemates
côte à côte, dont celle des officiers, dans laquelle nous
étions, n'avaient plus de rempart de fond, les plâ-
tras gisaient en tas dans le fossé ainsi que les moellons. Tant bien que mal on s'efforçait de boucher
ces énormes ouvertures avec des rangées de sacs
remplis de terre, il y en avait déjà une épaisseur de
quatre mètres, les obus s'y enfonçaient avec des
bruits étouffés et emplissaient la casemate, où il n'y
avait presque plus de place pour se mouvoir, d'âcres
nuages de poussière et de fumée.

La poudrière était à gauche, et elle aussi, malgré
l'épaisseur de sa protection, était entamée, un obus
pouvait y pénétrer et la faire sauter.

Au retour j'avais bien du noir dans l'âme et ça
avait été avec émotion, presque avec des larmes que
j'avais serré la main que m'avait tendue le brave
capitaine, en ce moment si grave où il venait de
s'établir entre lui et nous un courant d'estime et de
sympathie subites, bien que notre entrevue et notre
connaissance ne fussent que le résultat d'un quiproquo.

Nous redescendons par le même chemin semé
d'éclats d'obus. Arrivés à l'endroit où j'avais remarqué dans la terre le trou de l'obus qui avait
moulé là sa forme, nous rencontrons un groupe de
cinq gardes nationaux; d'abord ils sont déconte-
nancés comme si notre présence les gênait, puis,

par un second mouvement, ils viennent presque nous barrer le chemin.

Tandis que nous traversons leur groupe : « Dites donc, nous fait un de ces individus, est-ce que vous ne pourriez pas nous indiquer par-là quelque bonne cave ? »

Celui qui parlait était dans un crapuleux débraillement et essayait sans y parvenir de serrer autour de son pantalon une longue ceinture rouge.

La langue épaisse, la figure plombée, les yeux troubles et vacillants, les jambes titubantes, les lèvres bleuies par le vin, l'haleine puant l'alcool, il s'était campé comme s'il voulait nous empêcher de passer.

Nous regardons les autres, un vrai groupe de bandits !

L'un, une tête grosse et grisonnante, une de ces physionomies rondes mais pour ainsi dire rances et qui trompent lorsqu'on ne les regarde que superficiellement, était armé d'un fusil de chasse double qui avait tout l'air d'une arme volée.

Un troisième, un grand diable d'escogriffe brunâtre, avait à sa ceinture, par-dessus sa capote, un brigand de pistolet d'arçon comme on en voit à la Gaîté, à l'attaque de la malle-poste du *Courrier de Lyon.*

Un quatrième, à physionomie sournoise et inquiète, était muni d'un merlin aiguisé de frais et qu'il essayait de dissimuler le long de sa jambe gauche.

Le cinquième, qui avait l'air d'un loup cauteleux et cruel à la piste d'une proie, cachait sous les plis de sa longue capote un outil malfaisant ou une arme que l'on ne voyait pas.

Tous cinq avaient le costume complet et neuf de la garde nationale ; leur capote était de drap d'un gris bleu-clair que tout le monde à cette époque a pu voir dans les rues de Paris.

Nous nous dégageâmes, sans rien répondre, de ce groupe patibulaire, mais non sans faire en nous-mêmes les réflexions les plus attristantes. Il ne fallait pas oublier cependant qu'à cette époque tout Paris, l'élite comme l'écume, était soldat en ce moment et que dans cette agglomération il y avait forcément de la crapule et des gens tarés.

De même que le typhus et la variole noire, ces pillards et ces voleurs de cave étaient une malsaine résultante de la guerre comme le fut aussi, dans certains cas, l'ivrognerie.

Pendant le siège, n'ayant pas assez de pain, de viande et de vin, on distribuait aux gardes nationaux trop d'eau-de-vie. Plusieurs fois des officiers nous avaient confié à ce sujet leurs doléances, ils s'in-géniaient à la rendre moins malfaisante en faisant faire des grogs à l'eau chaude et même du punch quand on avait assez de sucre, la chaleur volatilisant la plus grande partie de l'alcool.

Ils étaient étonnés eux-mêmes qu'avec tant d'eau-de-vie il n'y eut pas plus d'indiscipline et de dé-sordre. Quant à nous, c'était la première fois que nous rencontrions des gardes nationaux avec de telles allures.

Quoi qu'il en soit, ces chemins semés d'obus, ces maisons éventrées et désertées de leurs habitants, ces ruines, cette désolation, ces pillards ivres et armés pour de lugubres besognes, et là-bas tout au bout, ce fort qui agonisait sous les diaboliques canons

Krupp, c'était horriblement sinistre et je sentais mourir en moi la petite flamme d'espoir qu'en dépit de tout j'avais conservée pour notre malheureuse patrie.

XXX

ÉPISODES DE LA BATAILLE DE MONTRETOUT

Nous arrivions, en phaéton, dans l'après-midi du 19 janvier, sur le champ de bataille par Rueil, au grand trot d'une bonne jument de race, compagne habituelle de nos périlleuses excursions. Ah! la brave petite bête, vive, élégante et gracieuse, sous sa belle robe couleur rouan, et courageuse comme une vraie Parisienne, n'ayant peur de rien; ni les obus passant sur nous, ni les balles sifflant à ses oreilles ne lui avaient jamais fait faire le moindre écart.

Justement, tandis que nous arrivons sur la place de Rueil, les obus de campagne pleuvent sur l'église, les ardoises du clocher et de la toiture dégringolent avec un sinistre fracas de vaisselle cassée, le chemin en est jonché.

L'ennemi sait admirablement diriger son tir sur les voies de communication, quelques cachées qu'elles soient par les accidents de terrains naturels ou les travaux d'art.

Dans le bout de la route qui mène à la verte pelouse vallonnée, s'étendant au-devant du Mont-Valérien, il y avait une auberge, avec grande cour, remises et écuries, pleine d'une foule grouillante de traînards. Nous dételons, nous abandonnons le phaéton à la grâce de Dieu, avec nos couvertures dans lesquelles sont cachés deux pains de seigle achetés le matin à Saint-Denis, nous attachons notre bonne jument à un râtelier, redoutant hélas qu'elle ne soit mangée, et nous partons à pied dans la direction de Buzanval.

*
* *

Notre aile droite avait dépassé la Malmaison et se portait vers la Jonchère, l'action se poursuivant dans cette direction échappait à notre vue.

Le centre, au contraire, en avant de la Fouilleuse, combattait sous nos yeux ; la fusillade était des plus vives. Après avoir éventré le parc de Buzenval, qui nous avait coûté si cher, nos troupes repoussaient les Allemands qui avaient tenté un retour offensif et qu'elles faisaient reculer sous bois d'arbre en arbre.

Je m'étais avancé vers un pli de terrain, en avant de nos pièces de campagne, qui restaient immobiles et muettes hélas, après avoir vainement essayé de gravir le coteau, Les obus et les balles pleuvent autour de nous ; les artilleurs, qui avaient l'expérience de la guerre, s'abritaient derrière leurs chevaux ; instruit par leur exemple, je me collai derrière un cerisier.

Le spectacle que j'avais devant moi, était des plus émouvants ! Je voyais s'avancer sur une langue de terre jaune et nue, pour achever de débusquer l'ennemi des bois, un bataillon de nos gardes nationaux mobilisés. Pas un pas en arrière, toujours en avant sous le feu... jusqu'à ce que le bataillon tout entier soit engouffré dans le bois.

Quel dommage qu'il n'y ait pas plus de monde engagé avec ensemble !

Cette armée improvisée et sottement calomniée avait de l'ardeur, de l'audace et même de la solidité, nous pouvons l'affirmer, nous qui l'avons vue, mais tout cela morcelé, émietté, au lieu de former un puissant faisceau d'attaque.

Nous courons derrière ces braves gens, nous entrons dans le parc de Buzenval par cette brèche sanglante qui nous a coûté les plus valeureux, mais ils vont d'un tel train que nous ne pouvons les joindre et que je me trouve seul dans ce parc avec mon compagnon.

Nous appuyons sur la gauche où nous entendons un bruit de fusillade plus rapprochée.

Sous un bouquet d'arbres nous apercevons un homme étendu — un garde national mort? Non. — Blessé? Non, il ronfle. Son visage est enluminé et congestionné. Je lui parle, je le secoue... rien! Le malheureux, faut-il le dire? le malheureux est ivre-mort !

Il est inerte et lourd comme un bloc, ce n'est pourtant pas un lâche, puisqu'il s'est avancé jusque sous les balles de l'ennemi. Probablement il aura bu pour s'entraîner, pour s'étourdir.

Impossible de le remuer. Qu'il reste là pour son châtiment.

Qu'est-t-il advenu de lui, lorsque plus tard, à la nuit, il s'est réveillé dans les lignes prussiennes?

Et la surprise des Allemands en découvrant tout à coup parmi eux le fantastique garde nationale?

Quels côtés comiques dans la bachique aventure de ce misérable! On peut en rire, car je n'en ai pas aperçu un second, non pas ivre, mais seulement gris, dans ce que j'ai vu ce jour là des cent mille hommes de l'armée de Paris.

⁎
⁎ ⁎

En obliquant à gauche, nous rencontrons un des zouaves dont presque tous les officiers ont été tués dès le matin. Il est tout seul, a l'air de faire la guerre pour son propre compte; il s'est avancé tout seul, s'est battu tout seul et opère sa retraite tout seul.

« Impossible de tenir sur ce point, nous dit-il, le Prussien est là caché dans un grand bâtiment et vous fusille sans se montrer. Je vas chercher du renfort. »

— Pas par là, nous fait-il, en nous voyant nous diriger vers l'endroit d'où il vient, vous vous feriez tuer, appuyez plus à gauche, vers les moblots.

Il y a un sentier à travers les ronces, il nous mène dans un creux boisé; d'abord on ne voit rien que buissons et taillis entremêlés. Tout à coup une tête, puis deux, puis éparpillées çà et là une demi-douzaine; ce sont les mobiles, littéralement enfouis sous les broussailles.

— Baissez-vous, nous crient-ils, tandis que nous continuons dans le sentier qui traverse le trou et remonte de l'autre côté. Au moment même de cet avertissement, une volée de balles nous siffle aux oreilles : l'ennemi vigilant nous a vus debout.

Nous sommes heureux de faire comme les mobiles, de nous tapir dans les broussailles.

De là nous apercevons tout droit devant nous un

grand bâtiment morne, à travers les ouvertures duquel on voit sortir des nuages de fumée au milieu desquels brillent souvent des éclairs.

Nos mobiles sont très mal placés, ils sont sous le feu des Prussiens à peine cachés par les broussailles; dès qu'une tête se lève, aussitôt partent des coups de fusil. »

Ne restez pas là, dit un officier qui survient, il n'y a rien à faire.

Nous nous éloignons en rampant, avec les mobiles.

En nous portant de plus en plus à gauche nous arrivons en face d'une petite maison blanche défoncée et démantelée, se détachant toute seule sur l'horizon blafard, à la crète de la colline. Cette maison est devenue historique sous le nom de *maison du curé*.

On nous dit qu'on a réussi après mille efforts à y faire arriver deux pièces de six; l'une avait été démontée, la deuxième seule à grand'peine se maintenait.

L'affaire est des plus chaudes sur ce point, non seulement il pleut des balles, mais il y grèle des obus. Impossible de rester là.

* *
*

Nous nous rabattons vers une briqueterie — historique elle aussi — et nous nous portons derrière une sorte de rempart volant, fait par des briques simplement juxtaposées. Trois jeunes mobiles sont avec nous, nous ne voyons pas, nous ne savons pas où est l'ennemi au juste, mais il est certain qu'il est devant nous, c'est de cette direction que vient la pluie de balles; elles sifflent dans l'air, puis s'aplatissent sur la brique en produisant un bruit mat.

Quelques briques isolées chavirent sous le choc, quelques autres éclatent, mais en somme cette défense volante tient bon, on s'arrange même de petites embrasures pour passer le canon du fusil.

Mais la position devient de plus en plus critique; l'ennemi, croyant sans doute qu'il y a beaucoup plus de monde dans la briqueterie, envoie des obus de ce côté; ils passent heureusement par-dessus nos têtes et vont démolir à quelques pas derrière nous des abris en planches dépendant de l'exploitation.

La retraite nous est coupée de côté-là, on ne sait trop comment cela finira et on commence à regretter de s'être engagé dans cette souricière. Mais voilà qu'à droite de la briqueterie apparaît une petite escouade; peut-être sont-ils au plus une trentaine, ils avancent en une petite colonne, l'arme à volonté, ils dépassent la briqueterie et sont accueillis par un redoublement de fusillade.

Il est évident qu'ils sont en vue des Allemands.

Les obus aussi se multiplient, c'est un tonnerre et une crépitation à jet continu.

La petite escouade ne rompt pas d'une semelle. Ils avancent toujours au pas militaire, fermes, intrépides, silencieux, baissant instinctivement la tête comme des gens courbés en deux sous l'ouragan, tellement le nombre de balles ressemble à une nuée de grêle. Ils sont imperturbables, pas un seul ne lâche pied, nous les suivons de l'œil avec angoisse; ils montent le versant, ils arrivent à la crête puis disparaissent de l'autre côté.

Qu'est-ce que c'est que ces braves? Ces soldats téméraires? Ce sont de simples, de naïfs gardes nationaux. Naïfs ! car ce ne n'est pas ainsi qu'il faut aller au Prussien, lui qui est toujours à couvert ; il faut se diviser, s'éparpiller en tirailleurs, mes pauvres gens, ramper comme des couleuvres, sans seulement montrer le bout du képi. Et vous, massés ainsi à découvert, vous allez à la boucherie !

Ils le savent, car ils sont encore plus héroïques que naïfs, ils le savent qu'ils n'en reviendront pas, mais ils sont exaspérés des fausses sorties où l'on ne sort pas, ils en ont assez de tirer au jugé sur un ennemi que l'on ne voit jamais, ils veulent enfin le dévisager face à face et lui montrer ce que sont ces Parisiens dont on se moque en les faisant crever de faim depuis quatre mois !

Tous sont des hommes mûrs rassemblés au hasard du courage en un troupeau d'irréguliers. Une capote bleu clair coudoie une capote grise, un chocolat emboîte le pas à un vert pomme ; pas d'officier pour les commander, il n'y a qu'un sergent dans le rang comme les non gradés.

J'en vis passer trois de ces escouades folles, j'en vis s'engouffrer trois derrière le versant qui crachait la mort et je n'en vis pas une seule revenir.

Ah ! les héroïques naïfs ! Ah ! non, ils n'étaient pas des tacticiens, mais si une armée avait été derrière eux, ils auraient entraîné toute cette armée, car si la panique est contagieuse, l'héroïsme l'est plus encore.

Je sortis hors de mon abri pour les suivre, l'admiration m'arrachait des larmes, jamais je ne m'étais senti enlever par une émotion pareille, et pour la première fois, je regrettai amèrement de n'avoir pas un fusil dans les mains au lieu de ma trousse oisive.

Il n'y a qu'une chose, je l'ai vu souvent, qui déroute la tactique et la discipline allemandes, cette
chose-là, c'est l'héroïsme; ça n'est pas prévu dans
le plan et cela désorganise tout, la panique prend
alors les tacticiens, et alors, en déroute la tactique
et la discipline.

Toutes les fois que nous avons attaqué les Allemands, bien qu'ils fussent abrités dans leurs tranchées, couverts par les épaulements ou les murs
crénelés, les Allemands ont d'abord fait retraite. Ce
n'est que lorsqu'ils avaient pris le temps d'amener
des masses non épouvantées de notre premier choc
qu'ils reprenaient un peu de sang-froid.

En nous dirigeant de la briqueterie vers la Fouilleuse, nous rencontrons au bord du chemin un garde
national tombé de côté sur le revers d'un champ; la
face est blême, les yeux fermés, les mains souillées
de terre. Le cœur ne bat plus; c'est un cadavre qui
n'a pas besoin de nos soins; un trou sanglant, irré-
gulièrement déchiqueté sur les bords s'ouvre béant
sur le crâne; j'en extrais, à l'aide d'une pince, un
éclat d'obus de campagne, et j'aperçois au-dessous
les circonvolutions déchirées du cerveau.

La nuit vient.

Nous sommes dans les lignes prussiennes, « nous
y coucherons et nous recommencerons demain, »
nous disent les troupes de réserve que nous rencontrons en descendant.

Ils se faisaient illusion, ceux-là, mais nous les
connaissions bien, ceux qui étaient réellement couchés dans les lignes ennemies et qui ne devaient
plus revenir.

Le lendemain matin, toutes ces bonnes intentions

méconnues, ces bonnes volontés incomprises rentraient dans Paris

Nous, nous retournions sur le champ de bataille pour voir si l'on n'avait pas oublié des blessés ou des morts.

Ce fut sous le Mont-Valérien que nous rencontrâmes les premiers gardes nationaux. Déjà, avenue de la Grande-Armée, nous avions vu l'artillerie rentrée plus vite et dont les chevaux enragés de faim dévoraient le bois des caissons.

Cette armée de Paris vaincue, sans avoir pu combattre à fond, s'avançait silencieuse, dans un ordre funèbre, par « longues bandes de soldats muets qui rentrent la face basse. »

Je me rappelle un petit bossu, à visage pain-d'épice, barbu et chevelu de noir qui, tombant de fatigue, s'était échoué près d'une borne, chargé comme un mulet de cantine.

Rien de plus grotesque, sous l'uniforme, au premier abord, jamais plus lamentable caricature. Eh bien ! ce bossu, bien qu'il y ait de cela dix-huit ans, m'est resté dans le cœur, fixé par sa difformité même, comme un fer de flèche par ses deux crocs d'arrêt.

« Est-ce que vous souffrez ? » lui demandons-nous.

— Non, fait-il d'un muet geste de tête.

— Il est fatigué, répond un camarade ; voilà bientôt deux nuits et deux jours qu'on nous promène bêtement le sac au dos.

— Et pourquoi ? rugit le bossu en grinçant des dents, pour nous faire rentrer comme des lâches. Et de grosses larmes lui coulaient le long des joues.

— Nous avions juré de nous faire tuer, reprit l'autre, et nous voilà... sans seulement avoir vu un Prussien.

Et ils étaient convaincus, ces pauvres diables, ils avaient cru de bonne foi qu'ils troueraient les lignes ennemies ; ils étaient équipés pour tenir une longue campagne. Le bossu avait sur son sac une petite marmite se chauffant à l'alcool, et son camarade, un grilloir nouveau genre pour faire cuire des côtelettes.

En voyant couler leurs larmes qui effaçaient ces puérilités, on comprenait les escouades folles qui, volontairement, étaient allées s'engloutir vivantes dans l'abîme.

* *
*

Sur le champ de bataille, plus personne lorsque nous y arrivâmes ; de loin en loin seulement, quelques brancardiers, avec le brassard, et qui achevaient de relever les morts.

Nous n'avions pas de raison pour aller plutôt d'un côté que de l'autre, une impulsion nous poussa à revoir les endroits parcourus la veille.

Nous marchons près d'une heure sans rien trouver, puis tout à coup, à gauche du parc de Buzenval, dans un pli de terrain boisé, sur un sol tapissé de mousses qui sont d'un vert d'émeraude à cette époque de l'année, nous découvrons un grand cadavre. De sinistres voleurs lui ont arraché sa capote et ses chaussures, mais il n'est pas assez dépouillé pour qu'on ne puisse reconnaître un Français ; il est étendu tout de son long — face aux Prussiens, figé dans une farouche raideur cadavérique, le corps percé de six balles !

Plus un seul infirmier à l'horizon : ils ont tous gagné Rueil.

Que faire ?

Allons-nous le laisser là à moitié nu ?

Non loin du cadavre, nous trouvons une moitié de bâche en grosse toile ; dans le voisinage, un jeune arbre coupé par un obus.

Nous étendons la bâche sur la mousse, nous soulevons le cadavre, dont les blessures saignent tandis que nous le remuons ; nous le couchons sur la grosse toile, nous nouons les quatre bouts, deux par deux, nous passons sous les nœuds l'arbre coupé, et l'un en avant, l'autre en arrière, chacun avec une extrémité de cette grossière perche sur l'épaule, nous tentons d'enlever et d'emporter le fardeau lugubre.

Mais que c'est lourd un mort, nous plions sous le faix, le terrain accidenté rend la marche difficile, la perche fléchit en nous enfonçant ses rugosités dans l'épaule, le cadavre ramassé en paquet au fond de la toile traîne sur le sol.

Tandis que nous peinons en faisant les plus violents efforts, des éclats de rire partent derrière nous. Ce sont de jeunes Bavarois qui nous observent et s'amusent beaucoup de cette tragique scène.

Nous étions vaincus, ils trouvaient nos morts ridicules.

Raison de plus pour les enlever de leurs lignes et les porter en terre française.

Nous y parvenons enfin, ces éclats de rire ont doublé nos forces.

Ce funèbre devoir rempli, nous continuons notre exploration le long des lignes.

Un Bavarois bien informé nous dit que l'armée allemande va entrer dans Paris, mais qu'auparavant nos soldats doivent se retirer au delà de la ville.

Ils sont joyeux et se montrent bons princes, ils nous laissent circuler à notre aise.

Hélas! que de morts nous avons perdus à en juger par les rangées de fusils français que les Allemands ont ramassés sur le champ de bataille.

Je voulais un souvenir matériel de ce dernier désastre; profitant d'un moment où je n'étais pas vu des Bavarois, je m'empare d'un fusil.

C'était une arme à système dit tabatière, mais plus loin, ce sont des rangées de chassepots, j'en prends un, laisse la tabatière et fais aussitôt retraite.

Tout en m'en allant, il me semblait que je *sentais* magnétiquement les fusils allemands braqués dans mon dos.

Ils en avaient le droit comme ils m'en avaient menacé déjà sur le champ de bataille de l'Hay un autre jour que je voulais emporter un chassepot courbé comme un cerceau par quelque formidable incident de la lutte.

Cette dernière fois je réussis; j'ai mon chassepot, il n'est nullement détérioré, il fonctionne.

J'y tiens comme à un poignant souvenir; celui qui en était armé a fait le sacrifice de sa vie à la patrie. A coup sûr, c'est le fusil d'un vaillant. Qui sait, d'Henri Régnault peut-être?

Quoi qu'il en soit, je le conserve religieusement comme une relique sainte.

XXXI

JOSEPH BEAU

Encore un de nos héros tout jeune, sacrifié à Montretout.

Encore un dont on retrouva le corps seulément plusieurs jours après la bataille et que l'on ne pouvait se résoudre à croire mort, bien qu'on l'eût vu tomber sous les balles..

Joseph Beau, lieutenant du génie, 3ᵉ régiment, 17ᵉ compagnie, était le neveu de M. Krantz, commandant du fort d'Ivry, neveu également du docteur Beau, qui fut un des professeurs marquants de l'Ecole de médecine de Paris.

Il n'avait que vingt-trois ans, cet intrépide lieutenant du génie ; il était sorti de l'Ecole polytechnique depuis un an à peine et déjà il s'était distingué par une conduite éclatante aux affaires de Champigny et du Bourget. Aussi avait-il été nommé lieutenant depuis le siège et proposé pour la croix.

C'est dans le parc de Buzanval, après avoir franchi une première muraille, qu'on l'avait vu s'affaisser. Les rares qui en sont revenus l'ont raconté.

Par deux fois, cet officier héroïque s'était élancé vers un mur crénelé à l'abri duquel les Prussiens faisaient pleuvoir sur les nôtres une grêle de balles. Il fallait faire sauter cet obstacle, il fallait ouvrir des brèches dans cette terrible muraille pour en débusquer l'ennemi.

Une première fois, le lieutenant Beau, muni d'un paquet de dynamite destiné à faire explosion dans le mur même, s'élance, avec une escouade de sapeurs du génie.

Mais cette vaillante petite troupe ne peut arriver jusqu'à son but. Elle est accueillie par un véritable orage de plomb : le plus grand nombre des braves sapeurs tombent blessés ou morts, le reste est forcé de se replier. Le lieutenant a sa capote traversée par plusieurs balles ; c'est un miracle qu'il ne soit pas resté sur le carreau à cette première tentative.

N'importe, le danger, bien loin de faire faiblir, ne fait qu'exciter le courage de l'intrépide lieutenant ; il n'a néanmoins que trop vu les inévitables dangers de l'opération que, malgré tout, il veut mener à bien, et un pressentiment funeste l'avertit ; un souffle glacé de la mort lui dit que ce n'est pas impunément qu'il va la braver une deuxieme fois. N'importe encore. Il confie son épée à son ordonnance :

« Je vais mourir, lui dit-il ; tu remettras ceci à mon frère ! » Puis, choisissant une poignée d'hommes d'élite, il s'élance de nouveau vers la fatale muraille.

Mais les Prussiens veillent et chaque meurtrière crache la mort.

Un instant, les sapeurs hésitent, malgré leur courage, mais lui alors, ayant sur le bras gauche le paquet de dynamite muni de sa mèche, élève de la main droite son képi au bout de son revolver, et, bondissant en avant, il s'écrie d'une voix héroïque : « Allons, mes amis, c'est pour la France !... »

L'ennemi fait de nouveau feu par toutes les meurtrières, l'orage de plomb s'abat sur le lieutenant et il tombe atteint à la poitrine.

A ce moment tombait également le brave colonel de Rochebrune qui s'était élancé sur les pas du jeune officier.

Le feu des Prussiens est si terrible que tous nos soldats qui ne sont pas atteints sont forcés de s'arrêter. Sanglant, blessé mortellement, mourant déjà, Joseph Beau ne s'arrête pas; il ne peut se remettre debout, mais il rampe et relève la tête, puis agitant le bras pour chercher encore à enlever ce qui lui reste d'hommes, il se tourne vers l'ennemi en s'écriant encore : En avant!

Cette fois les Prussiens, voyant tout le danger de l'exemple d'un si brave officier, font de plus près une nouvelle décharge. Joseph Beau s'affaisse alors tout à fait, le corps traversé par une seconde balle.

La poignée d'hommes qui restent est forcée de se replier encore; seul le sergent du génie Hébert, malgré cette fusillade d'enfer, ne veut pas abandonner son lieutenant qu'il vient de voir donner un si sublime exemple de vaillance. Il va pour le relever, mais à peine en était-il à dix pas qu'il tombait lui aussi mortellement frappé d'une balle dans la poitrine. Lorsqu'il nous fît ce récit, notre collègue Alexandre Beau — celui-là même qui nous avait raconté la si périlleuse odyssée de la redoute des Hautes-Bruyères — n'avait pas encore retrouvé le corps de son frère Joseph.

Avait-il été inhumé précipitamment pêle-mêle avec la foule des morts par les ambulances de la ville?

Ou bien avait-il été relevé et évacué sur Versailles par les Prussiens, qui nous avaient dit à nous-mêmes, le lendemain de l'affaire de Montretout, avoir recueilli un certain nombre de nos blessés?

Que d'angoisses dans ces points d'interrogation qui n'avaient pu encore recevoir de réponse! En dépit des renseignements funèbres donnés par ceux qui avaient vu tomber l'héroïque lieutenant, son frère Alexandre ne voulait pas encore abandonner tout espoir, il faisait les démarches les plus pressantes pour obtenir un sauf-conduit qui lui permît de traverser les lignes prussiennes afin d'aller continuer ses recherches jusqu'à Versailles. Il finit par le retrouver, mais il ne retrouva qu'un cadavre.

Que son nom soit ajouté aux noms glorieux de notre liste de vaillants et jeunes martyrs.

Saisset, Henri Régnault, Joseph Beau, chères et glorieuses victimes dont nous avions serré les mains amies, vos noms et vos souvenirs resteront, avec une place d'élite, dans l'admiration sympathique de tous les cœurs qui vous ont connus, en même temps qu'on les gardera comme un reproche vis-à-vis de ceux qui vous ont envoyés à la mort lorsqu'ils ne se sentaient pas capables de sauver Paris.

XXXII

VAINCUS ET VAINQUEURS.

C'est bien fini, on a capitulé. Nous venons de voir une compagnie de marins désarmés. Ils sont taciturnès, tristes, sombres à faire pleurer. Retenu à Vitry par mon service, je voulais néanmoins me hâter pour éviter les vainqueurs ; avec mon collègue G. nous sortons du château de Vitry à travers champs, sachant que les Prussiens doivent en ce moment couvrir l'avenue de Choisy.

Nous étions parvenus à la hauteur d'Ivry, lorsque tout à coup une sorte de bruit de gong frappe nos oreilles.

L'impression que j'ai ressentie m'a serré le cœur ; je voulais croire que ce bruit de gong n'était de ma part qu'une illusion douloureuse ; mais à peine avais-je fait quelques pas de plus que je distingue cette fois, à ne pas s'y méprendre, les fanfares allemandes, que j'avais eu, il y a environ cinq mois, la douleur d'entendre à Raucourt pendant deux jours.

Le sentier que nous avions pris nous mène fatalement sur la route qu'il faut traverser pour rentrer par la porte d'Italie et nous tombons en pleines colonnes prussiennes.

Tous ont le casque à pointe de cuivre, la tunique gros bleu avec une patte jaune à l'épaule, ou la longue capote de couleur terreuse, jaunie, verdie par la pluie et l'usage, mais brossée et réparée pour la circonstance.

En revanche, les fusils Dreyse, à monture de cuivre, sont nets et brillants.

Les soldats, l'arme au pied, sont impassibles et flegmatiques comme de vrais Allemands, quelques-uns fument de gros cigares — peut-être pour se donner une attitude.

Ils ne sont ni étonnés, ni satisfaits, on dirait qu'ils ne font pas la guerre pour leur compte ; malgré le casque à pointe que l'on considère comme spécialement prussien, il se pourrait bien que ce ne soient que des alliés.

Nous voyons aussi des caissons d'artillerie ; les chevaux sont brossés et brillants, bien nourris, absolument dans le même état que nous les avions vus dans les défilés des Ardennes : on voit trop bien qu'ils se sont entretenus de la ration des nôtres.

Pour échapper plus rapidement à ce spectacle si pénible pour nous, nous montons dans une de nos voitures d'ambulance qui rentre à Paris.

Les Prussiens se rangent sur notre passage, lentement, mais sans résistance, sans altercation ; ils ne peuvent pas réellement se sentir chez eux.

Un simple soldat de la ligne traînant par la bride un mulet chargé de deux cacolets, coupe dans le milieu de la colonne sans plus s'en soucier que si toute la route était à lui.

Les Allemands s'écartent sans protester devant ce crâne petit lignard qui s'en va jurant et maugréant.

Quelques-uns sourient du coin des lèvres ; il est vrai que le petit lignard paraît avoir pris une pointe pour digérer sans doute l'amère pilule.

A peine arrivés en place, les envahisseurs sortent de leur poche un morceau de craie et se hâtent d'inscrire, sur les maisons, le numéro de leur bataillon et de leur compagnie pour se dépêcher de retenir les logements qui leur semblent les plus convenables. C'est toujours ainsi : tout se passe chez eux avec le même flegme et la même méthode.

Un peu plus loin nous en rencontrons deux ou trois en tenue plus négligée, sans armes et coiffés du béret au lieu du casque à pointe. L'un d'eux traîne une brouette chargée de quelque butin; nous

entrevoyons notamment la tête et les pattes posté-
rieures d'un gros lièvre couché en travers de divers
colis.

Chose bizarre, la brouette, d'après sa direction,
semble revenir de la porte de Paris ; peut-être ces
Allemands avaient-ils cru naïvement pouvoir vendre
leur gibier chez nous.

A quelques pas de la brouette, notre voiture
tombe sur la ligne de sentinelles qui doit limiter la
zone occupée par les Prussiens. Entre cette ligne et
le pont-levis il y a environ cinq ou six cents mètres.

Une sentinelle à béret, armé de son fusil Dreyse,
nous fait signe que nous ne pouvons avancer.

Un officier à lunettes s'approche, voit le drapeau
d'ambulance de notre voiture, et, en saluant, nous
autorise à passer.

Son geste était poli, son attitude bienveillante ;
mais, sous l'impression pénible où j'étais, je n'ai pu
m'empêcher d'y voir la générosité préméditée d'un
vainqueur qui, sentant malgré tout qu'il y a autre
chose que la force, voudrait encore pasticher les
qualités de politesse et de courtoisie de notre race.

XXXIII

LE FOURCHES CAUDINES DE MONT-ROUGE.

Les Samnites, vainqueurs à Caudium, infligèrent
aux Romains l'humiliation de passer sous les fourches caudines.

Les Allemands infligèrent aux Parisiens les humiliations du laissez-passer.

Spectacle triste à voir que celui de ce troupeau de vaincus pataugeant dans la boue en attendant qu'il plaise à quelque petit employé prussien de vouloir bien prendre les permis, de les garder le plus longtemps possible et enfin de lâcher la misérable corde qui barre le passage à ceux qui ont besoin de traverser les lignes ennemies.

En avant de ces fourches caudines, du côté qui n'est pas le nôtre, paradent sur de beaux chevaux français des officiers d'état-major en petite tenue et cigare aux dents.

Dans les maisons, à droite et à gauche de la route, un poste prussien.

La maison de gauche, où est installé le bureau de l'officier qui juge en premier et dernier ressort s'il y a lieu à rejeter ou à accueillir le laissez-passer, porte, avec légende spéciale et détaillée, l'enseigne d'un entrepreneur de vidange.

Mais, bast ! la victoire est sans doute comme l'argent, elle ne pue point.

Pendant qu'avec un de nos collègues nous faisons ces réflexions et d'autres encore, au bout de près d'une heure d'attente, il plaît enfin à l'employé prussien de rapporter notre papier et enfin de lâcher la corde.

* *

Mais nous n'en avons nullement fini avec les formalités ; on ne nous livre pas à nous-mêmes, on nous confie ainsi que nos laissez-passer à un soldat armé du fusil Dreyse et coiffé du casque de cuir bouilli à chenille vert sombre. C'est un Bavarois du 3e chasseurs, qui ne sait pas un mot de français et

qui exécute mécaniquement, germaniquement, sa
consigne comme une machine qui se monterait avec
clef et ne s'arrêterait qu'à un cran dont le mécani-
cien seul aurait le secret.

Nous n'avions à aller qu'à Arcueil, mais impossible de s'arrêter, notre coucou de la Forêt Noire va
toujours son train, entraînant après lui l'escouade
d'infortunés voyageurs dont on lui avait fait livrai-
son, et nous faisant pressentir qu'il n'en démordra
pas jusqu'à l'endroit inconnu de nous pour lequel
on l'a monté en départ.

Une dame qui fait partie d'une caravane en voiture allant à Montlhéry, veut en vain remonter dans
le véhicule dont elle était descendue pour entrer au
bureau des laissez-passer, le mécanisme en bois de
la Forêt Noire ne le permet pas. Il faut qu'elle
marche à pied à côté.

Elle se fatigue, elle se crotte, elle se lasse : il
n'entre pas dans la consigne de l'impassible Allemand de comprendre ces choses-là ; ce n'est que sur
l'autorisation de trois officiers qui passent par hasard
à cheval que la pauvre dame, harassée et crottée jusqu'aux épaules, peut enfin remonter dans la voiture.
Pour nous, nous ne faisons plus de résistance,
anxieux de savoir jusqu'où notre homme en bois nous
conduira.

Nous dépassons notre barricade de la maison Mi
laud, notre barricade du pont du chemin de fer en
avant de Bourg-la-Reine, toutes deux démolies par
les Prussiens, et nous arrivons aux limites dans lesquelles nos avant-postes les tenaient en respect
avant l'armistice.

Nous voici donc à leur barricade de Bourg-la-Reine ; de loin, on avait cru que c'était quelque chose, mais en réalité cette barricade n'est rien.

Pas de gabions, pas de tranchée, ce travail sans importance n'est absolument composé que de terre rapportée sur la route et, çà et là, de deux ou trois troncs d'arbre en tas négligé.

Avant cette barricade illusoire, j'ai reconnu le poste d'une sentinelle prussienne que du pont du chemin de fer j'avais souvent vu tirer par nos soldats. Mais nos soldats perdaient leur poudre ; ils visaient dans le voisinage du tronc d'un arbre abattu sur le chemin, tandis qu'en réalité la sentinelle ennemie, après avoir fait une fausse pointe, revenait à vingt pas en arrière dans une sorte de niche faite de gros moellons.

* *

Nous avons dépassé de beaucoup la barricade, et notre automate de fabrication allemande ne s'arrête pas, nous traînant impitoyablement derrière lui tout le long de l'interminable route à droite et à gauche de laquelle s'allongent les maisons de Bourg-la-Reine.

Les Prussiens sont installés dans ces demeures, absolument comme s'ils étaient chez eux ; ils s'accoudent en négligé aux fenêtres, ils font leur petit ménage, ils fument leur pipe les pieds sur les chenets ; il est très évident que si le propriétaire survenait, bien qu'on ne soit plus en guerre, il serait considéré comme un intrus.

Nous apercevons un de ces naïfs envahisseurs qui, douillettement enveloppé de la robe de chambre d'un bon bourgeois de Bourg-la-Reine, cire philosophiquement les bottes de son officier.

A droite, sur une petite place, retentissent des fanfares militaires. Il y a deux groupes de musiciens destinés à se reprendre alternativement.

De vaniteux officiers sont là, se pavanant, le cigare aux lèvres.

Tout en écoutant leur musique de vainqueurs, ils ricanent en regardant défiler nos caravanes de vaincus. Ils semblent désagréablement surpris de voir que nous, qui sommes en costume d'ambulanciers, nous ne les saluons pas, ils pincent les lèvres et nous regardent de côté, en remuant le coin du menton dans leurs grands cols raides.

Enfin notre automate se décide à s'arrêter tout au bout du village, à droite, devant un soldat de planton.

Nous traversons une cour-jardin, nous voyons à gauche un écriteau français avec ce mot : *bureau*, nous entrons et nous nous trouvons en face de deux employés en costume militaire auxquels notre automate remet enfin nos laissez-passer.

Les deux plumitifs, après avoir longuement tourné et retourné le document, se le renvoient réciproquement au visage jusqu'à ce que survienne un officier plus ou moins supérieur qui veut bien mettre fin au débat en apposant sa signature sur un papier.

Mais toutes ces formalités ne nous servent à rien, nous sommes toujours remorqués par notre automate de Nuremberg. Pas plus au retour qu'à l'aller, il ne nous permet aucun arrêt à Arcueil.

Nous sommes forcés de retourner sans avoir fait

autre chose que cette ridicule et humiliante promenade.

Mais c'est surtout la vue du fort de Montrouge,
aujourd'hui en leurs mains par la capitulation
tandis que nos marins étaient décidés à le défendre
jusqu'à la mort, c'est la vue de ce fort qui nous
assombrit plus que tout le reste.

Nous avions cru, comme tant d'autres, que l'on ré-
sisterait à outrance, que quels que fussent les ravages
produits par les obus Krüpp, les torpilles disposées,
disait-on, tout autour du fort n'auraient jamais
permis à nos ennemis de s'en approcher ; j'avais cru
que si, malgré tout, on ne pouvait les empêcher d'y
pénétrer on était décidé au sacrifice suprême, 'c'est-
à-dire à le faire sauter et maintenant, sans qu'ils
eussent eu la peine de le conquérir, je voyais se
promener sur cette forteresse des bandes de Prussiens, allant, venant, observant comme des nouveaux
propriétaires qui examinent complaisamment leur
nouvelle propriété.

Je les voyais marcher à la file indienne sur l'étroit
sentier tracé au sommet de l'épaulement et se
grouper sur les points culminants qui dépassaient
de loin en loin.

Le ciel est gris, le jour pâle et sur cet horizon
blafard complètement nu à l'altitude du rempart,
on voit les silhouettes des envahisseurs se découper
crûment en noir, comme de fantastiques ombres
chinoises.

A l'ordre suivi, aux déplacements qui s'opèrent à
la suite d'un groupe principal, nous supposons que
dans ce moment le fort subit la visite de quelque
important officier supérieur accompagné d'un état-

major. Beaucoup ont des cravaches à la main, de grandes bottes qui de loin les font paraître tout en jambes.

Quelques-uns regardent à travers des lorgnettes ; ils interrogent au loin les alentours, surtout dans la direction de la redoute des Hautes-Bruyères et du fort de Bicêtre.

Derrière eux, dans une blanchâtre échappée de ciel, s'élève la butte de Châtillon dont en ce moment tourne mélancoliquement le moulin à vent pour moudre sans doute du blé français pour ces Prussiens.

Tandis que je contemple avec amertume ce lugubre tableau, quelques notes d'une musique lointaine parviennent jusqu'à moi.

J'écoute : c'est une musique militaire. Elle joue dans le fort en l'honneur sans doute de la promenade de l'état-major.

Eclatant, triomphant d'abord, le morceau finit ensuite avec une sorte de mélancolie sentimentale qui me semble un contraste des plus criants vis-à-vis la sèche et préméditée persécution qu'ils exercent contre les vaincus, à moins que ce ne soit un pronostic inconscient qui les avertit que ces triomphes à outrance sur un peuple trahi s'expieront fatalement.

Cette marche victorieuse dans le fort met le comble à nos réflexions amères.

Sous les talons des bottes de ce vaniteux état-major je vois les cadavres sanglants — d'Emile Saisset, le si jeune et si sympathique lieutenant qui, sur l'épaulement même, fut coupé en deux par un obus, — de nos braves marins broyés sur leurs affûts et en dernier, la tête ensanglantée de ce brave capitaine-commandant du fort en second qui s'est brûlé la cervelle plutôt que d'abandonner vivant ce poste d'honneur qu'il s'était juré de défendre jusqu'à la mort.

En ce moment j'aurais voulu avoir en mains les moyens de faire tout sauter en m'ensevelissant moi-même sous les décombres.

Ah ! l'on ne tenait pas à la vie à cette époque, car l'on s'était habitué par degrés à en faire facilement le sacrifice.

Les Parisiens s'étaient entraînés, depuis plusieurs mois, pour la guerre à outrance ; l'effort était à son comble lorsque le gouvernement capitula et c'est, à mon avis, de cet effort sans emploi que sortit, en grande partie un peu plus tard, la force psychologique de l'insurrection.

Revenons à notre triste promenade : Arrivés à la porte de Montrouge, un spectacle peut-être plus navrant encore nous attendait.

La foule était énorme devant les fourches caudines, c'est-à-dire l'ignoble corde qui parquait les Parisiens comme des animaux, et, tandis que des hommes subissaient nombre d'humiliations pour faire parvenir à l'officier leur laissez-passer, des femmes et des enfants du peuple, en haillons, dans la boue glacée jusqu'aux chevilles, tendaient leurs mains tremblantes d'inanition par dessus l'infâme corde en s'écriant avec des voix suppliantes :

Broud...... Broud...... Broud......

Ils avaient tant bien que mal appris ce mot avec sa prononciation allemande pour mendier un morceau de pain.

Une espèce de gros vaguemestre à casquette plate, en riant coupait, avec une parcimonie toute germanique, de petites tranches à même un grand pain et faisait une mince distribution aux plus proches, puis le pain disparaissait dans une sorte de guérite jusqu'à ce que de nouveau on entendit le cri de la faim... Broud... Broud...

Je n'affirmerai point que le gros vaguemestre ne prît quelque plaisir à forcer ainsi le peuple de Paris à parler allemand.

Dans tous les cas il faisait, en vainqueur économe, l'aumône à des Français avec le pain de la France.

Le spectacle de cette paix honteuse et affamée était beaucoup plus poignant que tout ce que nous avions vu dans les horreurs de la guerre.

XXXIV

PRO PATRIA

Il y a encore des noms de uhlans écrits sur les portes de plusieurs villages français.

Il y a encore des cicatrices de meurtrières sur les murailles de nos jardins.

Il y a encore des ruines faites par l'obus prussien.

Il y a encore des Alsaciens et des Lorrains qui n'ont pas de patrie.

Et nous oublions ces malheurs et ces hontes!

Et nous oublions nos cinq milliards jetés en pâture à l'ogre.

Nous oublions qu'il est resté à ses crocs des lambeaux de notre chair.

Oui, nous oublions coupablement; ou, si nous nous souvenons, ne sommes-nous pas des insensés ?

Et la preuve, c'est qu'au lieu de nous unir en un faisceau solide, nous usons nos forces à nous déconsidérer aux yeux du monde, à nous poignarder entre nous.

Intransigeants de droite et de gauche, journalistes, députés, sénateurs devraient être signalés à la vindicte publique comme des traîtres à la patrie, comme des alliés de nos ennemis, dès qu'ils font œuvre odieuse de dénigrement et de division.

Soyez rouges, bleus, blancs, si vous voulez, le drapeau de la patrie a trois couleurs, mais soyez Français avant tout, ne souillez pas, ne déchirez pas le cœur de la France.

La grande majorité du pays, la majorité honnête qui travaille, qui paye et qui se bat, veut l'union et la concorde.

Eh bien, cette majorité, qu'elle marque d'un fer rouge les députés et les sénateurs qui font du désordre et de la désunion, pour ne pas les élire.

Qu'elle marque les journaux qui ne vivent que de dénigrements personnels et qu'elle crache sur eux au lieu de les lire.

Voilà ce que l'on peut et ce que l'on doit faire, sinon, par l'égoïsme dissolvant des uns et l'inertie indifférente des autres, nous serons de nouveau fatalement pillés, humiliés, rançonnés et fusillés par l'étranger.

FIN

TABLE DES CHAPITRES

PREMIÈRE PARTIE

I. — Paris, 28 Août 1870.	1
II. — Une nuit devant Sedan. — L'odeur de la guerre.	3
III. — Estafettes de malheur.	7
IV. — Un brave homme.	9
V. — Voleurs de chevaux.	13
VI. — Convoi fantastique.	15
VII. — Essai de revolvers.	17
VIII. — Le bon gîte.	19
IX. — Le canon gronde.	23
X. — Entre deux feux.	27
XI. — Prisonniers français. — Amputation en musique. — Pillards et disette. — Eglise et saucisse.	35
XII. — L'esprit allemand. — Derniers pansements.	45
XIII. — La guerre a passé par là. — Les envahisseurs. — Le faux turco.	49
XIV. — Au Chêne-Populeux. — Schnaps. — Jeune sage-femme. — Partie de campagne.	51
XV. — Roman plus tragique que comique. — Un Falstaff équestre.	56
XVI. — Animaux victimes de l'invasion.	60
XVII. — Bonne et brave petite Française. — Le champagne du confrère.	62
XVIII. — Les mobiles de Guignicourt. — Le pantalon blanc du capitaine. — Une balle dans le ventre. — Morts en héros	66
XIX. — Panique. — Indiscipline.	73
XX. — Repos à Dammartin.	76

XXI. — Villages abandonnés. — Maraudeurs. — Pris
     comme espions.   78
XXII. — Chambre virginale. — Bon gendarme. — Re-
     cherche d'un lit. — Réflexions au « *Veau qui*
     tète »   80

                    DEUXIÈME PARTIE

I. — Retour à Paris. — Déplacement inutile. —
     Etablissement aux avant-postes.   93
II. — Abandon de la redoute de Châtillon.   97
III. — Désarticulation de la cuisse. — Patrouilles alle-
     mandes.   105
IV. — Chasse à l'homme. — Le blessé.   109
V. — Francs-tireurs. — Courage d'un amputé. . .   112
VI. — Les blessés de la redoute.   120
VII. — Premier combat de l'Hay. — Chair contre
     pierre. — Intrépide tueur d'hommes.   132
VIII. — Brancardier. — G*** disparu. — Visite aux Prus-
     siens. — L'officier silésien. — Morts et blessés.
     — Les mouches bleues.   139
IX. — Le mort vivant.   148
X. — Deux blessés prussiens.   151
XI. — Prisonniers bavarois. — Bagneux-Châtillon. —
     Acharnement de nos tirailleurs.   155
XII. — Un espion dans l'ambulance   163
XIII. — La guerre la nuit.   168
XIV. — Morts et blessés.   172
XV. — Un ami de la France.   175
XVI. — Courbet aux avant-postes.   182
XVII. — Deuxième combat de l'Hay.   192
XVIII. — Vitry. — Fusillade aux avant-postes . . . 197
XIX. — Aventure de franc-tireur.   202
XX. — Note biographique sur l'héroïque franc-tireur. 212
XXI. — Saint-Denis. — Le 135e. — Le Bourget. — Bat-
     terie du Drancy. — Chevaux disséqués. —
     Chasse à l'obus. — Belle nuit.   214
XXII. — Un Prussien farceur.   223
XXIII. — Evacuation du plateau d'Avron.   227

XXIV. — Du fort de Rosny. 234

XXV. — Reconnaissance de nuit. — Joseph Renard. . . 240

XXVI. — Blessé silésien. 248

XXVII. — La belle cantinière. — Les guerillas. — Je suis
pris comme espion. 251

XXVIII. — Article nécrologique à la cantine. 265

XXIX. — Casemates défoncées. — Pillards ivres. 268

XXX. — Episodes de la bataille de Montretout. 275

XXXI — Joseph Beau. 287

XXXII. — Vaincus et vainqueurs. 290

XXXIII. — Les fourches Caudines de Montrouge. 293

XXXIV. — *Pro patria*. . . . .

EMILE COLIN — IMPRIMERIE DE LAGNY